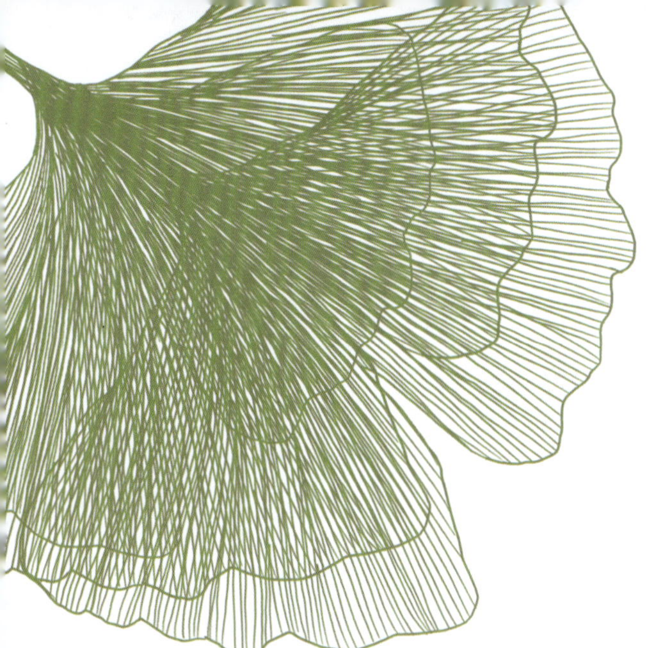

刘先平大自然文学文集典藏

爱在山野

刘先平◎著

APGTIME 时代出版
时代出版传媒股份有限公司
安徽文艺出版社

刘先平
大自然文学
文集典藏

2000年，考察水之源——由青海三江源到西藏怒江大峡谷，再到云南金沙江大峡谷、白马雪山、玉龙雪山等地历时两个月。途中和夫人李珍英在巴颜喀拉山口眺望——南坡为长江源，北坡为黄河源。

刘先平，1938年11月生于安徽省肥东县长临河西边湖村。父母早逝。12岁离家到三河镇当学徒，后在大哥刘先紫的帮助下脱离学徒生活。求学道路坎坷，依靠人民助学金完成学业。1957年毕业于合肥一中。1961年毕业于浙江大学中文系。在合肥师专、合肥六中等校任教师。1972年之后，在安徽省文联任文学刊物编辑、主编。

1957年开始发表作品，先是诗歌、散文，后涉足美学。1963年，因一篇评论再次受到批判，停笔。20世纪70年代中期，跟随野生动物科学考察队野外考察数年。1978年，响应大自然召唤，重新拾起笔来，致力于大自然文学创作与思考……

他被誉为我国“当代大自然文学之父”。

他曾经两次横穿中国，从南北两线走进帕米尔高原。

他曾经三次穿越塔克拉玛干大沙漠，四次探险怒江大峡谷。

他曾经六上青藏高原，多年跋涉在横断山脉。

他曾经两赴西沙群岛，在大自然中凿空探险40多年。

他的代表作有四部描写在野生动物世界探险的长篇小说和几十部大自然探险奇遇故事。

他的作品共荣获国家奖九项（次）。其中有三届中宣部精神文明建设“五个一工程”奖、三届全国优秀儿童文学奖……

2010年，安徽省人民政府建立并授牌“刘先平大自然文学工作室”。

他2010年获国际安徒生奖提名。

他2011年、2012年连续两年被列为林格伦文学奖候选人。

他2018年获首届中国自然好书奖。

他2019年获第三届比安基国际文学奖。

他历任安徽省人民政府参事、安徽省政协常委和人口与资源环境委员会副主任、安徽省作家协会常务副主席、中国野生动物保护协会理事。现为中国作家协会名誉委员。1992年，国务院授予其“突出贡献专家”称号。享受国务院政府津贴。

刘先平大自然文学文集典藏

爱在山野

刘先平◎著

时代出版传媒股份有限公司
安徽文艺出版社

图书在版编目（CIP）数据

爱在山野/刘先平著. --合肥：安徽文艺出版社，2021.6
（刘先平大自然文学文集典藏）
ISBN 978-7-5396-7155-0

Ⅰ. ①爱… Ⅱ. ①刘… Ⅲ. ①长篇小说－中国－当代
Ⅳ. ①I247.5

中国版本图书馆CIP数据核字(2021)第023350号

出 版 人：段晓静
策　　划：朱寒冬　姚巍　统　　筹：宋晓津　张妍妍
责任编辑：刘姗姗　张妍妍　装帧设计：张诚鑫

出版发行：时代出版传媒股份有限公司　www.press-mart.com
　　　　　安徽文艺出版社　www.awpub.com
地　　址：合肥市翡翠路1118号　邮政编码：230071
营 销 部：(0551)63533889
印　　制：三河市华东印刷有限公司 (010)61594404

开本：700×1000　1/16　印张：19.25　字数：300千字　插页：10
版次：2021年6月第1版
印次：2022年1月第1次印刷
定价：1200.00(精装，全15册)

(如发现印装质量问题，影响阅读，请与出版社联系调换)

山野精灵——黑麂,我国特有的珍稀动物,生活在美丽的黄山地区。安全第一,隐匿在草丛中,才能很好地观察世界。

森林中已传来她发来的信息：快去，千万别耽误了约会！肯定不只我一个收到了邀请。

乌桕红似三月花。不知重阳岭上人家为何叫它重阳木？其实重阳木是另一种树。

爱情是需要付出的——为争偶展开的决斗，是黑麂世界盛大的节日。只有胜出者才有资格完成延续生命的重任，保持种群的强大。从四面八方赶来的男子汉，责无旁贷地投入了战斗。

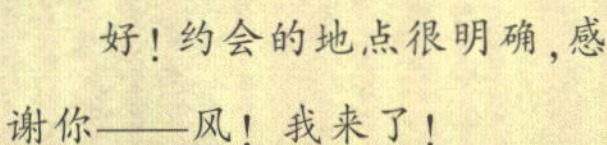

好！约会的地点很明确，感谢你——风！我来了！

徽文化中的三雕（石雕、木雕、砖雕）在美术史上有着重要的地位。徽州古民居墙上的石雕精美绝伦。

凭借英勇、智慧，你在决斗中夺魁，现在是享受两情相依的好时光。

黄山生长着黄杜鹃，花儿很美。它含有一种麻醉剂，传说神医华佗就是用它制成麻醉药。

生长在大海与陆地潮间带的红树林，又被称为海上森林。

『胎生』植物秋茄的种子构造很特殊，待到绿芽萌出，就从母体娩出，成了自由落体。

它是根树枝，还是一段枯木？错了，它是红树林中的蜥蜴。

种子(可以说已是幼苗)的特殊构造，使它们很容易插入(栽种)到滩涂中，很快长出根系，任凭风吹浪打。

这才是“搭架子”。红树是“摆架子”的高手，灵感来自于潮起潮落的威胁。我们在海上的建筑、钻井平台不都是向它学习的吗？

海桑是红树林中的伟岸乔木，你千万别以为它是用栅栏围起的领地。那不是栅栏，是它的根。因为滩涂淤泥深厚，根在其中无法呼吸，生存压迫，使它反其道而行之。将根向上长，露出水面，畅快地呼吸。当地人称之为“指根”，是竖起手指还是指问苍天？

退潮后，赶海首选是红树林，那里的虾、土虫、跳跳鱼特具诱惑。

别看其貌不扬、灰头土脑，壳中藏着的是美味的牡蛎。红树林养育了丰富的水产。

植物都是建筑大师，它就像热带雨林中的大树一样，生出板根，支撑高大的身躯，抵御海风海浪。

蟒蛇林的野凤梨,结出竟是这样的果实。

水椰是从陆地走向大海的。具有防潮防腐的椰衣可使它在海上漂流数月。水椰并不是海南红树林的原住居民，大约是20世纪80年代初,不知它从哪个大洋漂到这里安家落户。

西双版纳植物园中的铁树王,两两相依,洋溢着生命的欢乐。为了将它移植到园中,仅从山上运到公路,就花费了整整半个月的时间。

南非苏铁，花序另具一格。羽叶较宽，介于南美苏铁和我国苏铁之间。这是2001年在南非拍到的。

南美洲的苏铁。它的叶子肥厚、阔大，与我国苏铁的羽叶有着明显的不同，所以叫阔叶苏铁。

深圳仙湖植物园中，国际苏铁保存中心的苏铁皇。不知它是从何处移来的？目测其胸径比热带植物园的要粗。

在救护中心精心医治、百般呵护下，它已恢复了健康，但神情依然忧郁、悲伤。

它始终藏着那只被夹伤后锯下的断肢。时间长了，不经意中将断肢处露出被我们看到时，它愤怒了——还不走开！

暴躁、淘气的黑犀牛

彩色的原野

放哨的羚羊

孩子和妈妈形影不离

风情万种

可怕的剧毒蛇黑曼巴。它藏在树枝中狩猎。

猫鼬是个可爱的小动物，胆小，常在洞口这样东张西望。

南非的花卉特别艳丽，花形多姿。

南非国花——帝王花

跳起的羚羊

身上的条纹是斑马的保护色

鸵鸟是陆地上最大的鸟

这种猴子的尾巴特别长。

织布鸟采集筑巢物——纤维

群象在讨论一个严肃的问题？

织布鸟将巢挂在大树上。像不像一个倒挂的葫芦？巢口朝下自有妙用。

最凶猛的花豹

苍鹭乘坐王莲狩猎。

它的背影留给我们太多的遐想。

倾诉衷情

柔情似水

卷 首 语

我在大自然中跋涉四十多年,写了几十部作品,其实只是在做一件事:呼唤生态道德——在面临生态危机的世界,展现大自然和生命的壮美。因为只有生态道德才是维系人与自然血脉相连的纽带。我坚信,只有人们以生态道德修身济国,人与自然和谐之花才会遍地开放。

——刘先平

序

呼唤生态道德

生态道德的缺失,造成了我们生存环境的危机。

感谢大自然!在山野跋涉的三十多年中,大自然给予了我最生动、深刻的生态道德教育,因而无论是我的描写在大熊猫、相思鸟世界探险的长篇小说,还是在野生动植物世界探险的奇遇,都是努力宣扬生态道德的伟大,呼唤生态道德在人们心间生根、发芽。

环境危机重压着世界已是不争的事实,人们都在纷纷追究其原因,并寻找济世的良方。环境危机实际上是生态危机。

建设生态文明,中国为世界树立了榜样,具有划时代的意义。生态文明的建设,必然呼唤生态法律的完善、生态道德的树立,从根本上消解环境危机,保护、营造良好的生态。

法律和道德是一切文明的两大支柱,也是人类文明的标志。几千年来,我们已有了处理人与人之间、人与社会之间关系的行为规范、法律法规、道德准则,却根本没有处理人与自然关系的行为规范。按《辞海》(1979 年版)中"道德"的释文:"道德是一定社会调节人们之间以及个人和社会之间的关系的行为规范的总和。"这足以证明:人与自然之间的关系根本未被纳入"道德"的范畴,缺失了生态道德;或者说,生态道德在这之前,根本没有进入我们的观念。这是认识的失误。

“生态”一词的出现，至今不过二百来年的历史，而生态与人、与生存环境的紧密关联，在时间上则是更近的事情。这也从另一个侧面反映了人类在认识自然、认识人与自然、认识人与环境方面的重大失误，更加说明了树立生态道德的紧迫和重要！如果不能在全社会牢固地树立生态道德的观念，就无法建设生态文明和人与自然和谐的社会。

正是生态道德的缺失，成了产生环境危机的重要原因。长期以来，我们在处理人与自然关系方面，根本没有建立系统的行为规范、树立道德，法律也严重滞后；因而对大自然进行了无情的掠夺，无视其他生命的权利，任意倾倒垃圾，没有预后评估、监测地滥用科技，造成了环境污染、资源枯竭、生态失去平衡，以致受到大自然的严厉惩罚，直到危及人类本身的生存，才迫使人类重新审视与自然的关系，规范人与自然关系的法律和生态道德才得以突显。强调生态道德，在于强调、突出它比之于其他道德的鲜明特点——人与自然的关系。我们急需建立对于自然应具有的行为规范，以调节人与自然之间的关系，消解环境危机，建设人与自然的和谐。这是时代向我们提出的重大命题。

比较而言，树立生态道德比制定、完善生态法律，有着更为艰巨的一面。法律是“由立法机关或国家机关制定，国家政权保证执行的行为规则的总和”，而道德是公民应具有的修养、品质，带有自觉或自我的约束。当然，对法律的遵守，也是修养和道德的表现。法律可以明令从哪一天开始执行或终止，但同样的方法并不适用于道德。比如某一行为并不违背法律，但违背了道德。这大约也就是媒体纷纷设立“道德法庭”的原因。生态道德在全社会的树立，是个艰难而长期的任务，需要启蒙和培养的过程，对一个人说来甚至是终生的，需要全体公民的参与和努力。

三十多年来在大自然的考察，七十多年的人生经历，使我逐渐深刻地认识到树立生态道德的重要、紧迫。三十多年前我所描写的青山绿水，现在已有不少面目全非。大片原始森林被砍伐了，很多小溪小河都已退化或干涸，有些物种消亡了……

记得1981年第一次到西部去，云南的滇池，四川的岷江、大渡河、若尔盖湿地……美丽而壮阔的景象，使我心潮澎湃。滇池早已污染、水臭。2007年10月，再去川西，所经岷江、大渡河流域，到处在建水电站，层层拦江垒坝。在一个山村水电站工地，村民忧心忡忡地诉说：大坝建成后，村前的小河将干涸，到哪去找吃的水啊？！这种只顾眼前的利益，无序、愚蠢的“改造自然”，对整个生态系统的破坏已有显示。我国最大的高寒泥炭沼泽湿地若尔盖，泥炭层最深达9米，它在雨季吸水，干季溢水，1千克干泥炭可吸蓄8—12千克的水。它是黄河上游的蓄水库，蓄水量相当于三个葛洲坝。枯水季节，黄河水的30%（一说40%）是由这里补给的。但在20世纪曾挖沟沥水采掘泥炭。现在湿地已大面积退化为草原，沙化、鼠害严重。最发人深省的是，在这里拍摄红军战士过草地时，竟然无法找到深陷的沼泽，只好人工制造。黄河屡屡断流，当然不足为怪了！

水是生命的源泉。水的污染给整个生物链带来的是灾难性的影响，使人类的健康、生命处于极不安全的状态。中国五大淡水湖是长江中下游湖泊群的代表，是中国人口最为密集地区的生命线，号称“鱼米之乡”。但只经历了短短的二十多年，其中的太湖、巢湖，已是一湖臭水，根本无法饮用。其他的也都面临着湖面缩小、污染等生态恶化。在经济发达的长三角、珠三角，水污染更是触目惊心。

大自然养育了人类，可我们缺失了感恩，缺失了对其他生命的尊重，妄自尊大，胡作非为。当人类对自然缺失了道德时，自然也会还之以十倍的惩罚！

我曾立志要为祖国秀丽的山河谱写壮美的诗篇，但只是短短的二三十年，我所描写的山川河流不少都已是“历史”“老照片”。

我曾冒着种种的危险和艰难，在野生动植物世界探险，无论是描写滇金丝猴、梅花鹿、黑叶猴还是红树林、大树杜鹃，都是为了歌颂生命的美丽，但是总也避免不了生命的悲壮——它们在人类的猎杀、砍伐、压迫下苦苦挣扎。即如每年要进行一次宏伟生育大迁徙的藏羚羊，或是给人类带来福祉的麝，或是山野中呼唤爱的黑麂……都无可避免地遭受着厄运。它们生存的空间，正被人类蚕食、掠夺。

这使我无限忧伤、愤怒，更加努力地呼唤生态道德的树立，也更寄希望于孩子。

正是大自然的生存状态，激起了我决心在一些作品之后写下后记，为过去，为未来，立此存照。

三十多年来，大自然以真挚、纯朴、无比的热情，接纳了我这个跋涉者，倾诉、抚慰……结下了深厚的友谊。

热爱生命，尊重生命，热爱自然，保护自然，保护环境，应是生态道德最基本的范畴。

我们来自自然，与自然有着血肉相联的关系。人类初期对自然是顶礼膜拜的。很多的部落，将动物的形象作为图腾。我们的祖先，对人和自然关系的认识，曾有过很多智慧的表述，如“天人合一”、盘古开天地的创世纪之说等等，至今仍是经典。

从世界教育史考察，对自然的认识，一直是教育的最基本、最经典的内容，讲述天体气象、山川河流、森林、环境和资源等等。以人类生存的环境、人类在自然中的位置作为人生的启蒙，在孩子们幼小的心灵中培植对生命的热爱、对自然的感恩。但这种优良的传统，随着人类社会、经济，尤其是科学技术的发展，逐渐淡化或消失。城市钢筋水泥的建筑，活生生地切断了孩子们与自然的联系。现在城里的孩子不知稻、麦为何物已不是怪事，甚至连看到蚂蚁也发出了惊呼。缺失生态道德的社会、科学技术的发展，不仅使自然失去了自然，更为可怕的是使孩子们失去了自然。

我希望用大自然探险奇遇，还给孩子一个真实的大自然世界，激活人类曾有的记忆,接通与大自然相连的血脉,接受生态道德的洗礼、启蒙,同时,启迪智慧的成长。大自然是人类的母亲,请千万不要忘记,大自然也是知识之源,正是在人类不断探索自然的奥秘中,科学技术才发展到辉煌灿烂。即使到今天,生命起源仍是最艰难的课题。

道德是一个人的品质、修养、不朽的精神。道德力量的伟大,犹如日月星辰。我一直坚信,只有人们以生态道德修身济国,人与自然和谐之花才会遍地开放。

2008 年 4 月 2 日

目　录

爱在山野

黑麂告状

下班刚进家门,李老师迎头就说:

“一只黑麂跑到副县长家去了!”

她肯定是看到我那愣怔、茫然的神态,随即加重了语气:

“一只黑麂,闯到黄山S县副县长家去了!黑麂!”

黑麂是生活在安徽黄山和浙西一带的我国特产动物,珍贵稀有,属国家一级保护动物。

“去告状?跑到副县长家?”

带有调侃的诘问,得到的是确凿的回答:

“还真让你说对了!报纸在桌子上。”

我连忙拿起报纸,头版上果然有条大标题:《黑麂告状》。报道了前天傍晚,突然有只黑麂一头闯进了某副县长家中。家人的惊叫,引得下班在家的某副县长连忙出来察看。

原来是一只浑身带血的黑麂正在客厅里气喘吁吁、东躲西藏。副县长一边叫家人赶快关门,不要再惊动它,一边打电话给野生生物保护站。

不久,保护站的人到了。这时,黑麂已摇摇晃晃靠在沙发边上,呼吸急促。保护站的王工程师小心翼翼地靠近,轻轻地抱住黑麂,黑麂也乖巧地躺到了他的怀里。

据王工程师初步检查：黑麂后腿、臀部有三处伤口，以臀部一处伤口最大、最深。从伤口的状况看，这只黑麂是在遭到豺狗的袭击后，无奈中采取了最本能的办法，冲向居民区，以求得人类的保护。动物学家说，动物原本和人类就是朋友，弱小的动物在危急中，这种记忆在遗传密码中常被激活，投向人类寻求友谊的庇护。

黑麂是珍贵的一级保护动物，生活在海拔600～1200米的常绿阔叶林带和落叶常绿阔叶林带，喜爱那里荫蔽良好、地面潮湿、耐阴植物较多的环境，以及丰富的食物资源。

这只黑麂为何在这个季节，突然到了低山区，又遭到豺狗的围攻呢？据王工程师说，原因可能是原栖息地的森林遭到破坏，迫使黑麂向低海拔地区觅食；再就是加强野生动物保护、禁猎后，食草动物的种群逐渐得到恢复，对食肉动物来说，食物丰富了，这几年豺狗的数量一直呈增长的趋势，黑麂、梅花鹿等食草动物的天敌增加，生态环境失去了平衡。

意味深长的是，这位副县长正好是分管林业和野生动物保护的。群众在评论这件事情时，有的说是“黑麂上访”，有的说是“黑麂状告生态失去平衡给它带来的灾难”。

据悉，这位县长已指示保护站尽快调查有关生态情况，将于近期召开会议，研究对策。

受伤的黑麂经过治疗后，已于昨晚被送到野生动物救护中心，享受特护。王工程师说，黑麂只是皮肉之伤，目前尚无生命之忧，估计一两星期就可康复。

李老师知道我曾参加过对黑麂的考察，对它们有着一段特殊的感情。去年5月，我们还一道去过S县，准备去与江西交界的南山探访古杉木群落和黑麂。“县保护站说那边封山后，这两年五步龙、金环蛇、眼镜蛇又多了起来，你的《蛇趣》写的就是那边，还不知道那些家伙的凶险？这个草木葱茏的季节，路都没有，谁敢进去？”

我还不死心，准备和李老师单独去。李老师虽然有时胆小，但这么多年随我在山野中跋涉，只要是我定下的事，她到最后总是说，“嫁鸡随鸡嘛”，绝对与我同行。但最后他们还是想尽了办法让我们没有去成。

这只勇敢、机智的黑麂以及那位记者的文思，成了我俩一晚的话题，我们同时决定，尽快赶到S县去参加考察，这主要是因为它勾起了20多年前我和黑麂的一段缘分。

发现长脚的蛇

那年秋天，考察队进入黄山西侧，想揭开山民们传说的“天马”之谜，同时了解梅花鹿、相思鸟等的秋季生态。我只是位编外队员，受本职工作的制约，经常不能和他们一道出发。

这次也是两天后才乘长途汽车，又走了几十里山路，在夜幕垂临时，赶到了考察队的营地，谁知却被当头泼了一盆冷水，营地里空空如也。那时条件差，所谓营地也就是借用的山村群众家的两间闲房。房东提着灯领我进去，说是桌子上有队长留给我的信。

信很简短，说是来后情况有了变化，时间又紧，无法等我。他们已分头去进行各自的考察了，约定7天后来这里会合。因为人手太少，队长希望我去重阳岭找猎人小张，了解黑麂在这一带的分布、生态，如能捕到一只活的，那就立了一大功；如果因为困难太多，则可以选择一个组，去追上他们。信上还详细地开列了考察相思鸟、鬣羚、梅花鹿等各组的路线、日程。

在野外进行动物考察，是有季节性的，野生生物的生活节律也是严格按照大自然的轨迹运行的。

虽然我也常在山野中独往独来，但失却了考察队营地的热热闹闹的气氛、朋友们的欢声笑语,心里还是翻涌着失落的酸味。

我的决定是迅速的,看信时已做出了去考察黑麂的决定。其实,队长也知道我肯定会去重阳岭。几年来的相处,他们对我的脾性摸得很准,又略施了激将法的小计。考察队出发时,一般只带一两支猎枪,这次却特意给我留了1支,还有10颗霰弹,就是最好的证据。

房东告诉我,重阳岭离吊桥庵不远,从这里走有40多里的山路。他问我去过没有,我摇了摇头。他对我上下打量了几眼,然后说这一带是深山,沿途没有村寨,路很难认,还要翻3个山头;虽说多年没看到老虎,但豹子、红狼、野猪、毒蛇还是不少的。意思很明白,我不能只身去。

其实,他所说的种种困难和危险,无疑是给我做了最好的动员。我酷爱冒险,喜欢难题目。试想,如果不是情况有了变化,我想只身去重阳岭,队长也不会同意。我决定不和房东争论,只是非常详细地询问了去重阳岭的路,画了一张草图,然后多给了他一斤粮票,请他明早为我准备一点干粮。

20世纪70年代,我国自然保护事业尚属起步阶段,对野生生物资源、生存状态、濒危情况的考察也才展开,更谈不上给黑麂确定保护级别。但黑麂的珍贵、稀有,考察队的每个人都是很清楚的。

黑麂又名乌金麂。它属鹿科动物,是麂类中体形较大的,全身毛色近于黑色,闪着乌金般的光亮;臂高大于肩高,体形非常漂亮,具有极高的审美价值。全世界只有中国才有,而它们又只生活在安徽的黄山和浙江的西部地区。

关于黑麂种属的定名,还是外国人于1885年在中国采到标本后做出的。别说我国动物园从来没展出过它的活体,就是中国的动物学家,也尚无一人采到标本。队长王教授对此一直耿耿于怀,认为这是奇耻大辱。上次,小邢他们曾发现过疑似是黑麂的动物,可惜因为林子太密,草太深,没能看清,更没采到标本,小邢懊恼不迭,考察队的队员们更是扼腕叹息。

天刚亮,我就出发了。四五户人家的小山村,静悄悄地藏在树林中。这个季节,山民们总是天不亮就上山讨生活了。淡淡的晨雾中鸟鸣声也显得飘逸。

出了村子,就开始爬山,山很陡,比我昨天的来路要险得多。我还背了支猎枪,虽然挺神气的,但它老是跟窄路旁的石崖磕磕碰碰的。山民们说的路程,往往比实际距离要短。我估计今天最少要走60里的山路,再加上要寻路,如能在傍晚到达重阳岭就算幸事了。可我还是一再告诫自己放慢脚步,若是走垮了,可找不到人来帮忙。

直到两腿走热了,我才放开大步。

到达山顶,一轮红日正从东天山峦中升起。深秋的黄山,犹如盛夏的彩霞,红叶、金树、碧水、黄花,在旭日中格外妖艳。对此美景,我也不敢流连,只得匆匆下山。

前面已没有路了,只有靠着印在脑子里的那张草图,凭着感觉走。山外人怕走山路,路是因为人走多了才踩成的。山区大,多险阻,人又少,当然路也就稀少。

他们说的路,往往是个大方向,真正走起来,是要凭着经验和勇气去开拓的。其实在山里寻路,也还是有规律可循的,你得记住标志物,如是沿溪走,或沿山谷、山脊走,拐弯岔路的标志物千万得记清楚,走错了一个岔口,那真是失之毫厘,谬以千里了。

是的,现在我就到了岔路口,往左是去重阳岭的,往右是去石门岙的,但两处却一在东、一在西。我只得细心地寻找、观察。终于在左侧的山崖上,找到一个形似猪头的突出的大崖,这是房东说过的。尽管那边枯黄的草很深,一丝路影也看不到,我还是毫不犹豫地踏了进去。

进入草丛才走几步路,蚱蜢、红的绿的灰的小虫全都惊乍乍地飞起,成熟的草种也"砰"地炸开,向四处溅落。有窸窣声响起,在前方七八米处,掀起了草波。

是只小兽？不，草波在游动，是条蛇？是可怕的五步龙、金环蛇、眼镜蛇？五步龙的一克蛇毒干粉，可致上万只鸽子丧命，从草向两边披斜的幅度来判断，这条蛇可不小啊。

我停步，再次审视周围：草坡在山坡的一块稍凹处，四周全是乱石、稀疏的小灌丛，没有大的林子，也没看出有小溪从这里流过。

脑子里有团火花一闪，提脚就去追，虽然看不见那蛇，可是草波却明确指示了方向。

我没有取下猎枪装填子弹，只是一边顺手从包里抽出了自制的猎刀，一边察看了地形。没跑一小段路，我已抄到下方，将它往草丛外赶。这片深草有两亩多大，是山坡上的一块凹地。

几个回合拦截围堵，终于将它撵出了隐身的草丛。看清了，我按住狂跳不止的胸口——在四五十厘米长的淡黄的腹部下，果然有着急速迈动的四条短腿：是条长腿的蛇！

我像山民一样大声吆喝着、跳着、蹦着追了过去。

终于迎头将它拦住，它几次突围都未成功。我也手足无措，背在肩上的枪特别碍事，我只是用猎刀威胁它，不准它逃出我的控制范围；因为我要抓活的，这是珍贵的标本，打死了太可惜。

它时不时张开大嘴向我袭来，我却专门去抓它的尾巴。不知是因为激动，或是本能地躲闪它的攻击，费了很大的周折，我才抓住它的尾巴，提了起来。

这时它还收紧肌肉，将头强扭上来寻找仇敌，我也只好用顽童捉蛇的办法，提着尾巴抖动。只抖了四五下，它就非常老实、异常丧气地垂挂了下来。

宝贝是抓到了，可我总不能就这样提着赶路呀？谁知前面还会不会遇到黑熊、豹子、红狼？

想起儿时的顽皮,我抽出一只手从包里取出一条长裤,先将它装进去裹好,再设法将裤脚两头扎起,然后放在包的上层。它既不会闷死,又不至于逃掉。它在里面却非常气愤地扭转着身子,用脚抓扯着。我很担心它把那条裤子抓破。

等一切都收拾停当,我坐下美美地抽起了烟,心里泛起一阵阵喜悦。当然,这不是一条长腿的蛇,而是一条罕见的大草蜥!

考察队的程教授是研究两栖爬虫的,他曾对我说过,黄山一带很可能有草蜥分布。山民们也说曾见过长腿的蛇,吓得见到的人不敢动。

他们将长腿的蛇奉为神明,因为只有龙才长腿,它是龙的子孙。他们并不知道,远古时作为图腾的龙,并不一定长了腿,那长长的尾巴也是到了汉代才逐渐长长的。

程教授说他多年来一直注意此物,可从来没有发现,没想到真是踏破铁鞋无觅处,得来全不费功夫,而且是让我这个编外考察队员碰上了。

后来,程教授得到这条草蜥时,对我又是打躬又是作揖,感激的话直说得我面红耳赤。他想想又问:"你不怕剧毒五步龙、金环蛇,就往那里闯?"

我笑了:"这得感谢你教导有方,那样的生境怎么可能有五步龙、金环蛇呢?"

他又问:"你怎么想到那可能是草蜥?"

我笑得更欢了:"瞎蒙的。还是你教的呀!既叫草蜥,总是在有草的地方吧,常见的石龙子这些蜥蜴,不都是在草丛中吗?既然不可能是五步龙那些毒蛇,追追又何妨?"

伙伴们都打趣:"孺子可教,孺子可教!"

是女王领导相思鸟迁徙?

一支烟刚抽完,我就赶快上路。在这样的深山里,我可不愿意走黑路去寻找陌生的村寨,同时也决定,不再为不值得的猎物浪费时间。

一路还算顺当,只是到了老龙潭时,却找不到房东说的可以踩着过河的石墩,对面标志物——形如凤凰展翅的黄山松,倒是非常优美地在山崖上展翅。没法子,只好脱鞋涉水了。

水碧清的,溪底的石头都看得清清楚楚,水流也不急,但我还是将猎枪和背包都放下,以免出意外。

前几脚还没事,正在庆幸时,似是一脚踏空,水一下淹到我胸口。潭里的水在盛夏也是凛冽的,更何况是深秋?我像是一下掉到冰窖里,冷得气都透不过来。这里的水光也具有欺骗性,看似不深,却是因为水很清澈,透视性好。中间更深,只好游水。来回两趟,我终于找到稍浅的地方,才将猎枪、背包顶到头上,分两次渡了过去。

上岸后已冻得上牙敲下牙了,我赶快换下湿透的衣服。突然,听到几声非常熟悉的三声一度的"笛——笛——笛"声——这是红嘴相思鸟雌鸟的典型叫声。我立即精神一振,全身燥热起来。

正在张望之间,只听"呼呼"声骤起,一群闪着彩霞光芒的小鸟从山谷溪流的上方飞来了,总有二三十只,全都落到水溪的下方。刚刚雌鸟发出鸣叫的地方,距我有 20 来米。

红嘴相思鸟嘴如红豆,胸红、翅橙,背上呈橄榄绿,娇小玲珑,在天空飞就如缤纷的花,站在枝头,犹如一颗秀美的果。但它是迁徙鸟,春天从南方来黄山,秋天再结群回去。

我知道这个季节要在这丛莽中找到它们太难了,但它也是我们这次考察项目,这样的机会还能放过?

看看手表已是下午一点多了,我干脆坐下,就着潭水,吃起干粮,同时观察起红嘴相思鸟。

它们春天集群来黄山后,就各奔东西,择偶,忙于爱情生活。这时雄鸟的叫声特别婉转嘹亮，雌鸟不时报以三声一度的和声。

现时又结群，但群体又不太大，说明它们开始了迁徙前的准备工作——漂泊，不断壮大群体。这个群体和春天来时的结构有何变化？除了今年新生的，是在召回旧部，还是重新组合？它们沿着什么路线集结队伍？这些问题都困扰着考察队的鸟类学家。

迁徙鸟在长途跋涉中大多沿着海岸线、江河入海口转向内陆，难道集群时也是沿着沟溪进行的？就像我们在高山找不到下山的路，也总是寻找溪流往山下走？这倒挺有意思的。

从灌木丛中传出的声音，说明它们忙于寻找食物，边前进边觅食，既不飞起，也不大声嚷嚷，只是每隔一段时间，就有三声一度的"笛——笛——笛"声响起。是相互联络吗？体形小的鸟，尤其是在迁徙中，消耗的能量多，因而需要及时补充能量，觅食的次数显然增加。

在我所观察的近20分钟内，根本没有听到雄鸟的叫声，难道是经验丰富的成年雌鸟——女王在领导迁徙？

所谓干粮，就是玉米饼，现在是营养食品，但那时属粗粮，三天吃下来，满嘴都是火泡。我还未吃完一块，只听"呼呼"声又起，它们向溪流下方飞去了，留下一连串的问号在这山谷中。冲动使我提脚就想追踪，但我知道自己的任务是捕捉黑麂，只好恋恋不舍地又开始爬山。

在后来的路程中，我最少还观察到四群红嘴相思鸟的活动，这些观察资料在考察队会合时都交给了鸟类学家李教授，印证了他们的观察。尤其是女王领导迁徙，引起了大家的兴趣，并被以后的考察所证实。

从老龙潭到山顶的这条路，大约已有两年没人走了，挤满了拔葜、金刚刺、杜鹃等小灌木和藤蔓，我行走得艰难，时时得用猎刀开路。

还未爬到一半，我已热汗涔涔，但又不敢脱衣服，茅草叶子像刀片一样锋利，手背上已被割了几个口子。最讨厌的是金刚刺，藤藤条条，扯胳膊绊腿的。这是毒蛇和野猪出没的生境,我警惕的弦也绷得挺紧的。

浩浩荡荡的野猪群

说出鬼,鬼就来了,只听右前方一阵响动,就见那边一大片的杂草树丛乱动,忽隐忽现中,野兽的黑褐色的脊背上刚鬣的毛,逐渐显露出来。原来是一群野猪,浩浩荡荡,总有七八只,显然是一只老母猪率领着的家庭,但它的子女们都已长大了,有的已长出了獠牙,那是小公猪。

幸而没有发现成年的极具攻击性的公猪。但谁知道有没有呢?我本能地已将猎枪顺到手,迅速地试了一下风向,还好,它们在上风,还未嗅到我的气息。我再察看一下地形,这个山坡上没有大岩,只好往下风处稍作转移,然后猫下身子,装填好子弹,就严密地监视着它们的活动。

当然,对这样的野猪群不到万不得已是不能开枪的,别说只有 10 颗型号不同的霰弹,即使是三四个猎手,没有组织好也不敢贸然向它们发起攻击。

奇怪,野猪一般是夜行动物,为什么大白天竟如此张狂地结群出现?

再仔细观察,发现母猪的肚子很大,很可能是又怀上了,是因为需要大量的营养供给腹中的胎儿,迫使它大白天也出来觅食,还是另有原因呢?我反复告诫自己要特别谨慎。

野猪突然改变路线,向我这边来了。

正是它们的举动,使我注意起身边,天哪,灌木丛里长满了野果,正是它们喜爱的食物。

我愣子都没打,又像猫一样往左上方转移,没走多远,那群野猪已走到我刚才隐蔽的地方。

我以为它们要去大食一顿野果,谁知猪群骤然骚乱。我从隐蔽地努力探头张望,正想看清楚时,只见小猪们发疯般地直往山谷乱窜。

猛然,一声猪嚎犹如晴空霹雷般炸响,惊得我如触电一样爬起。

哪里又冒出了一只野猪？它没有獠牙，是只母猪。

不对呀，怎么是这样一头病歪歪、懒洋洋、浑身无力的家伙？

你看，它瘦骨伶仃的样子，刚才的那一声是它发出的？

它现在站在那里，低着头，伸着长嘴，却目光射定地面。

奇怪，它发现了什么？难道刚才是它把那群猪赶走的？它为什么要赶走它们？它凭什么能赶走它们？就凭那副得了猪瘟的样子？这一连串的问号搅得我既紧张，又在心底隐隐地泛起喜悦。愈多的疑问后面，往往隐藏着愈大的惊奇，真是难得的机缘。

山野常常是个魔术箱，它能演绎出无穷的惊心动魄的戏剧！

我很兴奋，生命的活力都被激发起来了，但仍然告诫自己要百倍警惕。

我不顾一切地匍匐向前，移动到我选择好的更接近野猪的隐蔽地。

地上潮湿的腐叶发出刺鼻的霉味，肘部翻开的泥土中，不时有多脚虫、黑甲壳虫惊慌失措地爬动。

它提醒我，这样的生境，五步龙容易出没，但那头野猪的神态所散发的诱惑力，已使我顾不得这些，只是更加小心。

最讨厌的还是稠密的灌木丛，带刺的藤蔓，不时扯住你的头发，挡在前面，让你寸步难行。

按理，我现在可以直起身子，不怕野猪发现，对付这样一头瘟猪，我相信还是可以的，但情况已经发生了变化，我的恐惧换位了，现在是生怕我的出现会吓跑了它，失去看好戏的机会。

突然，有股莫名的臭腥味刺得我全身一震，我连忙停下，迅速地运用起了一切嗅气味的技巧。

一点不错，是五步龙特有的那种难以言明的臭味，我熟悉这种气味，表明它就潜伏在附近。

搜寻一周后，终于发现一丛威灵仙花的根旁有情况，是的，确实是它，那身灰不溜丢的保护色，使它与一堆腐土相仿。

它并不大，只比拇指要稍粗一些，然而它若发起攻击，第一口的排毒量仍足以使我即使不丢命，就是救护得及时也得脱一层皮。

它的名字的由来，传说是人被咬后，五步之内必倒。山民们提到它，犹如谈虎变色。他们曾告诉我，在山野被它咬后，如没有急救药，最简单的办法，是咬到了脚，或是咬到了手，即抽出柴刀将脚或手剁掉，即所谓丢脚丢手保命，令人毛骨悚然！

还传说此蛇有吐丝拦路的习性，那丝如蜘蛛吐出，拦在路上，谁碰上了，潜伏在一旁的它立即出击。

我问过研究两栖爬虫的程教授，他说没见到过它吐的丝，但它确实是“你不犯我，我不犯你”，只要不误惹了它，它不会主动攻击。

现在，别无选择，只有相信程教授的话了，虽然一枪绝对可以将它打烂，但肯定要吓走野猪，这是我最不愿发生的事。更何况是我侵犯了它的领地，看样子，它自恃有保护色，尚未做出反应。

我换了颗小号铁砂的霰弹，密切地注视着它，一边悄悄地移动，一边用眼角扫一下野猪。

终于离开了它的领地，我神情一松，才感到眼睛被汗水腌得刺痛，内衣也已湿透。

又一声野猪的哼叫，让我顾不得去擦满脸的汗水，猫起腰来，往前跑去。

这边的灌木丛较高，有很好的隐蔽性。

猪蛇大战

不能再靠近了，虽然还不能看清野猪为何那样盯视着地面，但我离它也只不过十多步。潜伏下来后，我迅速换上大号铁砂霰弹，就努力去察看那里的情景。

依然只看到野猪那全神贯注的样子，有着可恶的树丛遮挡，什么细节我也看不到。

野猪又一声哼叫，还响起了一记跺蹄子的声音，那地面有什么迅速动了一下，一点不错，确是有东西做出了反应。

是什么呢？小兽？还没听说野猪抓兔子或是竹鼠……

是碰到仇敌斑狗？不可能，斑狗是营群性的，一来最少有三四只，更何况它的个体大，应该能看到；再说，应是斑狗发起攻击，而不是野猪发现猎物穷追不舍。

我再悄悄转移一下，视野好多了。

野猪又哼叫一声，别看它病态十足，这时背上鬣毛齐刷刷如针竖起，同时提起右腿往下一跺，"咚"的一声。

只见地面忽地挺出一剑，又闪电般地收回，却弥漫着一些雾状物……

天哪，是条五步龙！

尽管只有一瞬，但我已从它的保护色、鳞片上菱形的图案，准确无误地认出了那确实是五步龙！

这是怎么一回事？野猪是偶蹄类的哺乳动物，五步龙是爬行类的，这两位差异如此之大的家伙，为何成了这种局面？

我自信在山野考察的时间不短，却从来没听说过猪和蛇是仇敌，程教授也从未说过这样的事。

那么，究竟谁是猎物？

蛇猎野猪？岂不是有"人心不足蛇吞象"之说？

能与蛇作战的，在生物界，擅长此道的是獴。

獴，不仅能利用灵巧的动作，在与蛇的周旋中一口咬住蛇头，百战百胜，而且还能猎取牛蜂。牛蜂的毒刺杀伤力强大，山民们常说，九只牛蜂能叮死一条大牯牛！

纵使是猛禽、鹰隼之类,它们发动空对地攻击时,勇猛无比,都常有两败俱伤、同归于尽的悲壮场面。

我曾亲眼见过一群红嘴蓝鹊与一条大蛇作战的情景。

山民们还说过,有种蚂蚁,在冬季食物匮乏时,就专寻在洞中冬眠的蛇,倾巢而至,以蛇窟作为过冬的安乐窝。它们钻入鳞甲,能将一条大蛇吃得只剩一副白骨,它们却用高蛋白的蛇肉壮大了群体。

生物界就是因为有这样残酷的争斗,才维持了多样性和繁荣!

还是等待大自然的演出吧! 剧情的起伏跌宕,是最伟大的戏剧家也匪夷所思的!

野猪紧紧地盯着五步龙,却保持着有安全系数的距离。五步龙盘成一坨,勇猛地伸直上身,高昂起头,保持随时出击的态势。我现在看清了,这是少见的一条又粗又大的五步龙,总有三四斤重。当然,这种僵持的局面是短暂的。

野猪将头往前稍伸,又是凶猛地吼了一声。我们平时常说的“猪哼”,带有很不恭的含义,但就是这样一只骨瘦如柴的病猪的哼叫却爆发出震慑力。

确实,在作战时,哼叫无疑是战斗的号角,再配合用蹄一跺,更显出威力。

在五步龙疾如电火骤然一击时,野猪像位善于躲闪的拳击手,只将头一偏,五步龙进攻落空。

是的,一点不错,有雾状物出现,这大约就是山民们说的它喷出的毒液。

五步龙的牙是空心的,如注射器一般,它在利用这武器时,瞬间完成收缩肌肉、将毒液射出的一连串动作。

既然吼叫,何必跺蹄? 我想起了,程教授似乎说过五步龙的视觉差,是近视眼,那么,对声音该是特别敏感了,谁是笨猪?

这个情节刚演出完,野猪发疯般地一声接一声吼起,一蹄一蹄连续不断地跺地面,犹如鼓角齐鸣。在这紧锣密鼓、声势浩大的攻击中,五步龙东一口,西一口,穷于应付。

怪事,野猪就是不前不后这样虚张声势,根本没有一口吞下它的意思。

这玩的是哪出把戏?用的是什么战略战术?

不多一会儿,也就是那么几分钟吧,突然有个火星在我脑子里闪了一下,我想,五步龙要逃了。

果然,它开始松动蛇盘,说时迟、那时快,一低头,扭颈,如箭一般地侧向射出。

野猪等到这时还能放过?拔蹄就追。

在速度上,无足的蛇绝不是长了四条腿的野猪的对手,再说野猪体大力不亏,只那么四五步,就已被一改病态、精神焕发的野猪追上了。

野猪毫不犹豫,异常熟练与准确,伸出右蹄,一下就踩住了五步龙的颈部。不知是因为被踩的还是出于本能,五步龙大张开嘴,露出两颗可怕的毒牙,但已扭不过头来咬了,然而却一甩后身,就来缠绕野猪的腿。

可是,为时已晚,就在它身子还在空中时,野猪已张开血盆大口,只听脆脆的一声,蛇身已断。

野猪就那样肆无忌惮、穷凶极恶地大口嚼起,嚼得地动山摇、津津有味,脸上洋溢着享受美味的欢愉。

野猪等到把嘴里的吃完,再咬下一段。直到最后,才松开蹄子,一口嚼起五步龙的头和颈子来,末了,还将地上的蛇血舐得干干净净。

等山野重归寂静,野猪才一步三回头、慢吞吞地离去,是留恋这顿美味,还是陶醉于胜利?从那步态看,与我刚见到时它的神情,已截然不同,难道它那副病歪歪的样子,是为了迷惑敌人?

尽管还有着众多的谜,但我几乎已明白了野猪的战略战术。

它先是逗引五步龙,使它疲惫,激得它一次次喷出毒液。因为蛇的毒液储存是有限的,它制造毒液也是需要时间的。

一点儿不错，我就是在看到射出的毒液形成的雾愈来愈少，直至似乎看不见时，才判定它要逃之夭夭的。

这等于野猪首先解除了它致命的武装之后，才以迅雷不及掩耳之势展开了稳操胜券的攻击！否则，素以暴烈著称的野猪，哪有那样的耐心？

每一种生物在生存竞争中，都是高明的战略家！

不要忘了，蛇在捕猎时也是一位高明的战略家！

野猪在灌木丛中消失了，但它却留下了一团迷雾。

我瘫倒在地，放下枪，擦着头上的汗水，真悬！

重阳岭上人家

山谷里的傍晚来得早，山头上的傍晚来得迟，前面岭子上终于出现了一个小村寨。

红的、金色的树叶一片灿烂，树上的小果密如繁星，袅袅的炊烟在晚霞中浮动，好一片乌桕树林！

植物也有感知，山下的乌桕才刚刚变色，可山上的对大自然的变化，已做出敏感的回应，它们就是这样融洽和谐地相处。

进了寨子，很快就找到了猎人小张的家。迎接我的是他父亲，一位中等身材、满面红光、憨憨厚厚的长者。他说小张被后山人请去杀猪了，要到夜里才能回来。

这次真不顺，到哪里都扑空。黑麂啊，你千万别让我扑空！

我问张大伯"重阳岭"这个地名的来由，他手向门外一指："被这些树围着呀！"

"不都是乌桕树吗？"

"我们这里就把它叫重阳木呀！别看树长得歪歪扭扭，它自有一份沧桑劲，春天刚出的叶子，带着嫩黄，后才碧绿；秋风一起，它先映着金黄，接着变红，红得像烧火。重阳又为重九，九月初九是节令，日月异应。重阳为九霄，九为阳数，神圣、吉祥。这些果子能榨油，过去还用钎子串起点灯照明。”

张大伯的话让我思绪翻涌，大自然、山民总是给我以特殊的教诲。说了一会话儿，又喝了两杯浓茶，浑身的疲乏已被驱散。

张大伯坐到小小的木制车床前开始劳作，两脚慢快有致地踏着，那轴就有节奏地转动起来。他一手拿刀，一手抚着车件，只一小会儿，一根筷子就车好了，然后再接着下一根。看似不紧不慢，效率却很高。我一问才知，这就是闻名遐迩的楠木筷。

楠木筷有黑色和绛红两种。楠木，即此地出产的石楠木。唐代大诗人李白在这一带漫游时，留下的几十首诗中，曾有“千千石楠木，万万女贞林”的诗句。当年这里的生态比现在要好得多。石楠木质细腻，但其色却只是淡淡的绯红。

张大伯说，黑的是用乌饭树染的，红的也是用一种树叶的汁液染的。他每年要出去两趟卖筷子，上半年去南方，下半年去北方。见我很有兴趣，他放下手中活计，领我到厢房看。

张大妈正在将制作好的筷子，每十双一扎，包好。那包装上印着在当时说来应算是精美的商标“重阳牌楠木筷”，成品已堆满了半间屋。

我突然想起，这里是徽商的发源地。早年的徽商大多凭借着很少的山货、花、香菇或一门手艺，下扬州、杭州、苏州去讨生活。直到挣起一份大的家业，才回来置田、盖房、办教育，自己却永久客居他乡。可以说，徽商是经济基础，造就了灿烂的徽文化，而徽文化又滋养了徽商。

张大伯的经营显然是继承了徽商的传统，只不过他仍然像候鸟一样，南来北往地讨生活，难怪他刚才在解释重阳寨的由来时，谈吐中显出文化的根底。

谈话中，我知道他还有一个小儿子在南京读书。一家人的生活衣着，孩子学费,靠的就是这筷子生意。正说得高兴时,老人深深地叹了口气:“这样的营生恐怕做不长了,重阳牌楠木筷要绝了。”

我很不解。

“这些年,山都砍光了,往年石楠木用不完,当柴烧。别看筷子是小料,真正的楠木筷用一生都不变形,选料很有讲究。现在要找一棵像样的好料,时常得爬几座山。林子砍完了,野物也少了。过去靠打猎还能谋生,现在大儿也得学着杀猪、种地才能糊住他一家三口,还得抽一点供他小弟上学。”

屋子里顿时陷入无边的沉默。

我想着被大自然养育的人类,岂能向她无情地攫取?母亲不能永葆青春,乳汁总有干枯的一天。危机已经出现,谁来警醒人类?

沉默了很长时间,我才说到考察队的任务,科学家们正在为保护大自然进行着艰苦的研究,有识之士正为保护生态平衡大声疾呼。我尽量说得浅显,可张大伯却问了很多较专业的问题。显然,他非常明白我在说什么。

“已经迟了,但还不晚。天地日月、山川河流都有性情,人要摸准它们的脾性,才能相处得好。就像我们,俗话‘靠山吃山’,不把山保护好了,山穷了,水恶了,吃什么、喝什么?”

已到夜里10点了,小张还没回来,我很为他担心。张大伯说:“这点夜路不算什么,他眼力好。不说在黑夜能找到一根针,一个小虫子是打不了他马虎眼的。这次你俩一道出去,可考考他。”

小张不像猎人

关于猎人小张,考察队的老队员有很多传说,张大伯说的眼力是一则,“动物园的老虎、狮子都是牲口”的名言,也是他说的,除此之外,还有其他种种神奇本领。我觉得还是和他一起生活,才能真正了解山野,这也是我决心来找他的原因之一。

早晨被一阵鸟鸣声唤醒,窗外映着淡淡的霞光。我刚出房门,一位憨厚、圆脸、敦实的青年已迎面走来:“对不起,不知道你要来,回来晚了。”

虽然同住在一个大门里,我却不知道他是什么时候回来的。说实话,他给我的第一眼印象是个朴实的山民,不像猎人。

我说明了来意,他一声没吭,只是问了问他熟悉的程教授、李教授的情况,然后说吃了早饭就上山。随着他的眼神,我看到张大妈正将热气腾腾的饭菜端到桌上。

小张却没有吃早饭,说是给猪剖膛时,吃了一大块热乎乎的猪油,后来又吃了两大碗猪杂,现在一点不饿。

看我满脸的惊愕,张大伯说,小张的师傅行猎时,不管在山野要待多少天,从来不带干粮。打着野物,先削一块活肉烤一烤,就是一顿美餐,耐饥、壮体。我只有更为惊奇的份儿了。

说到猎人,我也认识几位,但这位小张,显然是我尚没接触过的类型。

我们出门,太阳才刚刚升起,无垠的山峦在初阳和晨雾中,如大海中群岛罗列,重阳寨笼罩在彩霞迷离中。

小张背了支土铳子,腰上别了把柴刀,这是山民们上山必带的装备。

我说:“要活的麂子。”

他说:“不像前几年,现在要吊只麂子,又是乌金麂,哪有那样容易的事?今天只是去踩山。”

这又是当头一盆冷水。起这么大早,还不知要走多长的路,却只是去摸摸情况。走了一段路,小张的步伐轻捷得令我吃惊,快得就连我这个一米八一的大汉,都得时不时紧撵几步,才能跟上。真没想到这样一位壮实的汉子,能如此轻盈地迈步。

翻过两座小岭,小张才向山坡上林子边走去。

这是一片常绿阔叶林,多是青桐栎、檫树和壳斗科的乔木,间杂着一些松树,亮叶桦。树叶已经变色,漆树的叶子已红得如火。到了林子,小张只是看了几眼,就沿着林子的边缘走。我试探性地轻声问了一句:“不进林子?”

“太费事了,也没那么多的工夫。算你来的是时候,这季节乌金麂子开始有路了,但又不是吊麂的季节。冬天,特别是第一场雪后,才是最好的时光。”

他看我那云里雾里状,浅浅地笑了一下:“这是行话。用你们的话说,是活动有规律了。它在林子里讨生活,就得走动,走动就要留下痕迹。动物也是以食为天,它吃树叶、草、野果,树呀、草呀也就留下它的踪迹。要不到哪去找野物?几年前,麂子多,一个冬季要吊三四十只。”

他不再说话了,只是漫不经心地走走看看。

考察队有条纪律,在野外进入目的地时,不允许大声说话,以免惊动野兽。其实这是从猎人那里学来的,他们行猎时,有句行话:“哑巴是个宝。”刚才已说得够多的了,现在只好抱个闷葫芦跟着他跑。

这片林子一直延伸到山顶。到了以针叶为主的地段,小张说:“它不喜欢松树林,看来这里货不多。这些年麂子的日子也很难过,大家都在砍树卖钱。就像人没有了家,没有了地,怎么生活?正是这样,我也愿意跟你们跑。”

看来,他是从林缘地带麂子采食的情况得出了判断。食草动物每天要采食大量的树叶、树果。

我们又转了两片山岭,虽然看到了野猪、獾子、豪猪的足迹,但依然没有发现麂子的踪影,时间已是下午 3 点多了。

小张说:“回吧。乌金麂喜欢在早晨和黄昏活动,起早才能看到它们留下新鲜的足迹。”

一连三天,几乎把这周围的山岭全跑完了,仍然没有黑麂的踪影。我甚至起了疑心,要么是他吹牛,要么是在骗补助费。那时我们请猎人,每天付 8 角钱的误工补贴。这样有名的猎人,在黑麂产地,怎么可能一连三天连根毛也未见到?

女贼很漂亮

吃晚饭时,张大妈像是自言自语地说:“那块山芋再不收,就算野猪不吃完,下起连阴雨,也全都烂在地里了。”

张大伯和小张毫无反应。山区口粮很紧,误了一季庄稼就得忍饥挨饿。

我赶紧说:“明天我去帮你们收。”

晚饭后,听院子里有响动,我连忙过去,见小张正挑起一担箩筐,我也随即拿起一把锄。他说,这几天爬山挺紧的,你歇着吧。我当然不肯。他说那就把枪带上。

山里人种庄稼太艰难了,翻了个岭,才见到山芋地躺在小山谷的坡地上。

距山芋地还有五六十步,小张向我一摆手,我赶忙停住脚步;可我眼都瞅疼了,看到的仍是依稀的山芋藤叶。

小张的手指向靠灌木林那边,我还是什么也未看到,只是似乎有些窸窣声传来。

只眨眼工夫,小张已将箩筐放下,毫无声息地蹿出,一阵风似的直扑那边,真像武侠小说中施展轻功的大侠。我已被他的举动惊愕得呆立。

幸好,他在距山芋地只20来米的一块岩石后趴下了。

等到我也赶到,他再次用手示意,这次我看到了:那是一头小兽,正在地里山芋藤叶中掏土,脸上的白色条纹在月光下特别显眼。

“猪獾。”

我还真是第一次见到它,听说它有股怪味,但那脸却是如此地漂亮。看我已将猎枪掂到手上,他说:“轰走吧！是只母的。”

我知道猎人不轻易打母兽,但这样远的距离,又还是在月色下,能分得清是公是母？他大概已看出了我的满腹狐疑:“轰起来就晓得了。”

我陡然立起身子,猛跑了几步,那白脸纹的精灵,顿时一扭脖子,快速地跑起，鼓满的腹部晃晃悠悠。是的，的确是一只快做妈妈的猪獾。

“其实，看多了，不一定要看是不是带肚子的，公兽母兽一眼就能分得清。它们体形、走路、举止都不一样。公豹子身子长，公猴子脸不红。都说兔子难认，有句成语‘扑朔迷离’与它有关。看多了，就知道常常掀起它的短尾巴的是母的。”

说着话，我们已走到山芋地。靠灌木丛的这边，已有两三垄山芋遭了殃。在一片藤叶、山芋狼藉的垄边，小张捡起了没吃完的山芋碎块瞅了瞅，眼睛一亮。

发现情况

“野猪干的，是只公猪！你看，它用獠牙又掘又拱。这家伙糟蹋起庄稼来，特别邪火，糟蹋的比吃的多。”

从露出的山芋看，个大，匀称，看了让人心疼。

“要是再带上妻儿老小，你这块地禁不住它们两晚上的折腾。”

“你想凑热闹?”他看穿了我的心思，顿了顿，又说，“这是只独来独往的老公猪。起山芋要紧。”说着就走向另一边，拿起我带的锄头就挖垄子。

说实话，这几天为黑麂的事，心里堵得慌，我总共只有一个星期的时间，还得赶回去发稿，那是我的饭碗。刚才的经历，让我已从心里开始承认他是猎人，这样的好戏还能放过?

“你真想放过那头野猪?”

“单身老公猪，狡猾、蛮横、凶狠。一枪放不倒它，它会循着枪道，找你拼命，能一下撞倒碗口粗的树。就是桶口粗的树，又啃，又戳，也能搞断。”

“连你这样有名的猎人也怕它?”

尽管只在月光下，我也能明显地看到他狡黠的面容，随后他又宽容地说：

“你使激将法也没用。要打，也是下半夜的事。它昨晚胀得饱。”

他挖,我捡,不一会,山芋就成堆了。但我的脑子没闲着,总在想着有关野猪的种种,特别是路上那段猪蛇大战的情景,以及野猪留下的谜团。直到他说装箩吧,我才直起腰,发现他并不是一垄挖到头,而是只挖了一小片。

刚好装满两箩。这家伙做农活也这样精。他却从箩里捡了几个山芋,掰断,随手丢在刚挖过的地里,又将山芋藤顺顺。我只是看着他,一脸迷惑。他才笑着说:"那家伙就是跑到这边,也让它少疑心。"

这是在和野猪打心理战了。看样子他已决心要对付野猪啦,我心里一阵喜悦:有好戏看了。

他挑起箩,说:"回吧!"

我却待在原地:"放过那家伙?"

"先把山芋和你送回去。"

"你想甩掉我?没门!我根本就没想分猪肉,你怎么小气成这样?"

猎人的行规,是狩猎时见到的就有一份。那时的肉食是凭票的,每人每月只有两斤。

轮到他笑了:"你在这地方,容易出危险。"说着,挑起山芋就走。走了一段路,看我还未挪窝,他回过头说:"你还愣着干啥?这山里夜深不好玩,豹子、老熊、豺狼都有。"但脚步却未停。

我真气坏了。好,你走吧,我就不信对付不了那头野猪。没一会,他的身影就消失在溶溶的月色中,只是隐约还能听到扁担的"吱吱"声。

狼嚎惊心

牛脾气一上来,我就专心做着准备工作。

首先是选择隐藏地。

山芋地左旁是个小山谷,有条清亮小溪叮咚地流着,过了小溪是灌木丛。杂食性的野猪喜欢灌木丛,不仅能较好地隐蔽,且能得到较多的食物。

找来找去，还是小张不久前潜伏的那块大岩最好。我藏到那里后，挑出了两颗仅有的装有大号铁砂的霰弹。

考察队的猎枪主要用来采集标本，而不是狩猎。那时用的双筒猎枪的霰弹是考察队自己装填的。根据考察任务，装填不同型号的铁砂和药量，若是采集鸟类和小兽的，装小号的。这次配了两颗采集大型野兽霰弹，算是对我单身行动防身的照顾。

将子弹装好后，我就伏在岩石后面，紧紧盯着昨晚野猪来吃过的山芋地，估计着野猪可能出现的方向。

狩猎，首先是守。事情做完后，耐心守候时，秋天山野的一切都展现在眼前。朦胧月色中，秋虫争鸣、水流潺潺、草叶拂动，充满诗情画意的夜晚让我无比愉悦。

我还特意看了会远方夜空中矗立的天都峰、莲花峰，它们是那样巍峨，繁星如桂冠般悬挂在它们的上空。灌木丛中，不时有兽类的走动声、小鸟睡梦中的啁啾。这真是难得的享受！

猛然，一声狼嚎陡然响起，令人毛骨悚然的悠长回应在山谷里盘绕，吓得我全身汗毛一紧，接着又是两声狼嚎。

开始的狼嚎，是从左侧响起的，这两声却是从正前方传来的。不知是狼群的应答，还是在继续召唤？狼嚎是群狼互相的召唤。

满腹的诗情画意一扫而光，随之涌来的是心的忐忑不安。

尽管这两年野外考察的生活，已使我知道黄山地区没有了成群的狼，但零散的个体肯定有的。再说豺也被称为红狼，虽然猎人说它从不主动攻击人，但它是营群性动物，一来就是七八只。

突然，就在身旁不远处，有了草的瑟瑟声，似有小动物在那里活动，是蛇？好像是直到这时我才想起这里也盛产剧毒的五步龙、眼镜蛇、金环蛇。

其实在山野，我最怕的是毒蛇、蚂蟥、野蜂。这些小家伙让你防不胜防，且常常是悄无声息地来到了你的身边。你还不知什么地方得罪了它,它就会给你来一口,够你受的。

我无法去查清究竟是不是蛇,只是提心吊胆地注视着,心想别没打到野猪,倒先挨了毒蛇一口。

这时,灌木丛中也有了响动,是野猪来了?若是一枪放不倒它,它冲上来了怎么办?

又是一声惊心动魄的狼嚎,我不自觉地打了个冷战,恐惧在漫延,无边地笼罩了心野。那些平时听来的山野中种种可怕的故事,也都在脑子里翻涌。我心里发虚,对附近的一点动静都特别敏感。

回去吧!何必做这样无谓的冒险,这是打野猪,不是采黑麂标本!它与我这次的任务无关。

你胆怯、害怕了?胆小鬼!另一种声音又在身边响起,是小张那狡黠的笑?心在震颤,头上冒虚汗,腿发抖……当我意识到这是恐惧时,立即告诉自己冷静。

在危险时刻,冷静是救命的法宝,它最少救过我四次命。

我掏出了香烟,可几次都擦不着火柴,手抖得太厉害了。

我猛地在头上击了一掌,疼痛是副良药,接着点着了烟,猛吸了两口。脑子渐渐清醒,心态渐渐平静了下来。

有什么可怕的?一米八一的大汉还能对付不了蛇,对付不了一头野猪?我和狼打过交道,相信徒手一对一它不一定能赢。

没有惊险,哪来欢乐、哪来发现?我既然选择了探险的道路,我哪会去追求平庸与平凡?

豪情顿时洋溢,我为自己刚才的胆怯而羞愧,在心里说了句自嘲的话:“探险家怕险?”

其实,恐惧是自己制造的,走夜路或危险来临时,最可怕的是自己吓唬自己！但对对付毒蛇，却是要采取措施的。我将小型铁砂的子弹换上了一颗，这家伙弹着面有筛子大，待野猪出现时，再换下来。试了试风向，我还是处在野猪可能出现的下方，也明白了小张刚才为什么只挖那几垄山芋。

经历了刚才的恐怖，我现在特别轻松和清醒，悠闲地欣赏着月夜中动物世界的喧闹。你看，那两只小地鼠在地里忙得不亦乐乎，一个劲地扒土掏山芋。几只纺织娘，可能是正在作今年的最后演唱，那样投入，那样尽兴。

都说秋虫最毒，现在，我可领教够了，它们从四面八方向我攻击，只要靠近，总是狠狠地咬上一口。疼还事小，只是痒得难耐。

也难怪，它们的一个生命周期即将结束，不在此时大量吸取营养，如何能挨过冰天雪地的漫长冬季！

我用手帕扎起脖子，想尽办法采取各种保护措施，可还是被叮起大包小包。

月夜狩猎

有脚步声。

是的，确实有脚步声。

谁在深夜到这地方来？

月光中来人的身影已显出，让我真是又惊又喜啊！

来的是小张！

“够格！有胆量！”

“你不是回去了吗？”

“我也没说不再来呀？跟有胆量的人在一起打野猪，总让人放心一些吧！”

“你这个鬼家伙，是有意考验我？”我在他身上狠狠地擂了一拳。

他憨憨地笑着。

从此，我们成了好朋友。以后的几天，他的话也多了，还常常像个孩子似的搞些小的恶作剧，让我吃点小苦头。

月亮已过中天了，长时间的潜伏，你才能体会到狩猎中“狩”字的含义。

正当我焦躁得不是甩甩胳膊就是踢踢腿时，小张碰了碰我的胳膊，轻声地说：“来了。”

我随着他手指的方向，在灌木丛中什么也没看到。直到小溪边猛然出现野猪时，我才精神一振，准确地说，是它那两根如短剑的獠牙在月光下的闪光，使我发现了它。

没想到这个庞然大物在丛林中却是如此悄无声息地行动，根本不像我不久前白天碰到时那样张狂。

小张再次叮嘱，要我千万别开枪。他刚才来时，已和我约法三章，说是我那双筒猎枪根本打不了野猪，只有他的土铳子才行。

填火药和装子弹时，他特意将那仅有的一颗弹头给我看了，那是一截有食指那般粗的钢筋，比霰弹最大的铁砂至少要大一倍，因而他绝不准我放枪。

我们争论了半天，他作了妥协，说是万一他一枪未放倒它，我才可以射击，以赢得时间，他好装第二枪。

土枪又叫“独铳”，射击时，每次都要重新填火药、装铁砂。

再是无论出现什么情况，都不准我离开这块可以隐藏的大岩石。

最后一条，是得一切听他的，不准我乱说乱动。

那头野猪真大，背上的鬣毛在月色下直直地戳着，丑陋的嘴脸上武装了獠牙，尤显得穷凶极恶，和我在路上见到的野猪根本不一样。我想那些画魔鬼图像的人，肯定是受到过野猪形象的启发。

它似乎并不急于用餐，在小溪边喝了两口水，左右环顾一下，才大步涉水。上到这边岸上，又磨磨蹭蹭的，才到了山芋地边。

它又停下了，像是作了两次深呼吸，又慢慢地四处张望。

小张还不放枪。我急了,用肘拐碰了碰他,可他像是睡着似的,根本不理睬。

这家伙真刁,它不去昨晚吃过的那边,却转到了另一边去了。它坐了下来,眼却扫着身后、左右,似是对面前丰盛的大餐毫无兴趣。

幸好,我们选择的潜伏地视野开阔,只是那边距原来设想的远了 10 多米,在这样的夜晚,确是给瞄准它的要害部位带来了困难。

我看了看小张,他明白我的心事,脸往这边一偏,说药量装得足。这时,我才发现他额上闪着晶亮的汗珠,原来他也紧张啊!

似是过了漫长的时间,野猪突然站起,直扑山芋垄,先是用獠牙掘开泥土,接着就听到它大咬大嚼的声音。嘴的“吧嗒”声,就像打快板,这家伙,吃相太难看!看它狼吞虎咽吃山芋的样子,连我都揪心,可是小张仍是纹丝不动。

我不知道他葫芦里卖的什么药,只是擦了擦手心沁出的汗水。

野猪开始加快又掘又拱的速度,贪婪地寻找着山芋。

凭我有限的经验,知道这时无法射击,因为它只顾摇头摆尾大吃。打野猪,一枪击中它的脑壳才是最好的办法。我心里直埋怨小张在野猪坐在那里时,为何不开枪,相对稳定的目标,总比不断活动的目标要容易打得多。

正在野猪吃性大发、不时从喉管里发出愉悦的哼唧时,小张用石块敲了一下大岩,那声音在夜里特别响。埋头大吃的野猪闪电般地抬起了头,凝神盯着我们潜伏的大岩,眼中的红光闪着凶险。

然而就在这时,一只小虫钻进我的鼻孔,我怎么也控制不住打喷嚏的冲动,似是就在这同时,惊天动地的一声响了。

那响声震得我往下一缩。

硝烟像云一样,遮去了眼前的一切,但我还是看到野猪应声歪倒了。

我大喝一声,从岩后蹿出,感到小张伸手来拉,可我却像兔子那样一蹦三尺高,急得他在身后大喊:"别过去!"

积蓄了半夜的那股冲劲,让我就是想刹车也刹不住。我刚到野猪跟前,却见野猪跃然而起,挺着两把短剑向我冲来。

突如其来的意外,惊得我连忙举枪就射,可是,枪却没响,我只感到一股大力,从侧面将我拉起,立足不稳,我"吧嗒"一声摔在了地下,直跌得我两眼冒火星,接着又是一记沉重的摔倒声。

浓重的血腥味,激得我一骨碌爬起,才看到野猪那两把短剑离我也只差之毫厘,吓得我大张着嘴呆立。小张长吁一声,瘫倒在地:"你嫌我活得太自在,想吓死我?你什么时候不能打喷嚏,偏偏要挑那个时候?你不知道野猪临死还要'挣命拼'?"

野兽找药

我只能让他尽情地发泄。他救了我一命。

等到缓过劲来,查看枪眼时,我发觉那子弹确实不在脑门正中。

他说那是我打喷嚏造成的,我说他的枪法还不精熟。

自打那以后,我就落下了病根子,一到紧张、危险时刻,就提醒自己别打喷嚏,可是越提醒就越遏制不住打喷嚏的欲望。

我奇怪枪为什么没响,连忙偷偷地检查。嗨,真是羞得满面涨红——保险没打开!

说心里话,这时我已明白小张的"伎俩"了。

开始野猪坐在那里时,是紧张地侦察情况,那时它的警觉性特别高,丝微的响动,它都会做出反应,足智多谋的野兽,在猎人开枪的瞬间,也能躲过劫难。

他是一直等到野猪十分投入吃食,在吃得无比兴奋、得意忘形中才制造机会射击。想想看吧,在残酷的生存竞争中,它没有特殊的聪明、机智,满腹的山林世故,能活到现在?

小张用石块敲击石岩制造声响,正是出于对它性格脾气的了解,要它将最要害的头部抬起,在凝神察看周围敌情的时候,它也无疑成了固定的目标!

我从心里开始敬佩猎人小张了!

我夸了他两句。他却说打野猪不算什么,吊麂子才是他最拿手的,也是他最喜爱的活儿。

我说:“你别吹了,跑了三天,连根麂毛都没看到。”

他说:“只是你没看到。”

我说:“在什么地方?”

他说:“那天在大脚岭,我站在一堆黑的稀粪边一会,又循着走了一段路,见到有几棵女贞树叶子快被吃完了,是吧?”

“不错,你喜欢看野兽拉屎嘛!”

他嘿嘿地笑了:“那是黑麂留下的。”

“那你为啥不下吊?”

“它找冬青树叶吃,说明它肚子闹得不轻,正在找药治病。它这拉稀不是痢疾,是脾虚肾亏。冬青树叶、种子正是补气、益肾的。”

“野物懂医,要不早就死绝了。你不信?明年梅花鹿产仔时,我领你去看,那附近的益母草一定被吃得光光的。人是向动物学医的。野物有时比人灵得多。你们不是也说人是猴子变来的吗?可你不想要一只成天拉稀的黑麂吧?考察队不臭你,我老爸也要笑得喷饭!”

说到麂子拉肚,我想起了路上看到那只病恹恹的野猪猎食五步龙的事,于是就一五一十说了起来。

他大为兴奋,说:“这样千载难逢的奇事,居然让你碰上了,有福气!当然,没尿裤子算你胆大,有正气胆才大。我打猎多少年,也才碰到过一次,它正在吃蛇时让我碰上了,没你看得全。”

他问:“那是一只公的还是母的?”

“看不出年纪。”

“嗨! 那一定是只病猪!”

“你凭什么说它有病?”(我在说的过程中有意省略了那只猪的瘦骨伶仃。)

“我的师傅说,别看野物有野性,其实也是一物降一物。山里有句话‘蜈蚣见不得鸡’,鸡看到蜈蚣,非啄不可。蜈蚣虽然斗不过鸡,但只要家里有剩下的鸡肉、鸡油,蜈蚣是非来偷吃不可的。我们过去捉蜈蚣卖给药店,就是用鸡肉鸡油来引,一晚能抓十几只。

“野猪吃毒蛇,因为蛇肉大滋大补,公猪要吃它,怀孕的母猪要吃它。它既不是凶狠的公猪,又不是年轻力壮的母猪,那肯定是只病猪、瘟猪。得了猪瘟,谁不怕被传染上? 动物也像人一样。是只瘟猪吓跑了猪群。

“它来干什么? 找药! 野猪得瘟病,专找毒蛇吃,只有毒蛇才能治好它的病! 我师傅说野猪不怕蛇毒,不在乎被咬着。你亲眼看到它逗得五步龙把毒液用完了才下手,这就有道理了,但我还疑心,等会再说。我要跟你说件更稀罕的事,蛇类相互间也是打架的、残杀的,你说是有毒蛇狠呢,还是无毒蛇狠?”

从他的语气判断,显然是无毒蛇凶狠,但道理上说不过去,因此,我还是说有毒蛇狠,因为它有致命的武器。

他说:“我亲眼见过它们干仗,但是我不告诉你谁吃了谁。等你撞大运,有幸亲眼看到了再讲。”

他留给我一团谜,想要我求他。可我就是不求他,更何况这一番山野经,已听得我目瞪口呆。

他见我那副模样,接着又说:“我还要告诉你一件奇事,那头吃了毒蛇的病猪的肚子就值钱了!”

“怎么,它的胃……”

“那是一服治胃病的特效药！很多人都向我订过货,每个开价千儿八百都有人要。”

“有根据?”

“确实有人吃好了。”

“那你怎么知道它吃过毒蛇没有?”

“山民们都知道,翻开野猪肚子就清楚了:那上面有疤。吃一条蛇,留下一个疤;疤越多,越值钱!”

粪粒中的情报

说话间他已将野猪四蹄捆住,可掂了两次,都未能扛到肩上,这家伙总有两百多斤重。他只好说,你在这里等着,我去拿扁担。

我说:“你还要回家?到前面林子里砍一根树,我俩抬吧。”

他说:“没事,你可看好了,野猪活过来,成了僵尸跑了,或是被豹子跑来抢了,我要找你赔的。”

他的话,变得风趣、有味了。

他留下的一句话,倒是提醒了我,我紧握着枪,紧张地注视着四周。野猪当然不会成为僵尸鬼,但豹二爷、狼三爷来捡便宜是极有可能的。

然而,没过一小会,小张又出现了,变戏法地拿了根扁担在手里。

我对他看了几眼却没吭声,心想不管你耍什么把戏、障眼法,总要露馅的。

他让我在前,但抬起来还是挺沉的。

没走里把路,他叫停下。他放下了野猪,抽出了扁担,走向旁边的灌木丛。再现身时,挑起的竟是两箩山芋,气得我撵了上去,一下抓住扁担,大叫:

“你这家伙,搞什么鬼?你一直在监视我?”

他憨厚而又不乏狡黠地嘿嘿笑了两声:“我能放心把你一个人丢在山里?大知识分子出了事,谁能负得起责任?别拉拉扯扯了,赶快把山芋藏起来。再一会,天就亮了,你还想不想吊黑麂?”

我手一松,他大步如飞,挑起山芋往右侧乱石中去。

猛然,一声惊心动魄的狼嚎骤起。

愤怒使我跳起来追了上去,他挑着重担只顾左躲右闪。

我却毫不手软,猛一使劲,抓住了箩绳,一下扯得他踉踉跄跄,终于箩筐倒地,他也叭地跌倒。

这时,我才放开喉咙哈哈大笑,笑得眼水都溢出了:“没想到着了你的道儿!不过,你学狼叫,还叫得真像哩,尤其是后两声!”

“不敢当,不敢当。那后两声不是我学的。”

又轮到我傻眼了,他居然有这样的本领?

“你不怕牛皮吹炸了?”

“脚力再好,也不能一盏茶的工夫跑到七八里外的北高岭去吧?后两声狼叫是从那里传来的。”

他惟妙惟肖的学鸟兽叫的本领,经常给我们带来欢乐,帮他立了大功。后来,在考察黄山短尾猴时,就是他学的猴叫,让我们在长时间的困惑中终于找到了猴群。这些都是后话。

我们把山芋藏到一个岩洞中,又将洞口堵死。

正要往回走时,他却上到乱石中东瞅西望。

我张口要发问,只见他在向我招手:“快来!”

我上去了。石上有粪粒,黑乎乎的,像羊粪。

“黑麂留下的。”

“真的?”

“假不了。”

这一夜,真够得上天方夜谭了。我说去追吧!他说心急吃不得热汤圆,明早再来吧。说着,捡起了几粒粪粒,用纸包好,揣到了怀里。

跟踪的学问

似乎只打了个盹,就听到后院有了动静。昨夜太劳累,真想再躺一会,但一想到和小张刚建立的友谊、诱人的黑麂,我还是一骨碌爬了起来。

出了寨子,应该向北,他却一抬脚,往东边走去。

我问是不是去追昨晚发现的黑麂。他说麂子活动范围大,还要再去找麂屎,今天去找它走的路。

尽管我已承认他是个很不错的猎人,但对他如此自信,仍是有些狐疑。

只顾赶路,翻了两座小岭后,他才开始放慢脚步,观察起周围来。

深秋的高山,已有了一层白霜。万木都在开始变色,小树、小草为保存越冬的营养,已开始落叶、枯黄。应时的野菊却开得无比灿烂,金黄的、淡紫的、纯白的,在秋叶凋零的野坡上,显得格外生机勃勃。

大自然的万物,总是各领春夏秋冬四季的风骚,有生有息。即使是四季常青的阔叶林,在春末夏初也要变色。

终于发现了黑褐色的粪粒,我连忙捡了起来。小张说:"你别费心了,那是毛冠鹿的。"

我很不服气,全力反驳。

他说:"毛冠鹿个子小,没黑麂大,粪粒也小。"

我说:"比昨晚的不小,你又没拿尺量过。"

他从怀里掏出昨晚捡到的粪粒,往我手里一塞。用不着放一块比,它确实大。可我还是不服气:"不能是黄麂、梅花鹿的?"

"论个头,黄麂比毛冠鹿大,但还是没黑麂大。梅花鹿的粪更好认,雄鹿的像瓜子瓣,母鹿的像枣核。三个都是鹿科动物,可个头、秉性都不一样。常说一龙生九子,九子各不同嘛!”

我虽无话可说,但他那充满自信,还有点扬扬得意的神态,使我决定刺他一句:“没想到你还是野兽大粪专家!”

他更是一本正经地说:“你以为猎人是随随便便当的?我师傅教我,先从懂鸟言兽语开始,认足迹、认粪可是大学快毕业的课程。要不,猎人到哪找到野兽?漫山跑,见到兔子打兔子,见到老鸹就放枪,那是不入流的瞎耍!真正的猎人规矩多着哩,能写一大本书!我师傅就能根据客人点的货打,要虎不打豹子,要三叉茸,不打二角的鹿,要活的,牵来抬来的是活蹦乱跳的。”

小张的话,让我想起王教授曾对我说过的,一个优秀的猎人,就是一位猎获对象的生态专家。考察队要依靠他们的帮助,才能搞清所考察动物的生态。但越是优秀的猎人,就越是自然保护的可怕敌人。再珍贵、再狡猾的动物,再强大的动物,也不是他们的对手。我们搞自然保护,既要依靠他们,又要向他们宣传对野生珍贵动物的保护,对自然的保护。想到这些,心间涌出了一丝难以言明的滋味。

小张在林子边停下了,正察看着草丛。那里满生着白芨、葛藤、悬钩子,叶子上的白霜的残迹,表明了有动物在清晨从此经过,扯吃了不少葛藤。

他说,黑麂留下路影子了,跟着往前找吧。这季节,它特别喜欢吃葛藤,含淀粉多。这片林子中栗树、橡树又多,你们叫壳斗科的树,这时种子落地了,是它的主粮。它喜爱食物丰富、隐蔽地又好的地方。

看来,他已多方受到了考察队的影响。

我们循着黑麂的路影子跟踪,不多的路,就发现一棵栎树树干下有异样:距根部40多厘米的位置,树干上的苔藓、寄生的小叶藤被来回擦去了一大块。两三步的地方,有些土被趵起了,小张用手一扒,露出几团黑褐色的粪粒。

“这才是黑麂的!”

其实,他不说,我已在心里认账了。

他又从怀里掏出昨晚捡的,反反复复地比较,我也看出,是同一只麂子拉的。小张说:“你到树干上看看,有没有潮湿的痕迹或黏黏糊糊的东西?”

这不难,很快就找到,苔藓被擦去,树干上留下的树皮像是一张纸。

“你凑上去闻闻?”

这家伙又在装神弄鬼的,我可不上当。中学做化学实验时,老师教的嗅闻气味的办法用上了。可闻了两次,都是树干上的一股青气;无奈,用手在那上面蘸了蘸,再闻:嗨,一股说不出的尿臊气。

他乐得像个孩子似的,拉起我就走:“找麂路去!”

出了林子,不往对面的那片林子去,他却领着我径直向左侧陡峭的山上爬去。那神气,就像是往他家后园去取一件东西。我心里纳闷,但看他那兴冲冲、乐滋滋的劲头,也只好紧紧跟随。

山坡虽不太陡,但没有路,全是草丛和灌木,乱石中踢踢打打,每一步路,都惊起成群的小虫。

有只野雉就从我的脚边拍着大翅膀飞起,惊得我往后一仰,差点摔倒。小张只是向我眨眨眼,又向在低空炫耀着绚丽羽毛的野雉眨眨眼,好像是说,今天没心思跟你计较。

走了约两里路的光景,在一陡坡处,他放慢了脚步。

这个陡坡上全是嶙峋的乱石,只有稀疏的小灌木丛、杂草。他像位将军似的巡视一番,就向上方走去。

不久,他停下了,示意我向他靠拢。

“看出名堂没有?”

在乱石和灌丛中,依稀有着被动物踩踏过的路影。这条路影从陡坡横向穿过,像是两片林子之间的小小通道。

我正要循着小道走,他却一把将我拉到边上,示意别踩到小径上。

走了几步，是的，有蹄印，是鹿科动物的蹄印。再走，还看到草被踩过的痕迹。

我站在那里思索着这条兽径所包含的意思，心里豁然开朗：

是的，看似这是黑鹿常走的一条小路，它只有窄窄的半尺多宽，两边不是石岩，就是密密的小树。小张说的“鹿路”，大约就是这种路。它在这条路上来去有了规律，有了规律才有办法，否则，在这无垠的大山中，猎人凭什么找到黑鹿，而又能让它自然上吊呢？

多年行猎的经验与智慧使他们寻找到这条小路！

如果我理解得不错，小张在那里瞅来瞅去，是在选择下吊的位置了。

等我走到他那边，一切都证明了我的领悟是正确的，他已从背篓里取出了吊弓。

他今天第一次带了吊弓，说明他从昨夜看到黑鹿粪时，就有了决定。好厉害的角色！

吊弓，其实只是一条棕绳，并不粗，但做工精细。我正在端详这神秘的武器时，眼角余光却发现他停下了，捡了几粒粪粒出神。

我连忙走了过去。

他像是对我说，又像是自言自语：“正冒油哩！”

这云里雾里的一句话，让我摸不着头脑。

“你看，这粪粒上汪了一层油！昨夜捡的，我以为是纸烟的湿气。林子里昏暗。这下才看清了。”

说完，他立即站了起来。

“走，再回去看看！”

我问他，这“冒油”是什么意思？

他说：“鹿子平时的粪没光彩，就像身强力壮的人，大便正常。鹿粪冒油说明它的健康状况处于最佳时期，雄性高扬，是发情期，要找媳妇啦！”

逐鹿的猎人,就是根据雄鹿粪粒中冒油的程度,判定茸长到了哪个等级、该不该放铳了。听说间谍就是从粪便中了解大人物的健康状况的。

我有些明白了,是的,他完全有理由再去察看。

回程的路上,我一溜小跑还跟不上他。他已在我们发现有黑麂擦痕的栎树边等着了。

好半天他才似憨厚又似狡黠地笑着。我分不清那笑容的真实内涵,总感到他那形似憨厚的笑容中,包含了怎么也掩盖不住的狡黠;可在他狡黠的笑容中,又总让人感到一种山民的憨厚。他的笑容经常是这种混合体,常常搞得我判断不了他的真实意图。

"今天你要大开眼界了!"

这没头没脑的一句话,是什么意思?我想还是沉默为好。

刻在树干上的宣言

我喜欢看到他带有失望的眼神。他在林子里七弯八拐地走着,没多远,又见到一棵米槠的树干下部,也有着明显的擦痕,蹄印也像前面看到的,很清楚地留在林下的地面上,在左侧也有黑麂的粪粒和趵起的土。

他拣了两粒,把它们与从怀里掏出的黑麂粪放在一起。

是的,也汪了油,但有差异,我兴奋得脱口而出:"有两只?"

他却绷着脸,不说不笑,似乎是报复我不久前的沉默。

不用他发指示,我用手蘸了蘸树干上的湿渍闻了闻,嗨,尿臊气更浓!

看我嗅闻后的怪相,他才开口:"你知道它们为啥都这样?"

我想了想,不明就里,只好摇摇头:"是在互相比试谁强大!留下尿臊,让对方知道自己是什么角色?要比武?"

"你也撒泡尿吧!"

"你又捣什么鬼?"

他却一本正经地说:“你撒不撒?还想不想吊到黑麂?”

猎人总有些怪癖和绝招,管他呢,正好我的小腹也有些难受。广阔天地,撒就撒吧!

等我正在轻松时,他却念念有词:“嘿,又来了一只,你们三个去争吧!”

我才知上当,但已是覆水难收了。

我突然醒悟:这一定是黑麂发情时争偶的一种行为。在树干擦下痕迹、留下尿渍、趵土、拉屎,都是宣告自己的存在,是划定势力范围,吸引异性、警告同性离远点。

他竟要我去闻那尿臊,又要我撒尿,这个促狭鬼!真是是可忍孰不可忍!

两个大男人像孩子一样闹起来了。在大自然中,人是最容易回到孩提时代,童心大发,在宽阔无际的大自然怀抱中,你会纯真得像是吃奶的孩子。

等到闹够了,他才说:“你想不想看黑麂争媳妇?想看,就还得巴结我,要不,别说看不到那样的好戏,明儿我肯定还给你吊个丑八怪。”

我也反唇相讥:“你还想不想要误工补贴?”

他说:“我才不稀罕那一天几角钱呢,一只麂子多少钱?你会算账吧?这几天,少说误了我吊一只麂子吧?一头野猪多少钱?

“为钱,我不会去打野猪?跟你说吧,只要我下了吊弓,这只麂子不出两天就是我的。

“今天不下吊,一是看它强壮,马上就要配窝,让它留下血脉。

“还有嘛,你是考察队的,不是来打猎的,这两年跟着跑,我知道你们最想研究的是什么。陪着你在山上转,是因为王教授、程教授他们愿意吃苦、搞研究保护!

“我是个打猎的,最容易明白为啥要保护老虎、豹子。这山林也和人一样,要休养生息。没有砍不尽的林子,更没有打不完的野兽。林子没了,就没有了飞禽走兽,山要崩塌,水要断源。人还有的吃,还有的喝。”

这一席话，说得我思绪翻涌。

考察队交给我的任务只是捕捉一头黑麂，但我知道黑麂是考察的重点项目，因为它是我国特有的珍稀动物。在数年后国家把它定为一级保护动物，已充分证明了它的价值。

但现在他们腾不出人手，对我这个编外人员也不苛求，然而了解黑麂的生态确是一件非常重要的工作。也是这次特殊的机遇，使我了解了这么多的黑麂生态情况。在生态中，繁殖行为是重要的部分。

黑麂的繁殖没有固定的周期。现在碰到这样的机会，还能放过？

可是，我这次只有几天的时间可以参加考察，连今天已用了四天，而且他家的山芋还在地里。

小张见我沉默不语，准是看出了我的忧虑，忙问："你有心事？"

我说没什么，反问了一句："你估计还要多长时间才能看到它们争偶？"

"这是它们的事，我管不着，你管得着？再跟一段路吧，兴许能看出一点蛛丝马迹。"

其实，我已下决心跟着看热闹，管他哩！大不了挨顿批评，最多也不过就是受处分吧！

小张说："听到你肚子咕咕叫了，我请客。"说着就吩咐我去捡些枯枝。

等我回来，他已挖好了地灶坑、排烟孔。因为这是森林防火季节，山民们都很自觉不烧明篝火。

火烧起来了，小张从背篓里变戏法似的拿出一块肉来，得意地说："烤块你从未吃过的野猪肉。"

昨夜的野猪还完整地躺在院子里呀。我突然想起，猎人有本事在尚未剥皮剖膛时，巧妙地取下猎物身上最好的一块肉，供自己行猎中充饥。这当然是源于对解剖学的深刻了解。说实话，那烤肉的香味，诱得我直咽口水。

那天准是个好日子。午后的林子里，微微拂起暖暖的风，流动着枫树、松脂、各色野花的香味；野蜂的嘤嘤声，总是像美妙温馨的音乐，诱得你想躺在落叶上美美地睡去。

树干上黑麂留下的擦痕，也愈来愈频繁地出现，两个家伙的距离也愈来愈近。令人高兴的是，小张宣布已看到了雌黑麂的足印。

从树冠上射进林子的阳光，已大大偏斜。森林中已弥漫起橙黄的色彩。

小张行走的路线，开始迂回曲折。不一会，他说，我们就在这等吧。

此处靠近林缘，有条小溪从高山上流下来，到这里漫开了，形成了一个不算大的水泊，再向森林深处流去。两岸水草丰茂，构筑了一片宁静、优雅的小环境。

决　斗

小张和我潜伏在一棵大树边。对面，严格地说是水泊的那边，刚好有片七八平方米的空地，像是特意搭起的舞台。

现在，和昨夜狩猎野猪的心情迥然不同，我十分悠闲，当然也带着渴望。我已看出小张选择这里的奥妙，基本上明白了他的心思。

黄昏时，鸟有一次活动的高潮，山雀叫出的声音响遍了森林，林鹛的嗓音尖细，噪鹛的歌喉嘹亮婉转……这是它们今天最后一场音乐会。

不久，对岸传来了细微的响动，头顶上空却突然传来“吱吱”声。

我抬头一看，是两只松鼠在打闹，从黑褐的毛色、花肚皮看是长吻松鼠。这小家伙也来凑热闹，真不是时候，但那蓬松的尾巴，在树枝中灵巧、敏捷地上蹿下跳，还是很引人的。

小张碰了碰我，我立即收回了视线。

对面的鸟鸣声突然停止了，几只鸟从演奏的舞台上匆忙地飞起。灌木丛的树枝在晃动，一点儿不错，有一位朋友在走动。

屏声息气都憋得难受了，它却还没露面。

小张示意我再耐心一些。

它终于从苔草中露出了头，一双有神有灵的大眼慢慢地转悠着，太漂亮了！它迎着光，那额上鲜棕色的长毛在黑褐的基色上格外鲜艳，如乡间幼孩留的桃形发，只是它是向上的，如一丛冠毛，隐隐看出似有两个额楞。

“留意，它眼下眶有条月牙形的白色斑纹，是只母的。公的没有白斑。等会你还能看到，公的没它毛黑，但母的不长短角，也不长獠牙。”

话音刚落，又一只麂子却大摇大摆地走来了。

幸亏小张刚才说明，这只体毛就带有黄色，后臀肥硕，高高地耸起，那前身成了它漫下去的嵴。鲜棕色的额毛边，挺出两支短短的角，不粗，如一节比拇指粗的树枝。它一舐唇时，两只獠牙也明显地露了出来；要不，真还会以为它嘴里含着未吃完的食物。那片额毛浓密，闪着金属般的光泽，透出无限的生机。这是一个漂亮英俊的小伙子！它瞅着先到的黑麂。

可“月牙儿”不理不睬，只是站在那里。它到这里来，是来喝水的。食草动物胃火大，每天要饮大量的水。可不知为什么，它既不和来客打招呼，也不急于去喝水。

那位不速之客当然主要是为它而来，可一副绅士模样，只是用火辣辣的眼神瞅着它，却并不急于行动。

正当我们感到不明所以时，只见有着浓密额毛的雄麂，突然头一低，抬起后蹄，狠命地趵起土来。霎时，一阵泥雨稀里哗啦地扬起，响起一片枝叶的击打声。

奇了！它在耍哪样把戏？

“好戏开演了。”小张悄声地兴奋说着，那双大眼也变小了。

果然，这泥雨余声未止，就在它旁边，扬起更为壮观的泥雨。泥点在灌木丛的上空密密麻麻疾驰，再噼里啪啦地落下。

就在这噼里啪啦声中，另一只黑麂蹿出来了，高昂着头上的短角，龇嘴露出锋利的獠牙凶神恶煞般地怒视着“金毛”。它的左颊上有一块长条伤疤，从那伤疤看，它是位久经情场的老将。

那奶油小生不甘示弱，再一次用后蹄趵起持续近一分钟的泥雨。

“长条疤”立即回应，趵起了更为热烈的泥雨，有一块在空中飞行的石头，总有鸡蛋那么大。好家伙，平时异常温顺、胆怯的黑麂，这时却表现得如此之勇武。

“月牙儿”蛮有兴致地注视着这一切。

有趣的是那两只雄麂，谁都没将泥雨往“月牙儿”身上撒去。

“长条疤”根本未把这位乳臭未干的“金毛”放在眼里，见它毫无退意，立即跃起向它冲去。

“金毛”只是稍稍向左侧一闪，“长条疤”扑空，就在差点要以头顶地时，却收紧颈部肌肉，一摆头，一摇尾，在低空做了个转向动作，化险为夷。在它扬起尾时，令人惊奇地看到，尾背的毛却是白色的，白得耀眼。

这却使它更为恼火，调转头来，又向对手冲去。

这时，“金毛”一缩肩，做了个跃起迎战的假动作之后，却又闪到一边。

两次扑空后，“长条疤”不让对手有丝毫的喘息，回头再攻；“金毛”仍然缩肩，作跃起状。

“长条疤”见它又要故伎重演，立即改变了方向。

谁知就在这时，“金毛”闪电般跃起，直冲对手的下巴，猛然抬头，用角狠狠地顶了一下。

“长条疤”几乎被顶得翻倒，但还是强扭着身躯，歪歪斜斜地站了起来。

但为时已晚，“金毛”比它快了半拍，低头用力向它头部侧面撞去，只听“嘭”的一声，“长条疤”应声倒地。

它们腾空跃起，在空中的形体线条，洋溢着刚、积蓄着柔，迸发出了灿烂的光彩，那是生命的颂歌！

“一、二、三……”是小张顽皮地笑着轻声数数。

“长条疤”未能站起。

“金毛”雄赳赳地立在那里，警惕地注视着躺在地上的对手，好像有些惊愣，是惊愣于自己的力量。

突然，响起了两声低低的鸣声，似是小夜曲响起。

是最先到达的雌麂“月牙儿”发出的。“金毛”偏过头来，看到了对方含情脉脉的眼神，刚要转身向它走去，地上的“长条疤”蹬了两下腿，挣扎着用后腿坐起。

“金毛”不敢大意，正要再给它一击时，谁知“长条疤”已一蹿站起，快步从原路跑走，消失在暮色中。

是的，我感觉到了，小张几次做了提枪的动作。作为一个猎人，目睹如此丰盛的猎物，如果没有猎取的欲望，那才是怪事呢！

人类是靠着狩猎和采集成长起来的，这种记忆在人类的脑海中难以磨灭。据说，现代的射箭、射击比赛，是文明发展的体现，人类以另一种方式来满足这种本能的冲动。

用不着任何怀疑，如果没有另一种理念的约束，他可以毫不费力地将这三只美丽的黑麂，全部装到背篓中。再说，如果我们只是采集标本，刚才也是唾手可得，也用不着以后那样烦神。

太阳已经落下一半，森林中溢满红霓，地气袅袅，光彩互映。

“金毛”转过头来，“月牙儿”已迈着轻盈的步伐走出隐藏的丛林，低吟着向它靠拢，亲切地用嘴触了触它的头。

刚烈、英武的“金毛”被柔化了，随即给予热烈的回报，乌黑、湿润的长嘴在“月牙儿”身上磨蹭着。

“金毛”拱了一下“月牙儿”，往前挪步；“月牙儿”高扬起蓬茸的长尾，展开，如孔雀开屏般，炫耀着自己纯洁如雪的美丽，追随着“金毛”向彩霞浓烈处走去。

小张也立起身子。原以为他要继续追踪这两只黑鹿，谁知他却用下巴示意了一下天色："你想看也看不到那一出了；也根本用不着操心，那是天下再自然不过的事了。"

这个家伙！

下吊弓

我们又来到了那条"鹿路"，月亮已上东山。

小张说，事不宜迟，以他的估计，在近两天，"金毛"肯定要领着"月牙儿"从这里经过。

其实他已决定为考察队捕捉一只优秀的黑鹿，因为这只黑鹿还要被送到动物园。他并未用原来选好下吊的地方，而是重新挑选。我知道他实地观察了"金毛"，对"金毛"有了感性的了解。

小张问我："看过下吊弓吗？"

"当然没有。"

他选的地点，让我感到怪怪的，不是在"鹿路"上，而是距路边有几十步路。借着月光，他熟练地在地上挖了个小坑。在坑边放了两小片木板，这叫活挡。然后在活挡的边上，钉了两根小木桩，活挡就卡在木桩上。

这时，他取出了吊绳。这根吊绳是当地所产的棕绳，并不长，只不过两尺左右，奇在有一头较细，尾梢又做有小圈。他将绳的另一头穿过小圈，就形成了一个活套。

小张将绳的另一头拴到旁边的小树丫上，然后要我将树压弯，形成弓。他先将一个比拳头大的绳活扣摆在活挡上，然后要我松开树，试试它的弹力。比试了几次，才将活套绳头的一根更细的绳子，固定在一个插入土中的小竹竿上。

等到做完这些,他又取出一根绳子,再拴到树丫拴绳处。这根绳子比较短,绳端拴了一段小竹枝,叫竹销,他小心翼翼地将竹销卡到活挡上。

他要我松手。

我当然是非常小心、轻轻地进行。

他直说,没事,没事。

等我完全松手,那树竟然弯成弓一样,我才长长地舒了一口气。

小张又用浮土、草、树叶盖到活套上面,进行了一番伪装,然后才拍了拍沾在手上的泥土,站了起来。

我看明白了,这完全用的是力学原理。别看那个竹竿细细的,可卡在那里,四两拨千斤,竟能承担几十斤的弹力!一点儿不错,只要黑麂的前蹄踩进了活套,触发了机关,小树一弹,就能将它的前脚吊起一只。黑麂有再大的力气,也难以使出了。

这种吊弓能捕到活的野兽,下完吊弓后,猎人可以在温暖的炉火边守候,或是照样干别的事,到时候来收获就行了。

真是一个简单而又富有智慧的办法!如果不是亲眼看到这一切,怎么想象,也难以想出这样精巧和奇妙,却又是如此简单的方式!

猎人的高超本领,表现在对猎物性格的了解。

“看清楚了吧?要是不信,可以自己用手试试。”他又眨起了眼,浮起一层笑意在嘴角。

我当然不会上当。

“那你就待在这里,我去下吊弓了。”

“这吊弓不是下好了吗?”

“这是摆弄给你看的。人多了留下的气味重,踩坏了草、挪了树,都会改变原样。黑麂精明着哩,疑心病又重,哪会轻易上吊?我要是不先下个吊弓给你看清了,你的考察报告不好写,你的好奇心也不会让我去安安静静下吊弓。”看我不明不白的,他又说:“这当中的窍门,等吊上了麂子,我再一枝一节说详细。对你绝不保密。当年我跟师傅吊麂子,同在一处下,他下的吊弓发了,我下的吊弓就是不发。跟了三年,才摸到一点皮毛影子。满意了吧?”

这像在哄人,但又句句在理,我无法再胡搅蛮缠。

我只看到一个影子在前忙活,那影子不时融入乱石中。我瞅得眼都疼了,索性收回视线,看看近处的景色,这时那吊脚弓的影子却很碍眼。我孩子气上来了,捡来一根树棍,做起实验。

天黑,又有伪装物,几次都未能戳中活套,正当我失去兴致时,只感到树棍头一空,“呼”的一声,枝叶在脸上一扫,棍子脱手而去,闹得我一个大趔趄,待到站稳,那棍子已吊在绳索上。

心中一个念头油然而生——要让黑麂的前足正中活套,踩动机关,岂不是太难?猎人用什么本事,使它能踩中活套?或是算计好了,它肯定要踩中活套?吊弓的成功率有多少?按此推算,要争取较大的成功率,猎人必须多设吊弓。

小张回来了。我惊讶他这样快,问下了几张弓?他说,就一张。见我非常奇怪,挺得意地说:“平时,对一只黑麂,我也要下四五张吊弓。今天,谁让它跟我见了面呢?再多下一张吊,还能看出我的本事?不是跟你说过,我最喜欢吊麂子吗?这得猜心思。”

虽然心里在说,这牛吹得早了,但这两天的种种经历,又让我不能不佩服他对野兽的了解。

回程的路上,他说:“吊麂子不算啥,吊人的弓才最难设。”

“怎么?还用吊弓吊人?你在说故事吧?”

“人也是动物。兽类中狐狸是有名的贼。我下的弓吊上的麂子,就给狐狸、豹子偷过。让我帮它们辛苦。

“最可气的,是有人专干这事,他也不用费心思、费力气去下吊,只是瞄好了猎人下的，过两天去收就行了。

“还有香菇客，头年就在山上放树养菇，跟野人一样住棚子。辛苦两年，守候着一家老小的温饱。可等到出菇子了，野兽来抢，人也来偷。

“逼得香菇客下吊弓，用毛竹做弓，能一下把人吊到半空中，倒挂着，上不着天，下不着地。心善的，会让偷贼吃些苦头就将人放下；心狠的，偷贼就得在半空中受两天罪。气急了、心狠的，下锁脚弓，不管是人，是野猪、豹子，一下就能锁断腿骨。

“弓是人做的，人下的，不管是吊弓、地弓、锁脚弓，总是有限的，人的心思你算不出来，要躲他的弓，要破他的弓，也不是件易事。”

他的这席话，不仅使我多了一层山野的知识，也更激起了对猎人下弓的兴趣。

后来我才悟出，他的这段话，就像是做小说的铺垫。几年后，我就非常感谢他的这些狩猎的秘密——他救了我的一条腿，要不然，在那次雨中探索蘑菇世界踩中了锁脚弓时，绝不会想到是中了机关，也无法破了那弓。

第二天一早，我就催着小张去看吊弓。

小张说：“帮我去收山芋吧，没这样快，我算了一下，最快也要到今晚或明早，它才会往那条路上走。”尽管我死磨软缠，他就是不去，说，多一次，多留一些气味，麂子更惊。这才说服了我。

我又催他处理野猪。他未拂我的面子。然而，太令人失望了，这只野猪的胃中根本没有疤痕，我们翻过来倒过去检查，也未发现疑似疤痕的地方。这只在山野混迹这么多年的野猪，居然没有吃过毒蛇？令人失望的事实，更证实了我那天亲眼所见的幸运。

第三天，天还未亮我就起来了。张大妈已在灶前灶后忙，她每天都起得很早，忙完了家务，就帮张大伯染筷子、包装，十分勤劳。

双重间谍

太阳有一竿高时,我们到了“鹿路”那边。小张不让我跟他去,理由仍然一样。

他选择的路线离“鹿路”有三四十步,即使这样,还是上蹿下跳,尽量找着石头踩,有时简直像个偷儿,东瞅西瞧,猫着腰。

我呢,就像被关在一场精彩的足球赛门外,又还没有现场解说员,那种干着急又无奈的感受,折磨得我烦躁地走来走去。

一只老鸦突然叫了起来,拍着乌黑的翅膀从小张那边飞起。这一声不打紧,不知从什么地方,顷刻飞起四五只乌鸦,它们急急地拍翅,全都赶到这边,又斜膀子作起了盘旋。

猎人最忌讳这些多嘴多舌、疑神疑鬼的家伙,可有时候又离不了它——它们常常为野兽们通风报信,当然,猎人也利用它得到需要的情报。

这可不是好兆头。果然,没多长时间,就见小张两手空空往回走,还没等我提问,他就笑眯眯地说:“任你刁似鬼,也要喝我的洗脚水!”

我一惊:“上吊了?”

“它来过,是昨天傍晚从那里过的。精哩!绕过了圈套,还带着婆娘。”

“唉!你真会吹,我还以为你已经把它拴到裤腰带上了,还带着婆娘哩!”

他的笑容里,藏满了得意、狡黠、神秘,一副大人不与小人论的架势,恼得我真想和他打一架。

走了一段路,肚子里那股气还在翻腾,还在鼓包,嘴里也就叽叽咕咕:“只下一张弓,还想吊两只,真有你的。你是黑麂王还是它爸、它爷?你想要什么它就来什么?吹牛不犯法。”

他猛一回头,在我肩上拍了响亮的一掌:

“打个赌好吧?”

“随你打什么赌。”

“明天傍晚来,要是你说的‘金毛’不在吊上,我在3天之内一定给你一头活蹦乱跳的乌金麂,还头朝下走3圈。要是都像我掐的、算的呢?”

“头朝上走3圈,喊你一声‘师傅’!”

“不行!爬3圈!”

“爬3圈就爬3圈!”

他却装模作样,捻起下巴才冒的胡须须:

“唔!收个大知识分子做徒弟,也不枉这几天花费的心思!”

我顺手推了他一掌,差点让他来了个狗啃屎。在山野中,我们都忘记了年龄,像是两个顽童斗嘴、打闹。

几经霜染,重阳木金碧辉煌,红叶如火,金叶灿烂。云霄中的小山寨在诗画中。我已爱上了重阳岭,这两天,已将编辑的职责忘得一干二净,沉浸在孩子般的无边快乐中。

终于将小张拉上了路,他今天一反常态,磨磨蹭蹭,说是在做一点特殊的准备。

离“麂路”还有里把路的光景。小张不让再走了,指指西去的太阳,说还嫌早了一点,它还没上吊弓呢。

我说要是已经上了呢?

他说绝不会,当然,我们不能去晚了,上吊后它要挣,容易受伤,总不能让你牵个瘸腿黑麂吧?

我说那怎么办?他说,我们在这里看风景,有人会报信。

在隐蔽地等待很急人,小张去采了些野栗子,很小,但吃起来却香极了。

我吃栗子,他已躲到远处,又不知去忙活什么了。

我一再追问,他就是不说。问急了,他才说,今天要请吃一顿让我一生都忘不了的野餐。一提美味,我更是迫不及待。我好吃,用现在文雅的话说,叫美食家。我死乞白赖地追问,他才说是竹筒饭。

这算什么稀罕?

他笑得眼都眯成缝说,饭里还有香菇、腊肉干。

不久,传来一声乌鸦的叫声,心想,真晦气,它来瞎掺和什么?

小张却急急忙忙走了回来。

只那么一两分钟,四五只乌鸦在远方天空叫着、盘旋。

我急得连连跺脚,那正在麂路的上空,真是晦气!

突然,小张回过头来:"你准备爬吧!"

我最喜欢猜心思

还未等我反应过来,他已像惊鹿一般跃出,虽然还在懵懂之中,我也起步飞跑起来。

难道是乌鸦报告了什么消息。

等到气喘吁吁地赶到,我乐得不知所措,哈哈!是黑麂!一点儿不错,是"金毛"!

你看那额头上的冠毛,金光灿烂;它的左前足被吊在空中;后两只脚踮着,蹄尖落地,像芭蕾脚。

这个鬼小张,眼里真出货!他把吊弓绳算得那样准确。"金毛"在和"长条疤"作战时,表现出的英勇、机智哪里去了?它现在瞪着两只惊恐的大眼,佩刀般的獠牙也失去了光泽,只能不断活动两只后蹄调整位置,保持平衡。

"哇!"

黑麂在勇猛的叫声中挣扎着。

小张要我赶快脱下上衣,盖到它的头上。

我真傻,怎么没想到这样会挣扎断腿,也会引起应激反应带给它的伤害呢?动物在危急时刻,常有应激反应,我理解那是一种心理反应——会使它休克或猝死。

可我刚把衣服蒙到它头上，它一甩，衣服就掉下了，等到我去捡时，它的右后蹄毫不客气地向我踢来。我见过它趵起泥雨的那份蛮劲，虽然我不会像泥飞起，但是也绝不愿当作泥石给趵一下。又要盖，又要时时躲过前右蹄的敲打，我狼狈不堪地在地上爬着，和它推磨、兜圈。

鬼小张只顾忙着什么，根本不来帮忙，还不时用眼角瞟着这边，我正在心里骂他隔岸观火时，他却一把抓过我手中的衣服，伸出右手挽住“金毛”的脖子，往胸前一拢，左手就将衣服裹到它的头上：“行了，行了，已经爬了五圈了！”

我跳起来就给了他一拳，如此促狭的家伙不该打？

他笑着说：“别闹，别闹！你还不赶快把它牵走！”

我这才手忙脚乱地去小树边解吊绳。

嘿，这绳结很特殊，经黑麂长时间挣扎，更紧，急得我用牙咬也毫不松动。

这使我冷静下来，仔细研究这绳结。儿时，也和小伙伴玩过各种绳结的游戏，少说也有七八种吧，可从未见过这种结。

“你打算怎样牵？”

是呀，怎样才能把它牵回去？小时候我在乡下放过牛，可它不是一头牛、一只羊。就这样拉着它去？那可是活套，一松就开，它还不撒蹄子跑了？拴到脖子上？它不走，还不勒死？

小张是在给我出题目！他知道我解不开他打的结。

看我站在那边苦思冥想的姿态，他说：“还不赶快还愿？”

“不就要我喊你一声师傅吗？行，就是没打那个赌，我也愿认你做师傅。”我拍了拍满身的尘土，垂手低眉、心悦诚服地叫道：“师傅，请你教教徒弟。”

他很庄重地说：“你去我背篓中，将一个小瓶子拿来。”

真的，背篓里有个酒瓶。我揭开一闻，不是酒味，有股药味。

小张左手撩开了裹住黑麂头的衣服,然后用拇指和食指捏住它的嘴腮,黑麂将嘴张开时,那两颗獠牙触目惊心。

“倒,快把瓶子里的往它嘴里倒,倒完,倒完。”

没一会儿,“金毛”安静下来了,小张示意我去抱住它。

他麻利地松开了黑麂左前腿上的活套,像位魔术大师一般,只用手一拍,那死结就开了——原来如此!

这下我可紧张了,生怕“金毛”一挣,从我怀中跑去。

小张说:“放下,放下,跑了我负责。”

终于可以松口气坐下来歇息一会。“金毛”像个醉汉沉睡在山坡上。

我想,他一定是用自治的麻醉药,让它安静地任我们摆弄。猎人多有奇特的本事,他们常年亲近山野,山野也对他们特别慷慨大方。

晚霞将西天烧得浓墨重彩,黄山如一幅色彩斑斓的油画,凝重、成熟,洋溢着热烈的芳香。

乘着今天尚存的余晖,我研究起小张的作为。奇怪,就在吊弓的对面,还下着一张弓:“喂!这是什么?当面吹牛皮,背后做手脚!”

他说过只下一张弓。

他却神情自若:“你用手去试试!”

又想让我上当吃亏?哪有那样的好事!再一看,我也傻了。那只是一根拴在树上的绳,树却没吊弓起,轻轻一提,那绳头就出来了。

“你细瞅瞅地上的蹄印。”

虽然印迹已经有些乱,有些模糊,但凭着他教给我的知识,还是能分辨出一些情况:

“你是设了个虚的,故意让‘金毛’看到,躲开,却一下踩中了你设的真套!”

“悟性不低!谁叫它头次那样精?也怪我疏忽,你看,就是这根被踩弯的小映山红引起它的疑心。它硬是绕了过去。

“我是将计作计。真是‘聪明反被聪明误’,这下是精明上套!

“要不我怎特爱吊麂子哩！它让你费心思;费心思的事就有味了,这像下棋,那也是用谋略。不过,有一点你还没看出来。”

他看着我,我又低头细细瞅,不错,有两种蹄印。若不是有了这几天的经验,我绝对分辨不出来。

“那你怎么能指挥‘金毛’上套?”

爱的呼唤

他弯下腰,指了指那踏板:

“母麂轻,公麂重,我在踏板上做了手脚。只有公麂踩上才发！再者就是,这对新郎、新娘在蜜月时,会形影不离。

“麂科动物有个特点,母的总是护着公的,在危险时,母的会出来用命保护公的,让公的逃跑。梅花鹿就是这样,当猎人追紧了,追急了,常有母鹿出来和长茸的公鹿一同走,一同玩,将足迹混淆,掩护公鹿逃跑。危急时,母鹿能毫不犹豫地冒出来,为公鹿挡枪子。

“这对麂子也是这样。你看清没有？母麂在前领路！看,这个蹄印就是母的,公的跟在它后面。我的套就为它设计的,母的即使踩到活套,机关也不发。公的套着它脚印走,一踩就发。你不信?”

他向远处巡视一番,然后一把拉过我,指着远处。我不知所以,也没看到什么,只不过是一片灌木丛嘛。

“在那黄菊右边,对,有棵茶花,看到了吧?”

我还是什么也没看到,急得抓耳挠腮。

“耶……”

突然,一声细细的叫声骤起,那声音并不响亮,却饱含满腹的悲伤、无边的哀怨，盘旋、回荡在山野，犹如惊雷追魂慑魄。

我的手正抚在“金毛”的身上，千真万确，感到它像被电击似的猛然颤动了一下。

一只尖尖的耳朵从黄菊的花丛中显现出来了，头部的轮廓也朦朦胧胧了，我终于发现了那如月牙闪亮的白纹。

天哪！是“月牙儿”！

“它一直守在这边，我跑来时它才走的。它走得很不情愿，三步一回头，伤心地叫着，叫得人心颤。”

“耶……耶……”

思绪翻涌，分不清其中的滋味，放掉“金毛”的冲动，搅得我不安。然而，研究它，不正是为了保护它吗？世界上有很多事是让你难以说清道明的。

“金毛”，你就为科学，为你的种群，做一点贡献吧！我保证将你放回，让你回到山野，回到你的家园！

“耶……耶……”

天宇中回荡着爱的呼唤。

后记：情为何物，竟以生命相许？

爱是生命本质的需求、表现，更是创造。没有爱，就没有了太阳和月亮，也就没有了世界。

正是山野生命的光华拂去了视野的盲区，使我看到野性钟爱的纷繁、热烈、无私、崇高，思绪也就徘徊于人与自然关于爱的拷问中。

偶然的火花，点燃了我20世纪70年代中期在考察队的生活积淀，我突然明白，正是爱在山野，使我在以后的岁月中常常去那片山野中寻访黑麂。那片山野的森林少了，河流浅了、窄了，多了开垦的田地；云豹、毛冠鹿、黑熊、鬣羚都已隐匿到更为荒僻的深山；华南虎与梅花鹿已多年不见踪影。经过种种的失望与沮丧之后,2002 年,我们终于在丛林中见到了这位朋友,那乌金般的毛衣、雪白的尾花、腾越间的矫健……那份欣喜与慰藉,是没有亲身经历难以体会的。它还活着,它的种群还和我们一样生活在天地之间。

多年前,那里已建立了自然保护区。自然保护区是人类的忏悔、是生态道德的警示的体现,我们以此保护我们的家园。

2008 年 3 月 3 日

九月一日飞雪过天山

——穿越玉西莫勒格盖大坂

山谷的早晨,如一弯长河,深邃而悠远,一丝云彩也没有。两旁的雪山比肩,天地相映,巍峨庄严。

太阳出来了,金灿灿的霞光在山谷中流动。

我们已在北疆多日寻访河狸、天鹅、野马、雪豹的踪迹。今天,9月的第一天,我们要翻越天山,整整一天的行程都在天山中。

按路程计算,驾车横越天山,有四五个小时就足够了。营地的朋友热情地将祝福、惜别的话,连同西瓜、苹果往车上装。我们离开芨芨草滩,沿着巩乃斯山谷前行。

山谷有5~10里宽。来自雪山的一条大河一直伴随着我们在谷中蜿蜒,山谷、河谷、车辆相伴相融。时而出现的一片片的苇丛,令人想起江南的景色,鲜艳可爱的红柳灌丛,又把你从江南思绪中拉回。沼泽地中的水鸟三三两两地在悠闲觅食。高高的白柳伟岸而秀丽。河两边是富饶的牧场和耕作区。

马群和羊群,将牧场点缀成一幅鲜艳的油画!

公路沿着天山北缘,我们的车就像是匹白马在山脚盘旋。不知不觉中,白杨树消失了,河谷和山坡出现了阔叶树林,浓郁的树冠泛着墨绿色,阔叶树的上方,沿着山隆,直立如锥的云杉树如彩带飘拂,衬得雪山晶莹。天山的云杉林,有着锥状的树冠、直立的树干,严密而整齐地屹立在山坡上。它有一种特殊的风韵，肃穆而雄伟，勾勒出典型的西部风格，组成令人难忘的西部风光，是一首底蕴厚实的哲理诗。

草原上的一座小镇吸引了我们的车停下。小镇弥漫着浓烈的马粪、牛粪味，混杂着青草的气味，哈萨克族、维吾尔族、俄罗斯族的牧民在一排排摊点中溜达。烤羊肉串的香味很诱人，苹果、西瓜、甜瓜堆得满街都是。在这空旷的巩乃斯山谷中，小镇如明星一般。

我们的装束立即引起了老乡们的注意。一位哈萨克族的老乡突然走出小酒店，端着一大杯的酒，硬是要我的一位同伴喝。这位朋友也是个蒙古族的大汉，但平时就不胜酒力，沿途逢到必须喝酒的时候，他也只是象征性地抿上一口。他无法接受盛情。

哈萨克族老乡说："我是位教师，是个有身份的人，你为什么不能接受盛情？不会喝酒？不会喝酒还是男人？蒙古族人哪有不会喝酒的？"

我看他脚步打歪舌头发僵，连忙上去劝解，谁知他已用迅雷不及掩耳的动作，将满满一大杯酒倒入我的朋友褂子上方的衣袋中。

大家一愣，我的蒙古族朋友脸色严峻。

正担心他们要打架时，那位哈萨克族的老师已连忙道歉，握手，还说他今天高兴，因为有几个学生考进了中学，很希望能找到朋友喝酒，可愣是没能找到。看到这位来自远方的蒙古族朋友，当然要诚挚相邀。

我看那桌上的确就是他一人，且只有一瓶酒，任何的菜都没有，连一粒花生米或胡豆或葵花子都没有——碰上真正的酒徒了！

临别时，他踩着浮云一般的步子，竟然要来拥抱。

多少天来，我们都是在灰蒙蒙的戈壁、黄乎乎的沙漠或冷峻的雪山中跋涉。9 月的第一天，陡然遇见这西部带有四月江南情调的山谷，美景不断诱惑着我们停下来，欣赏奔驰的骏马和远方草场上的羊群。草地上开满鲜黄的小花，淡紫色的四瓣花、五颜六色的大自然，洗刷了我们多日的尘埃，心头明净而甜蜜。同伴还不时从车上搬下西瓜，在草地上懒散地躺着，吃着。

只有司机流露出一些焦躁，但又不好扫了大家的兴致。他是新疆人，悄悄告诉我，还是快点上路。路程虽不长，但我们要翻越海拔4000多米的冰大坂，即使现在只是9月，但高山气候是说变就变。在我们即将要经过的地方，去年还发生过一次大的雪崩。

我知道高山气候的厉害。

到达零公里处的岔路口，向南，过天山，到达南疆的库车可去喀什，我们转向北。山谷渐渐窄狭，右边河滩上的毡包外，牧民向我们挥手致意。雪山也接着忽左忽右地露脸，车在河谷上方绕行，在山道上盘旋。

天开始变了，云从山口漫过来，不一会儿，细细的雾雨竟随着云飘过来了，大家开始加衣服。

已见不到充满牧歌的草原，只有孤立地立在路边的军站、道班。寒风从车窗灌进来，我们再次打开包，找衣服往身上加。时间已是下午两点，有人提议吃了饭再走，估计再往上，很难找到饭店。司机说，翻过玉西莫勒格盖冰大坂才是头等大事。他担心今天的路途不太美妙。

到达雪线时，司机还是经不住大家的磨缠，停下了车。在终年冰雪的世界中，几个人像孩子一样在山岩上抓起雪，在嘴里嚼着，在脸上擦着。我对着远处的冰川，不断按动着照相机的快门。虽然能见度不理想，但希冀能留下一两张它浩荡的雄姿。在南方，9月1日尚未度完酷暑，在北疆的这么多天，却只如初秋般的凉爽，中午还是要出汗的。一天中要经过几个季节的变化，令大家兴奋不已。

只有片刻时间，有人已急急忙忙往车里钻，感到呼吸困难，心跳加快——高原反应。司机连忙开动了暖气，刚才最兴奋的小叶，现在最狼狈地喘着粗气。

一阵冰雹，敲得车顶如鼓，雨也密了。

司机请大家不要说话，小心翼翼地驾着车，时而停下，到车外查看路况。两旁是终年不化的陡峭的冰崖，冰崖泛着灰色，冰雹和雨水增加了它的神秘和不可测，车内一片沉寂，笼罩着紧张和不安。

车开始打滑，爬不动了。

怕鬼，鬼就来了。在这海拔4000多米的陡坡上，汽车打滑的后果……我们连忙下去两个人，从车后帮助推动。司机拿出麻袋垫在轮下。刺骨的寒风，冻得人直哆嗦，可身上却冒着虚汗。高山缺氧，使人头发晕，脚发飘，推一会就得停下，大张着嘴喘气，寒风似是要把肚肠变成冰箱。人处于这种极不和谐的境地，只有默默地承受大自然的考验。

山口的风，特别凌厉。

不知不觉中，雪也飘来了。雪片真大，在天空翻飞，搅得一片混沌。能见度很差，如此这般推推、跑跑，好不容易到达了山顶。司机停下了车，擦了擦满头的汗水："马上就下山了。不管发生什么情况，都不要乱动。万一有事，双手一定要把头抱住！"

司长顾不得擦一擦满头大汗，已说明了问题的严重，现在简短的两句话，更使大家脸色凛然。

不断的刹车声，雨刮子有节奏的"喀喀"声，寒风的咆哮、雪片的飞舞，使我感到这小小的空间中的几个生命，正在往深不可测处沉沦。

司机终于擦了擦汗，松了口气，大声宣布："我们已闯过了玉西莫勒格盖冰大坂！"

车内一片欢腾，纷纷说起刚才的提心吊胆，继而又埋怨司机，不该隐瞒正通过这险要的地方。

"我开车从这里过也有几十次了，还没见过这时就下雪。古诗说'胡天八月即飞雪'，这才是刚进公历的九月。我开车也十多年了，头一次这时碰到大雪。你们紧张，我更紧张，方向盘上攥着几条人命，你们别太高兴，常说'上山容易下山难’。开车也是这个理,在这种天气情况下更难。”

好像直到这时,大家才感到饥肠辘辘。看表,已是下午 3 点多钟。

不错,车上有西瓜,可现在一看到它就觉得齿寒。

“尝尝饥寒交迫的味吧！要不,这词都不会用了。”有人说起俏皮话。

车坚决地停下了,司机说带大家去化缘,这使人想到《西游记》。

雪虽然小了些,可仍然茫茫一片,哪里有人家?司机指指路右侧的下方,朦胧中似是有着建筑物的模样。

下坎后,果然是两三排低矮的平房,是筑路的武警战士的营房。战士们热情地接待了我们。营教导员一听说我们刚刚通过冰大坂,要伙房赶快给我们做饭。

玉西莫勒格盖,在哈萨克族的语言中,是“此处无路”的意思。

这里多是人走不到的地方,为了修筑这条通道,开始时粮食、器材全靠人背、驴拉。昭苏草原平均每年无霜期只有 70 多天,这里才 60 多天。营地在海拔 3600 米,天气乖戾无常。副营长几年前在为推雪机引路时,遭遇雪崩牺牲了。去年的一次雪崩中,掩埋了几位战士。崩塌的雪有 30 多万立方米。战士们用鲜血与生命开凿了在天山腹地蜿蜒的通道。

前方还有阿拉斯坦冰大坂等着我们。

开饭了,端上来的是肉片、鸡蛋、面条。面条都断成半寸长。营教导员抱歉地说:“高原缺氧,空气稀薄,面条难以煮熟,请大家多多包涵。”大伙似乎是谁也没听到这话,只顾埋头狼吞虎咽,不一会,锅已见底。

告别了热情的战士,我们冒着风雪继续行程。不多远,穿越长长的隧道,又过涵洞。司机将车停在似栈道又似长廊的道上,说:“看看阿拉斯坦冰大坂吧!”

公路沿山谷而筑,两旁冰雪覆盖的山崖如削,这段路却建了廊顶,是钢筋水泥结构,是车站?不是！是躲雨雪处,如南方路旁的小亭?似乎也不像。

这个特殊结构的路段，引起纷纷的议论和猜测。

“是为了防雪崩！”

司机的话，令大家恍然大悟，都昂起头来看左边的山崖，但只看到漫天翻飞旋舞的雪。

夜色降临，车开得更慢。时间已是晚上9点。四周只有飘落的雪、雪山微弱的光。越走，天越黑，心里越急，急得怀疑是否走错了路。其实大山中只有这一条路。

山的豁口处，终于出现了光晕，光晕忽闪，那光晕处，是克拉玛依油田。

回到乌鲁木齐，朋友们说，各大报都登载了1996年9月1日的大雪，乌鲁木齐也落了雪。这是新疆几十年未遇的奇事！

后记：尽管在这之后，我们又经历了珠穆朗玛峰、帕米尔高原、可可西里、昆仑山、梅里雪山等高原气候瞬息万变的乖戾，在8月，饱经了雨雪、冰雹、烈日的考验，但9月1日飞雪过天山的情景仍历历在目，因为它是洗礼。

2008年3月4日

象脚杉木王

兄弟王

杉木有万用之木的美称，福建素有杉木之乡的盛誉。南平五台安槽下杉木丰产林，每亩积材 82 立方米。称王的杉木有数棵，大王在梅花山自然保护区。那里有 10000 多亩的杉木林。

四五月的梅花山云遮雾罩，秀媚神秘，忽晴忽雨，多彩多姿。那天，是雨季中绝好的大晴天。从古田出发，经芷溪，到曲溪，两旁大山上米槠林树冠怪异，保护区的老王说，是去年大雪压断了很多枝干形成的。沿山循水，一阵流云，我们来到保护区罗胜管理站。管理站倚据左边山崖。大山在这里豁开石门，云流奔涌，飘荡如河，于是，山谷翠绿漫溢，红花流动。

右前方一棵巨树屹立，长着塔状树冠，我们以为那就是杉木王。小黄说，那是棵油杉王，还不算是最大的王！我们随即要管理站的小李去采几根枝条，带回去扦插，又说，先去看“七姐妹”吧！

石门守隘的山谷错综，我们向右边山谷拐去，路在秧田中蜿蜒，山溪纵横，岸边开满各色野花，丝丝缕缕的游云在身边飘来绕去。又进一岔谷，迎面几棵柳杉，树冠峻峭，似柏树，又像西北的高山杨，主干挺拔，枝条紧贴主干向上，苍劲，拙倔。是谷口的风厉，或是大山的挟持，使它将素有的宽幅树冠化繁为简。

向左,过小溪,溪边一丛兰花,幽香阵阵。登山。坡陡,无路。我们在乱石丛中东一脚,西一脚。“扑通”一声,李老师跌了一下。等到小黄急忙回头拉时,她已清脆地笑着站起来了。

上面林子里传来李老师招呼的声音。我正在听鹛鸟的悠扬曲调,努力分辨是画鹛还是黑脸噪鹛,抑或是相思鸟。

坡下只能听到他们热烈的谈话,循声看去,一片浓郁的绿林,八九株翠竹散落在周围。攀过一个大岩,就见他们正在一片茂密的树林旁。七棵杉树挤挤挨挨地长在一起,小黄问我有无发现奥妙,细细打量,发现它们根部连在一起。

“难道是一树孪生?”

“确实是的。一棵大杉被砍伐后,根部同时萌发出七棵幼杉。不需要种子,不需要播种,这是杉木生命繁育工程中奇特的现象;我们已将它立为研究项目。”

说着,他和老王已在测量七棵杉木的胸围,计算生长量。虽是一树所生,各有所长,最粗壮的胸径已达 44 厘米,最小的才 20 厘米。小黄从中得到什么奥秘呢?若是将它们加在一起,其胸径已达 1.89 米。那么母树呢?当是一棵胸径约 2 米以上的树王!

主干秀长,树冠柔美,春风轻拂,并肩亭亭玉立的孪生七姐妹,似是正在指点前山火红的杜鹃、洁白的木兰,谈笑风生。

序曲之后,再越一小岭;经村寨,转向另一条山谷。

路在古柳杉群落中间。满满一山谷,全是粗壮高大的柳杉,胸径都在 1 米 5 到 1 米 6 之间,树龄最少有五六百年。浓绿苍郁的世界,诱惑你想躺下来,静静地享受着绿的沐浴、叶的清香。我们已走访了福建好几个自然保护区,每个保护区都有古柳杉群落,但还是第一次见到这样大面积的古柳杉,它们溢出了山谷,挤满山坡。

路向右转，沿石级上岭，岭上是古柳杉；下岭，两旁也是古柳杉林立。

谷口开朗，即见远处左右山头各有一棵巨树，遥遥相望，如两座宝塔相视相峙。老王说，那仍是两棵油杉，也应是王。有林学家认为，胸径超过 1 米的，即可称为树王。但它不是保护区最大的油杉王。

下岭，到罗盛村——小盆地的中部。房舍在两条小溪旁，依地势高低错落，沿村中水泥路蜿蜒。小黄说这里有棵厚朴，要和老王去采标本，岔进一条小巷。我和李老师只得依路向前。出了村有歧路，田野秧苗碧绿，正彷徨间，李老师看到左前方小岭坡下一片树林，有两棵大树并肩兀立。树冠并不浓郁，又因背景是岭，看起来有些稀疏落拓。

沿田间小路到达近处，忽见粗壮的树干堵面，惊得我们一愣。好家伙，它迫使你强烈地感到它正在抵撑头顶的天宇，巍巍、雍容。我们只好向后退让，才看到它劲节虬枝，树叶墨绿，赭色的躯干上，绿苔斑驳。它在长到两三米处，分成两枝，如兄弟亲密，并肩耸立，树冠垒塔。

待老王和小黄、易站长来后，我们五人还不能将其环抱，旁边竖有“杉木王”大牌，记录了 1992 年的测定：胸径为 1.91 米，树高 34 米，树龄为 960 年。

我们无法知道杉木王 960 多年的风风雨雨，只能希冀从苍劲、古拙的鲜活的生命体中，判读出一些历史的遗迹，从稀疏的杉果中，引出关于生命的无限遐想。

一步三回首地离去，有种情绪在胸中涌动，细细想来，又理不出头绪，只是一种朦朦胧胧的感觉，转而一想，历经了近千年的时光，它至今依然屹立在那里，其本身就是对生命的赞颂。这样想着心情又稍稍释然。

出罗盛村，水口庙宇迎面，两旁山岭上古树郁郁葱葱。小黄说，那是油杉，胸径在 1 米 2 到 1 米 3 之间。闽西每个村落在溪水出口处，都有跨水而建的庙宇，多为两层木结构的建筑。传说它能关住财富，拒绝邪恶。水口处因是风水宝地，总是古树参天。旁有石碑，记载了村史，似是为杉木王作了诠释。

到达管理站，快上车时，小李送来要他采摘的站旁一棵古油杉的枝条。小黄接过一看，笑了，我误将杉木当油杉了，这也是一棵杉木王！应该重新记录！

象脚王

9月，我们跋涉在云贵高原。从梵净山辗转到黔东北角的沿河土家族自治县。在麻阳河峡谷中探索了黑叶猴王国之后，我们决定再去黔西北角的习水，探索那里的常绿阔叶林文化。9月14日，6点即动身，在崎岖的山道中盘旋，300多公里的路，汽车竟然跑了近8个小时才到达遵义。过娄山关，至古夜郎国——桐梓。这段路虽险要，但路面平整。

“夜郎自大”的成语家喻户晓，“夜郎”在娄山关下的盆地中。县城整洁繁荣，盆地不算大，群山环绕，关隘险峻，构成了称“国”的自然环境。古夜郎国在历史上的消失，虽不及玛雅人消失那么神秘，但已引起学者们的纷纭宏论。

原想在这两处名胜盘桓，但天气阴沉，且还有数百公里的行程，只得匆匆赶路。在路口询路，说是还有200多公里，老汪说不应该有这样长的距离，可言者凿凿。看样子子夜时分才能到达习水。

刚出县城，又是烂路，夜色也匆匆而至。山路陡峭，不见村寨。雨也来了，紧一阵、慢一阵。司机小黎第一次跑这条路，更是小心翼翼。

突然，车灯光中见四五人肩背手提。小黎一愣，我们也一震，直到看见一塑料棚，棚前堆有笋，大家才松了口气，原来是采笋人送货到收购站。小黎一踩油门，快速通过。

我突然惊诧，什么竹子9月才出笋？老汪恍然大悟，说是方竹，这里应是县管的方竹保护区。常见的竹多为圆形。竿为方形的竹，且大片生存，是罕见的。我请小黎调转车头，回去看看那笋是否也是方形的。小黎不语，全神驾车，老汪也无反应。车内立时陷入沉默。我很奇怪，几天来，老汪和小黎对我是有求必应的。

无边的黑夜笼罩着层叠的大山，我睁大眼睛左右回顾，不见一丝亮光。车忽上忽下，如茫茫大海中一叶小舟，不知在何处漂泊，不知向何处漂泊，只有急弯处，刺耳的刹车声，才让我们回到现实的世界。李老师以女同胞特有的细心，一会为小黎剥口香糖，一会递一点干粮，以免他困倦。

车行两个多小时，依然不见村寨，依然不见一星亮光。夜显得格外沉重，雨也稠，整个空气都黏黏糊糊的，寒气逼人，大家纷纷加衣服。突然，发动机声音有异，正巧快到坡顶，路面松开，碎石遍地，轮子打滑；左边是峭壁，右边是悬崖。大家的心一下提到了喉咙口，清秀的小黎脸色一凛，猛踩油门，轮胎卷起碎石打得车底"啪啪"响，似是往上一蹿，落在坡上平地。小黎擦了擦脑门上沁出的汗水，将车减速。老汪却厉声地说："别停车，把大灯全打开！"

气氛陡然紧张，各人都注视一个方向，路边团团黑影，龇牙咧嘴的悬崖一晃而过，虽然都有着过山路的经验，但谁也不敢大意。

难道是碰到了车匪路霸，还是碰到黑熊一类的猛兽？为什么刚巧在最陡处路面松开？抑或是发动机有了故障，无论哪一种情况，在这样的深山，在这样的深夜，都是挺麻烦的。

"前方左边有人！"李老师小声提醒。

果然有人影在树丛中。

"我不发话，你只管往前冲！"老汪对小黎下达了命令。

前面三五条汉子已站住。小黎加大油门，风驰电掣般开了过去。在擦过那些人身边的一刹那，我瞥见有两人将身子侧转了过去。我松了口气，可老汪仍然瞪圆了眼注视着前方，小黎也没有丝毫松懈。

直到近一个小时后，有了灯光，灯光中现出了村寨的影子，小黎才将身子稍稍往后仰了点。这是座挺繁华的大镇,满街都是各种货车。有了岔道,我坚持问路。饭店的老板很热情,说是再往前就到四川了,又说这些车都已停下过夜,在这样的天气,在这样的山区,谁还愿冒险?这里房间干净,价格便宜,他希望我们留下住宿。我们只是问去习水的路,他很不情愿地告诉我们。

深夜,在一片雾蒙蒙中,终于到达了习水。保护区的老刘急得四处打电话,说若是再有半小时不见我们的车,他们就要派车出去寻找了。

习水是酒乡,名酒有习水大曲,国酒茅台酒厂也离此不远。习水市容小巧,黔西北风味浓郁。

习水的中亚热带常绿阔叶林国家级自然保护区,属森林生态系统。老刘介绍这里原始森林中树种的丰富、稀有林木的巨大、树干树形的多彩、文化形态的纷繁,对我的诱惑力极强。还说到贵州才是杉木之乡,不信?有中国最大的"杉木王"!

"又是个杉木王!"

"你还不信,地图上都标得清清楚楚哩!"

我笑了,多年养成这样的习惯:每到一陌生处总是先看地图。老刘满腔委屈,转身从柜子里拿出一幅地图打开。"杉木王"三字果然赫赫立在习水的旁边,轮到我瞪大了眼了。再看上方,是一幅旅游地图,但却表明了人们对自然的重新认识,大家以"杉木王"自豪!

天气虽然没有转晴,我们还是急切地去寻找中国的杉木之最!但老刘却说去长嵌沟,我有点奇怪。他说,那整整一条沟全是丹霞地貌,两旁有天然丹红石壁;风雨雷电不仅塑造了丰富多彩的石雕,而且刻画了无数美妙绝伦的形象。这是条艺术的长廊,保证你进去了就流连忘返。说着他同时又调皮地眨了眨眼。

葫芦里装的是什么宝贝?

刚到沟口,却向右一拐进入一个小山谷。不多远,迎面一座庙宇,金碧辉煌,我有点茫然。老刘说是杉王庙!

常见的是寺院中多有古树,树倚庙而存。第一次见到为树建寺,寺倚树而存,我心里不禁一激灵,站住环顾四周,虽然满目绿色,但并没有一棵大树。

“你们搞文学的最忌直奔主题吧?”老刘调侃。

溪边开满淡红、淡紫、淡蓝、淡黄、粉白相间的花朵,虽不是斑斓艳丽,但高雅飘逸。老刘也讲不出它的学名,说是像翩翩飞舞的蝴蝶,就叫蝴蝶花吧!过小桥后没走远,老刘在身后发号令:“向右——看!”

真是峰回路转,又有一山坳。从西面的山中流来的银亮的溪水,映着铺满金黄色的稻禾。紧走几步,仔细搜索,绿色葱茏的山嘴处有矗立的树冠。如不是在福建梅花山有了寻找杉木王的经验,还真难在这万木繁茂的背景中发现。与那棵杉木王比较,塔状的树冠显得浓稠,但依然是那样刚劲、苍郁。这时,正巧云天洞开,阳光如万道金霞照射,杉木王主干下端闪动着红色的光芒。

沿着南面的山溪迂回,我们终于看清了:杉木王立地的山谷,左右各有一条小溪从深山的西北向和东北向流出,那山嘴犹如巨鼋之首微昂,似在伫立凝目远望。杉木王就是根独立的大桅,桅上旗帜猎猎作响。它一根主干通天,不似梅花山的分为两枝。

快到杉木王跟前了,大家却不约而同停下脚步,注目着巨大的雄伟的躯干。只见一根枯枝的下端的二三十米,油光闪亮,透出无限的生机、旺盛的生命力;尤其是在根部,鼓突出一个一个肌肉强健的树包,活脱脱如大象硕大的脚。闭目之际,似是感觉到大象在森林中走动时大地的微颤。

“这是棵象脚杉木王!”同伴们齐声鼓掌,赞成我的感叹。

围绕着杉木王走了一圈又一圈,细细地观察着它的变化,六七个人还不能将其环抱。据近年的测定,它胸径有 2.38 米,树高 4.48 米,冠幅为 22.6 米,主干蓄材量高达 84 立方米。1976 年,南京林学院的一位教授考察了这棵巨树,为其顶冠加冕,确定为中国现存的最大的“杉木王”!

据志书记载,相传这棵杉王是南宋时期(公元1234年)将领袁世盟率兵入黔时,屯兵于此栽种的,至今已有700多年的历史。民间盛传,当年红军长征由娄山关经过此地,强渡赤水时,朱德、毛泽东、周恩来曾相聚于此树下小憩,盛赞此树。

10多年前在参加新安江上游考察时,我们于深山发现了一片纯杉木林,那里也是蛇的王国。林科所的老赵曾对我说,杉木生长旺盛期为60年,之后就进入了晚年。

然而无论是梅花山的或是习水的杉木王,都已是八九百年的高寿了。梅花山的那棵兄弟杉木王寿达960年,胸径还不到2米。这棵象脚杉木王年轻了近200岁,胸径却达到了2.38米,它为何还依然生气勃勃、生命力洋溢呢?

老刘说:“你看,这是四面环山的小盆地,海拔在1100米左右,气候温暖、湿润。这是天时。土壤是侏罗纪紫色沙页岩上发育的紫色土。你说像巨鼋的山体,是一条小山脊延伸至小盆地边缘的坡脚,两条山溪相汇前端,刚巧使此处成了个小三角洲,土肥水足,它立足于此,真是得天独厚。这是地利。因其古老珍奇,百姓视其为神树,在旁建立了寺庙;后人因为怕寺庙影响杉王的生长,才将杉王庙迁到山口,仍与其遥相呼应。一直得到人们的爱护,这就是人和。你看那顶尖上的树梢有点特别吧?前年,一场雷暴雨袭来,雷击起火,四乡八里紧急救护,才未酿成大祸。

“有了天时、地利、人和这三宝,岂能不繁荣昌盛,你明年春天来看吧,老枝抽新绿,寄生植物白花点点,那种神采飞扬的神韵,会让你词穷文拙。”

老刘当然看到了我盘诘的神色,微微笑了笑,说是要喘口气。我连忙递去了水,让他润润喉。他接着说:“是的,教科书上确实是说,杉木的生长旺盛期为60年。但杉木王已有700多年的高寿,这其中可能隐藏了极奇妙、极珍贵的生命奥秘。它的基因与其他杉木有何特别之处?我们能破译出其中的密码吗？它具有遗传性能吗？这种密码能移植吗？诸多分子生物学上的问题，毫无疑问已激起科学家的浓厚兴趣。所以，我们要保护好它，保护生物的多样性。对我们说来，保护名木古树不仅是文化行为，还有重要的一面，保护科学——保护生命科学。杉木王和我们人类一样，是生命现象，是生命的实体。每寻找到一棵树王，就是寻找到了一个宝贵的、至今依然鲜活的、长寿的生命体。可以发挥一下想象力，如能了解杉木王或无论哪种树王，其抗拒几百年甚至数千年风霜雨雷、虫灾旱情——各种灾祸的摧残，依然保存着旺盛生命力的基因，那将是生命科学上多么巨大的发现！你还可以尽量扩展你的想象力去思考这些问题，怎么想都不过分。”

是的，我们已被带进一个想象的无限世界！想象力是创新的基石！

不知不觉中光线暗淡了，云又将山峦遮去，慌得李老师赶快去选取镜头，她很惋惜在生命幻想曲中沉浸得太久，没有拍到满意的照片；但又很兴奋，因为倾听到美妙的生命畅想乐章。

老刘催我们赶路，说是长嵌沟的艺术长廊已呼唤得太久。

后记：自从福建梅花山的那棵杉木王生存在我心间，我就开始了对于树王壮美生命的思考。

2003 年在西藏的林芝，我们瞻仰了一片每棵树的胸径都在 1 米多的柏树林，它占据了整整一片山坡，有几十棵。其寿应是千年以上。2000 年，在由类乌齐去昌都的山上，看到一片唐柏林(经考查证实)，其寿也在千年以上，但它们没有林芝的柏粗壮，胸径多在七八十厘米，其中最细的一棵胸径只有五六十厘米。它们为何有如此巨大的差距？

还是在西藏的然乌湖畔，我们见到了几片生活在草地、胸径在 1 米之上的山柳林，沧桑、古拙，如诗如画。

在云南腾冲高黎贡山，有棵古银杏，其下树干已空，曾被当作牛屋，可见其胸径当在2米以上。树冠几经雷击已经稀疏,但就在已经中空几乎只剩下树皮的树干上,新芽、新枝鲜绿。

2005年,在南疆的尉犁县沙漠中的胡杨林里,我们找到了成片的胡杨王,胸径都在1米以上。塔里木河的下游已经断流了,但就在它岸边不远处,一棵30多米高,胸径近2米的胡杨树伟岸屹立。

我在天南地北都寻找过树王,都拜访过树王。

它们的同辈在历史的磨砺中,早已销声匿迹,只留有子孙传承;但树王却能够岿然不倒!

树王长寿的密码能够解开、能够移植、能够克隆?

2008年3月11日

掩护行动

——坡鹿的故事

两只雄鹿分叉的角,错综地纠缠在一起。想尽了办法,采取了各种措施,除了把它们拉断,否则怎么也分不开。

它们是怎样复杂地互相纠缠?是一种什么力量结下了这样的死结?

是爱情?是生命!

奇妙的野生动物世界,具有令人难以抗拒的魅力。

在中国的灿烂文化中,鹿是奇妙的角色。无论是神话传说、民间故事、正史、野史,都有它的一席之地。鹿是善良、美丽的化身,是吉祥的象征。北国有马鹿、梅花鹿,西部有白唇鹿,南方有水鹿、麋鹿。体型最小的是云南的麂鹿。过去的印象中梅花鹿是东北的特产,科学考察证明梅花鹿是已繁衍到川西和华南的大家族。

最南端的海南岛,生活着另一种鹿——坡鹿。坡鹿这个陌生的群落,需要特殊的生境,只生活在海岛南端的一小片地方,足以引起我国自然保护工作者的关注,更是吸引了无数的探险者。

坡鹿,在黎族人心目中有着特殊的地位。海南名胜"鹿回头"似乎是这海南岛的象征。那故事是,传说黎族青年追赶金鹿来到海边,前面已是茫茫太平洋了,这时,金鹿突然回头,化作一位美丽的姑娘。

然而,当我历经跋涉之苦,到达白沙邦溪坡鹿自然保护区时,保护站的工作人员指着一片荒草离离的土地，两手一摊说，这里已没有坡鹿了。前一两年，成群结队的人扛着枪，肆无忌惮地闯入保护区，对坡鹿进行了残酷的杀戮，还围攻前来制止的林业局局长，打伤了保护站的人员。这不仅是兜头一瓢冷水，也燃起了我们心中的怒火。

难道这一物种，就要在枪口下从我国灭绝？人类的贪婪竟是如此可怕！

还有一线希望，在南端，还有一个保护区——大田坡鹿自然保护区。

经过莺歌海大片大片的盐田，顶着烈日，沿着海南岛东干线的大道疾行。汗水早已湿透衣服，虽然现在只是1月，北国还是冰雪连天，在海南也是气温最低的月份，但东部地区还是干旱燥热难当。

路上几乎没有大树，只有稀稀落落的灌木丛，或小片小片的单薄的小叶桉树林。这里的景观，已和人们印象中的热带地区大相径庭。其实，它有苍苍郁郁的大片雨林，枝繁叶茂、繁花似锦，也是热带地域的一种地理植被类型。

路途也不太寂寞，汽车和牛群、牛车、赶集的黎族人、用头巾扎得只露两只大眼在外的回族老乡，共同拥挤在这条干线上。车喇叭的鸣叫，和着牛的“哞哞”以及牛车的“轧轧”声，偶尔还有激昂的鸟鸣加入，其景其声，倒也有另一番情趣。

但是，当向导停在干线上告诉我，已到了大田坡鹿自然保护区时，我那惊讶的程度，使向导连忙操着半生不熟的汉语说：

“就这儿，就这儿！我懂，就在这干线上。我已不是第一次领路了。”

我认真地观察起来。

路南，是滩涂平地，不远就是莺歌海。

保护区在路北，这里几乎是一望无际的草原，只有起伏很小的丘坡。各种维管束的植物是这草原的优势种。草很茂盛，有五六十厘米高。灌木丛一簇一簇地点缀在草原上，大灌木丛也偶尔成片，在东边，倒是有几片不算小的幼树林。我突然悟出了,这就是低平热带干旱草原或曰热带干旱稀树草原的景观,是适合坡鹿的既特殊又较为典型的生活环境。

带着淡淡咸味的海风,正急急忙忙把一片片云从太平洋上空吹来;云影在大地上掠过,草原上顿时荡起流动的风影,空气却突然沉闷起来。

几间简陋的房子是保护站的办公处,保护站副站长简单介绍了情况:保护区有40平方千米的面积,有六七十头坡鹿生活在这里。第一任的站长,为建立这个保护区,上下奔走呼吁。他的观点是,要保护好坡鹿,关键是先要做好人的工作。过去常说,教育群众最难,看来教育领导可能更难。有人甚至不知自然保护为何物。比如现在吧,保护区的面积不断受到蚕食,你说要保护坡鹿,他说要放牛放羊……但尚存的六七十只坡鹿毕竟是希望。新闻媒介的报道、社会的舆论,给了我们强有力的支持,科研工作已经起步。

我们正想去野外观察时,突然雷声大作,倾盆大雨翻江倒海而来。雨箭从窗户射进,敲打得一片忙乱。主人建议暂到他们值班室去休息。

一进值班室,湿漉漉的气味让人感到难受。几十里路途的颠簸,还是迫使我向床边走去。刚掀开被子,吓得我倒抽一口冷气,好家伙!白色床单上,七八只蝎子正挤在一堆聚会,像是在讨论研究一个重要、严肃的问题。那肥粗的带有毒钩的尾巴缓缓地左右摇动。真的,我还是第一次见到这么多肥大的蝎子挤在一起。

“吱呀!”空中一声尖叫,是随着一声炸雷之后而来的。我惊得往后一退,屋顶和墙壁接壤处,两只大鼠正在追逐厮打。

睡意已一扫而光,两次有惊无险反使我兴奋起来。嗨!那边一只蜈蚣足有半尺长,黑红的多节的身子,正随着多足在慢慢地移动;左边的墙角,一只巨大的蜘蛛拖着滚圆的肚子,紧张地抽丝织网。

我突然感到胳膊、后颈奇痒,随手一巴掌打去,掌上的鲜血粘着一只大蚊子。这才发现,蚊子正从四面八方向我拥来。

我的反应是迅速的，一步跨到门口，打开门，冲进暴风雨中。狂风疾雨的击打，才使我稍稍定了定神。

我突然想起，在海南搞育种的一位农学家曾告诉我："三只蚊子一碟菜。"大概是闷热的天气、雷雨暴风的昏暗，使这些昆虫和动物来避难，蚊子成群。

且别说这里还生活着剧毒的眼镜蛇、竹叶青，仅是这蝎子还有黑虫就够我受的。没一小会儿，胳膊上、脸上、脖子上就鼓起了大块大块的红包。心知不能抓，但奇痒难耐，几天后抓烂的地方还在淌黄水。

在进入海南之前，动物学界的朋友们曾告诫我应注意的危险。在尖峰岭和霸王岭的热带雨林中，因为警惕性高，虽受过几次惊吓，但无险。今天，完全是被热闹的东干线和这并不起眼的草原所麻痹，毕竟还没有被蝎子、蜈蚣所蜇，付出点血的代价也是应该的。

雷雨过去了，风也柔和地拂动着。太阳却未露脸。

我盼望着太阳出来，不仅能晒干草上的水，而且坡鹿肯定也会出来觅食和晒干皮毛。那时总是能够较为容易地观察到它们。

上午，烈日焦烤，现在却越盼越是不露脸，眼看已下午 3 点多钟了，我急不可待地向草原走去。

1 月，坡鹿已进入了繁殖期。这时是观察鹿的较佳时期，因为雄鹿已在召唤母鹿，参加繁殖的母鹿已从带儿育女的小家中走出，逐渐集群。雄鹿已经或正在参加争偶的角斗。观看坡鹿的角斗，那一定是非常精彩的。这种诱惑，以及时间，都不容我等待。

进入了草原，先在望远镜中仔细观察，发现在这 40 平方千米的草原上，有几种不同的生境：东边多是一片一片幼林，似是落叶季雨林，夹杂着人工林带，有稀树草原的风味；西北基本上是砂生灌丛林；北面大片是低平热带草原。

保护站的老赵在前领路，沿着巡逻小道没走多远，就没路了，只好向草丛中蹚去。白茅、硬骨草、扭鞘香茅,以及各种维管束的植物挤得密密麻麻。

没走几步路,裤子已湿透,遍地的流水也灌进了鞋里,带刺的枝条总是挂住衣服,可是我们别无选择,只有前进。

最叫人难以忍受的是茅草,叶弧的边缘如刀一般锋利,一拉一条血口,汗水、雨水腌得火燎般地疼。走了三四千米路,一只鹿也没有见到。雨水将它们的蹄印冲得干干净净。说实在的,连一粒鹿粪也没见到。我决定撤出,改变方向。

我折头向西南砂生灌丛林走去。保护站的老赵很不理解,说这两地距离太大了。我并没有和他争论,也说不出多少道理,但是我在黄山的三十六岗,曾多次参加对梅花鹿的考察。依猎人说,三十六岗主要是"草山",生境和这里有相似之处。大约也就是那段生活所给予的感觉,使我以为在那里能找到坡鹿。

以闭花木为主的灌木丛,东一簇西一簇地点缀在草原上,很像围棋盘上的棋子。我向一片繁茂的灌木丛奔去。从景观上看,那片大灌木丛中可能有块林间草地。走上一个缓坡,基本上证实了我的猜想。我请老赵从另一侧迂回,并约定了彼此联络的信号。

刚下坡,"哗"的一声,惊得我一愣,只见一只身材颀长、毛色油亮的小动物在树丛中闪了一下。快接近大灌木丛时,地上不断出现兽迹,新鲜得发亮。我无心去辨认是哪位住客留下的信息,只是快捷地向前。已经是下午 5 点了,天黑前的时间不多了。

风还是轻轻的,天还是阴沉沉的,偶尔还有稀稀的毛毛雨飘来。我心里更急。

我没有贸然走入林间的草地。北面、东面都是一人多高的大灌木丛,南面是大灌木丛和小灌木丛的混交林,西面有个豁口。从豁口进去较为方便,但我判断,坡鹿在傍晚应该出来觅食,若直接闯入,即使见到了坡鹿,也只能是一面之缘。

风由南方吹来,我绕道至北面的大灌木丛,寻找到一条林间的兽道。浅浅的小溪缓缓地流动着,溪边布满了兽迹。鹿的蹄印很显眼,印痕较深,表明了它们的体重。

在兽道里潜行,对于我这样的大个子来说,实在是够委屈的,弯腰低头,有时还得四肢落地在泥泞中爬行。在这种生境中,还得时时注意着山蚂蟥和毒蜂、毒蛇的袭击。终于到了林缘,可以观察到林中草地了。

一片茂盛的草地,像是一汪湖水。草有半人多高,间夹着一些小灌木丛。这是坡鹿较为理想的栖息地。树林可以躲避危险,草地可以觅食、嬉戏;尤其是进入繁殖季节,这片土地还是它们追逐爱情的场所。我潜行几步,以便观察。

东边传来了老赵到达的口哨,我也用信号告知他不要走出林子。

微风拂动起草浪,没有坡鹿的踪影。但是,感觉告诉我需要耐心和等待,尽管太阳快下山了。

是的,我逐渐发现在草海中有着异样的波动,就像是渔民从水面的波纹中能觉察到海底的鱼游。

这里那里都有着不平常的波动,像是水底冒出水泡的那种涌波,偶尔能见到灰褐色的影子。是的,这些小精灵正隐匿在草海的深处。

一阵异样的摩擦声从西南方传来,有棵小灌木随着这声音在晃动。嗨,草的缝隙中有灰白的影子闪了一下。是的,是的,那一定是雄鹿的角。它们正在磨砺头上的硬角,这是参与追逐爱情之前的必不可少的准备工作。

在繁殖季节,雄鹿为了占有母鹿群而发生的争夺是真正的角斗。

激烈而又残酷的角斗,鲜血淋漓的角斗。

但大自然中生存竞争的法则就是这样,汰劣选优,只有这样才能保证物种的进步和大自然的繁荣。

只要观看过这种激烈而悲壮的争斗,你就知道“角斗”一词的来源了。

我的心怦然跳动。是的,有可能观察到坡鹿争偶的角斗,那真是难得的机会!

突然,一阵大风吹来,灌木林顿时喧闹,草海浪谷中露出了坡鹿的黑背脊,我满心的喜悦顷刻被大风吹得无影无踪。

我知道,鹿科动物都怕大风。这些食草动物受尽了自然界中凶猛动物的凌辱。为了生存,它们有着灵敏的听觉。梅花鹿的耳朵就可大幅度转动,像是雷达天线一样,接收各方面的信息。大风造成了各种声响,影响了它们对声音的判读。

果然,坡鹿的一切迹象都消失了,只有或高或低随着风向变化起伏的草浪。

西天终于透出云霞,如带如丝。我心里急得火烧火燎,但只有耐心等待。这么多年的野外考察经验说明,很多机会是可遇而不可求的。

风终于弱了,但黄昏已经降临,坡鹿要寻找夜宿的地方了。我向老赵打了个呼哨,两人疯狂地大喊大叫着冲出了林间,向草海跑去。

“噫噫!”

“呦呦!”

深草中,这里那里都跃出了坡鹿,响起了鹿的惊叫和尖细的鹿鸣。

它们灰褐色的身子跃起,优美的曲线,黑黑的背脊线,奓开的白尾花,犹如在绿色的草海上跳动的音符,使这片刚才还是一片宁静的土地,立即充满了美妙的音乐和生意盎然的、鲜活明亮的生命的风采。

美妙极了!我继续狂奔,追踪着一头顶着大大叉角的雄鹿。我摔了几个跟头,爬起来后再追。

发现的喜悦,意识到这个物种尚未灭绝的欣慰,使我忘记一切伤痛和辛劳,这是在野生动物世界探险的最大奖赏。

坡鹿的身体非常像野驴,不仅是毛色,就连嘴脸都似兄弟一般。它们的毛衣上没有一朵如梅花鹿身上的白花。

那头雄鹿忽左忽右地在草海中与我周旋,我只认定它,穷追不舍。

它时而还停下来,扭头对着我,得意又傲慢地一瞥。当距离缩短到我伸手即可抓到它时,它却一奓尾花,举起前蹄,腾地跃起,擦着草尖,两三个腾跃,如剑出鞘。

腾跃的瞬间,那流水样的弧线,洋溢着流动的生命美!犹如人类在田径、体操竞赛中刻意追求的那种健美一样。

美的诱惑更激起我追踪的热情,几圈一兜,那雄鹿就想往树林里奔去,刚一拐弯,却被神不知鬼不觉地出现的老赵迎头挡住。

不知是理解了我的意图,还是这场面激发了他孩子般的淘气,这一配合默契的行动,立即使鹿陷入了困境,几次都未能突出前堵后追。

就在这时,突然有两三只母鹿向我冲来。

是直截了当地迎着我冲来!

完全是在草尖上飞跃而来!

还未醒过神来,它们已扑到了我的面前。我本能地收住脚步往下一蹲,有一只已从我头顶跃过。我连忙在地上横向翻滚。又是两股气流掠过,我才敢爬起来。

鹿的善良、温驯是出了名的,但若是惹怒了它,那蹄子可是强有力的武器。

就在我惊慌失措的片刻,那只雄鹿已经跃入林缘,终至消失在林莽中。

我的心猛地颤动了一下。

有两只母鹿这时却折转身子,漫步向我走来,就在几步开外立住,齐齐地站在那里,张着耳朵,直对我瞪着眼睛。

我紧走两步,它们就用小快步在草海中小跑,跑一会儿后就斜向而立,扭着脖子对我瞪眼。那挑衅、那淘气让人忍俊不禁。

两三个往复,让我兴奋得紧追不舍。这时,它们才认真地奔跑。

突然,我明白自己中了圈套,就索性站住不动。它们也站住,仍然扭头看着我,那美丽的眼睛中不仅充满了胜利的喜悦,而且洋溢着友爱和善良——我心里猛然一惊,这就是鹿回头的魅力吧!

是的,它们掩护雄鹿的任务已经完成,它们有无限的理由庆祝胜利!

殊不知,我正在心中一遍遍地赞美这大自然的精灵!

夜色中,保护站的人已亮着手电来寻找我们了。

没能看到雄鹿争偶的壮观的角斗场面,毕竟是种遗憾。考察的日程也不允许我有更多的时间在这草原等待。但比起今天这激动人心的场面,那已不算什么。

在野外,只要你愿意付出辛劳,就会有意外的收获,谁又能预料明天的事情呢?

这里的考察已经结束,我将去三亚的珊瑚礁。我去保护站告别,踏进办公室,一眼就看到橱柜顶上的鹿角,我随手就将它们取下。

这是两只雄鹿的角,它们的角叉紧紧地纠缠在一起。我用了各种办法,试图将它们分开,直累得满头大汗也没能成功。

“没有用的。我们已研究了多少次,想了各种办法,就是掰不开。这是个解不开的纠缠。”老赵很平静地说。

难道这是……

坡鹿中的雄鹿,每年六七月新茸顶掉了老角,它们各自躲到较为隐蔽处去养茸。那茸逐渐地成长、丰满、美丽,透着锃亮的红色,周体密布细细的茸毛。

坡鹿的茸形很特殊,主枝向后,成一弧形,基干处,又向前长一弧形叉枝,犹如向天的一只大杯的平视图,又像一个大的括号。主枝上生出较多的分枝。传说坡鹿的茸有着特殊的滋补作用,能治疗很多的慢性病,从而引起了偷猎者的贪婪和残忍。在大自然神秘的生物钟指引下,鲜茸开始老化,茸皮逐渐萎缩,脱落后,骨质化的硬角就显露出来了。

这已经是11、12月了。它们已经完成了对自己的武装,准备去参加爱情的角斗,但仍不断磨砺硬角,使角尖锐利,硬度加强。夜晚,它们发出雄浑的吼声,显示力量,表明自己的存在,召唤母鹿前来。

两只雄鹿相见,先是吼叫,继之以角对撞,用角砍杀。角的碰撞、砍杀之声,震撼了旷野,这是生命的搏击,是惊天动地的豪迈和悲壮。

“还是去年,一个放牛的孩子报告,说是在保护区外的西北面,有两只坡鹿倒在那里,好像已经死了。我们赶紧跑到那里,在草丛中找到了它们。这是两只雄鹿,有一只已经死了,背上有个血口,地上汪了一摊血。还有一只尚存一息。我们随即采取抢救措施,可是它们的角奇怪地相互绞在一起,怎么也分不开。”

一片沉默。思绪翻涌的沉默。

以后,这两只死死纠缠在一起的鹿角,时时在我眼前出现,时时拨动我的心弦,引发绵绵的思考。1996年,在“刘先平大自然探险长篇系列”中的《云海探奇》的卷首语中,我写下了如下的文字:

> 动物之间的生存竞争,往往是以激烈的搏斗、残酷的掠杀进行着,这时焕发出的生命光华无比耀目、灿烂辉煌,犹如雷霆万钧的生命交响曲。
>
> 这是多年的体验,但这鹿角绞成的结,确是火花。

后记:数年后,在广西探索了银杉王、白头叶猴之后,心中留存的那两只纠缠在一起、难分难解的鹿角,又催促着我来到了海南岛。经历了长途跋涉的辛劳之后,我却只站在附近,看着保护区丰茂的草木里时而显现的坡鹿,陷入长久的思索，却再也没有跨进。

是因为那对鹿角已经失却？

那对鹿角纠缠在我心间，有着太多的生命启示，可又总是那么含蓄，无法透彻，等到略有端倪，却又一片朦胧。

是的，鹿科动物有着奇特的习性，在繁殖期，不仅坡鹿磨砺犄角，而且要在泥坑中滚动，全身涂满烂泥，才去参加争偶的角斗，更有麋鹿在用烂泥涂满全身之后，还将水草挂满犄角，才去参加争偶的角斗。动物学家说这叫婚饰。可我总是傻乎乎地想起拳击手在脸上涂满油脂。

每只成年雄鹿只要得到冥冥之中传来的号令，就义无反顾地飞驰而来，参加争偶的角斗。但在这场血腥的厮杀中，只产生一个鹿王。

在雄鹿为争偶厮杀时，母鹿只在一旁静静地观望和等待。

然而过了繁殖期，雄鹿若是遇到了危难，常常有母鹿神不知鬼不觉地突然到来，掩护雄鹿逃逸，甚至不惜用身体去挡住子弹。

那对鹿角将永留我心里。

2008年3月7日

经历神奇红树林

奇根世界

20年之后,我想再探清澜港红树林。这缘于在广西北海英罗湾红树林的考察。

按计划,那天是去涠洲岛观察候鸟迁徙的。涠洲岛在北部湾的海中,是候鸟们飞越大海的停留站。虽然已是10月中旬,但正是猛禽飞行的好季节。

天有不测风云,昨晚在北海银滩游水时还是风平浪静,今早却刮起了大风。在渡口等了一个多小时后,港口宣布停航。

只得将去红树林的计划提前。英罗湾红树林自然保护区的海岸线有50千米长,总面积80平方千米。站在管理局眺望,无尽的绿树与天水相接,异常壮观。遗憾的是,刚巧是星期天,我们找不到向导,又值退潮,没有船。幸好这里已开设了旅游观光,我们只好沿着搭起的栈桥,在森林里迂回。

红海榄群落是这里的特色。我们看到的这个群落,总共有100多棵树,几近纯林。红海榄叶柄红得耀眼,挂在枝头的果实上的果柄鲜红得滴水,支柱根长得高。这一切使得这个群落在红树林中别具一格。

红海榄是乔木,但这个群落中的树,都只七八米高。这引发了我想看到红树林中二三十米的高大乔木的愿望。高大乔木自有一种风采——1983年去清澜港红树林的印象浮上了心头,久久挥之不去。

于是，我们结束了在广西寻找白头叶猴、银杉王、瑶山鳄蜥等之后，从桂林又赶到海南。

一叶小舟向大海漂流

清澜港红树林，在文昌河的入海口。

那是个雨后的大晴天。11月的海南岛，阳光灿烂，原野美丽。

出发时却很不顺利，自然保护部门原计划要来一位向导，我们等了半个多小时，向导却没来。而我们的行程安排得很紧，且天气预报今夜又有雨。朋友陈耀时任旅游局局长，只好临时通知文昌县，请他们安排向导。

文昌是椰林之乡，一望无际的椰树铺展在海边，那亭亭玉立的身姿，风中拂动的羽叶，洋溢着南国风情。尽管时间很紧，我们还是禁不住诱惑，停车进入椰林小憩。

巧了，椰树研究所就在路边。然而今天是星期天，原想询问的事情，只好仍然装回肚子中。

这里的椰树高大、粗壮。虽然没有三叉椰、两叉椰、神秘椰，但这里每棵椰树的顶端，都有正在开花的、结果的，幼果、成熟的果，一派繁荣的景象，撩动着每个人的心绪。

我知道在另一片海滩还有新品种——矮化椰树。

风送来一阵机器的运行声。在林中拐了两个弯，只见这里椰果堆积如山，遍地铺的是晾晒的棕色的椰衣。

原来是座小型加工厂，将椰肉、椰汁加工为饮料——椰奶。椰壳是著名的椰雕原料，当然，大部分椰壳是加工成椰棕，做成各种缆具。看着那椰衣如瀑般从机器上下来，李老师不禁感叹：

“真没想到椰子全身都是宝。我也明白了海南人为什么这样爱椰子！”

清亮的文昌河从县城中蜿蜒而过。这里是和平战士宋庆龄的故乡。

我们并未在这里登船,车向东南行去。当文昌河又拦在面前时,我们这才下车。文昌河流到这里,一改秀气,变得豪放,河面壮阔,波澜起伏。远处,两岸一片葱茏,那是出海口的红树林。

在浓荫深处,寻到了一条小木船。这时,有位黑瘦的老头从堤上匆匆下来。

小木船很简陋,唯一的装备是船尾的一台小柴油发动机,下部连着舵。舱里躺着一根只有两三米长的竹篙。

李老师看着我,我装作什么也没看见。开车的司机看着两位向导。向导却正在你看我,我看你。船太小了,就是乘这样的船,在这条大河上航行,再到大海?

黑瘦的老头已解下缆绳,说了句海南话,虽未听懂,但意思很明确:要我们上船。

但谁也没动脚。一路兴致很高、想跟我们看热闹的司机这时宣布:

“我不去了!”

李老师仍然看着我。我是在巢湖边长大的,从小就喜欢驾船。我对她说:“你第一个上,坐到船头去。没事!”

她说:“把摄影器材留下吧!”

她完全有理由担心这样的小船,在如此宽阔的河中航行,随时有倾覆的可能。若是人都顾不到了,哪能照顾到摄影器材?

事已至此,我也只有硬着头皮说:“不用。我说没事就没事!”

她虽然胆小,但多少年来一同探险生活的经历,使她早就习惯于支持我的决定,即使是险象环生,她也绝对会和我同行。

李老师上船了,虽然颤颤巍巍的,但还是顺利地坐到船头。

等到旅游公司来的向导上船,可就麻烦了。他是小青年,一副满不在乎的样子,可脚刚落到船上,他就失去了平衡,手舞足蹈,如跳迪斯科一样。

“张科长，别踩船边，身子稳住。”

岸上一片惊呼。黑瘦的老头没出一声，敏捷地下到水中，一手扶船，一手将他抓住，按他蹲下。

李老师脸色木然，两只手紧紧抓住两边的船沿。

后上的是位很富态的中年人。惊魂甫定的张科长说：“吴经理，脚往船中心落。”原来是位经理。

看样子他已知道刚才的险情是出在重心落到一船边了，船一晃，他越是要保持平衡，那船越是晃得厉害。

吴经理稳重得多，可刚上到船上，那船就往下一沉，沉得人心慌，因为船沿离水面只三四寸了。

我上船后，要张科长仍蹲着，我和吴经理各坐一边。张科长随时挪动位置，以求得船体平衡，很像是在钢丝绳上玩把戏。

等到黑瘦老头坐到船尾，那船沿离水也就只不过寸把了。

“船上也没救生圈？怎么搞的？”

说话的是吴经理，好像直到这时才有了大发现。

黑瘦老头一扯绳子，发动机“扑噜噜”“轰隆隆”响起了。船头微微翘起，浪花飞溅。

“够刺激的！”张科长大声对李老师说。

李老师可笑不出，她正在风口浪尖上，水花像疾雨一般飞溅，她既要用双手紧紧把住船沿，又要护住摄影器材。但这时已无法调换位置。这是我的疏忽，我没有想到黑瘦老头开船这么猛。

我原想请吴经理告诉船长，但看他煞白的脸色，只好自己开口：

“你把船开慢点！”

黑瘦子船长将下巴一扬——迎面驶来了一只大船，船头犁开了水浪，如雁翎展翅。

我明白了他的意思:两船迎面对开,对方是大船,掀起的浪高大;我们是小船,如不在速度上占优势,那相激的浪肯定会将小船掀翻。这时减速或停船,无异于自蹈灭顶之灾!

船长,看你被海风吹黑的皮肤、被浪颠得精干的身姿,我知道你是惯于乘风破浪的,你眼里也根本没把内河里的这点小风小浪当回事,可你想过没有,这四位乘客可不全是在水边长大的!

想什么都没用了。我将位置调整了一下,靠近李老师,站直身子,叫她坐到船舱底部,又将三米多长的竹篙顺到她的脚下,告诉她万一船翻了,摄影器材等什么的别管,千万要将竹篙抓住,那毕竟是救命的稻草,因为她根本不会游泳。

大船一声笛鸣,震得我们一惊。随即小船就在浪峰上跳跃,一会儿波谷,一会儿浪尖。

吴经理一声不吭,但面色如土。

小张科长又惊又喜地尖叫。

李老师紧紧抓住我的手臂。

摄影包在船里来回滑动。

我却像乌江行船的老大,随着浪势,不断调整身子,力求保持船的平衡。

"进水了!"小张惊呼。

我早已看到,船往哪边侧,哪边的河水就涌了进来。

"别动! 找死?"

黑瘦子吼声如雷,震住了小张。

大船的涌浪已经过去,我们的小船也减了速。

嗨! 迎面已是红树林了!

千真万确,船拐进了红树林中的水道。河湾中挤满了红树植物,组成了奇妙的图案,只是片刻,船已经靠岸。

有毒的红树

吴经理刚上到岸上便哇哇大吐，吐得地动山摇，似是要将五脏六腑都吐得干干净净。小张只好又是搀扶，又是帮他捶背。

我们全身都已湿透。

李老师急匆匆地打开摄影包，取出照相机，又急急忙忙地回到船上。我也赶紧走了过去。

她的镜头正对着一朵奇异的粉红色的花，那花丝如羽毛一般，中间挺出长长的花柱。柱头为绿色，底部已有一扁圆形的幼果，如青柿子一般。

啊，是海桑的花！我们为了拍一张完整的海桑花，不知浪费了多少胶卷。前几次，要么距离太远，要么风大枝摇，要么只见到花而见不到花底的幼果。谁知却在这里发现了。

然而，她没有按下快门，是角度不好。我请正在往外舀水的船长挪动船的位置，但不是有枝叶遮挡，就是光线不好，最后只好很勉强地拍了几张。

我们忙活完了，吴经理也直起了腰，擤完了鼻涕，又擦眼泪。

上到堤顶，啊，真是柳暗花明！这片红树林由木榄、海莲、红榄李、海漆、玉蕊、海桑等组成，多是乔木。有的树冠阔大，有的树冠秀气，各种群落构成了不同的层次，与海边潮间带的红树林相比，自有另一种风采。林中片片沼泽，水面如明镜般闪着光亮，在绿茵茵的蜃气中，弥漫着绯红的霞雾，几只白鹭在其中轻盈地飞起落下。

在经历了惊心动魄的航行之后，这片红树林的世外桃源，焕发出无限的温馨，分外诱人。

李老师不断按动快门的响声，犹如小夜曲般跳动着欢乐。

“挑这条路，就是要让你们看这片景色！”

黑瘦子船长的声音，激得我心头轻轻一颤。我努力去他脸膛上寻找，可那儿黝黑黝黑，分明雕刻着饱经风霜的坚毅。我只在他的眼角，发现了一些显得得意的线条。

“这是哪一片？我怎么没来过?”

已稍有恢复的吴经理这时问起了船长。

“这边路难走，从你们的旅游路线过来，还要翻几个水坝子。我看这两位先生能经得住风浪，真的爱红树林。”

第一次听他说这么多的话，我心里搅起了小小的波澜，充满了对他的感激。想必这里有难得一见的景象。

没走几步，吴经理一改刚才的萎靡，兴奋地指着左边的一棵树：

“快看，这上面结了果。是海柚，我已几年没见到这稀罕物了。”

树有十来米高，树冠浓密，那厚厚的叶片也似柚子树的一样。李老师第一个发现了海柚果——它藏在密叶中，个头不大，不像作为水果的柚子，一只有四五斤。它只如常见的橘子大小，那颜色也深得多。在树上找来找去，也就那么七八只。

李老师却急急忙忙往坡下走去，差点滑了一跤，原来是地上落了一只海柚。她捡来后如宝贝般端详一番，才小心翼翼地收到了包里。真有她的，一面在密叶中寻找海柚果，一面还能发现掉在地上的。

这时，她又发现了稀罕物——身旁有棵树，树干棕褐色，很高，但叶子稀稀拉拉，有的枝上只有一两片叶子。在这树冠浓密的林中，它确实怪怪的。难道是落叶树？我们还没听说红树林中有落叶乔木。

她正伸手去攀枝时——

“碰不得！”

吴经理大喝一声，吓得李老师连忙缩回了手。

我已跌跌跄跄地跑到了她的身边，但并未发现什么异常，又特别仔细搜索了那树枝，因为有些蛇和毒虫的保护色和树枝是相似的。竹叶青蛇若是在竹子上，你只要不留意，它就如一根竹枝。

“赶快离开那边！”

李老师迅速撤离，我也稍退后两步。

“你们对土漆有没有过敏反应？”

听吴经理这样一问，我心里猛然一惊。他说的土漆，是生长在山野的漆树，出产质量上乘的漆，在化学合成漆出现之前，油漆家具和用品，一直使用它。汉墓出土文物中的用具，至今依然熠熠发光，靠的就是那层漆膜的保护。但别说是生漆了，即使是漆树，也散发出一种刺激人的皮肤产生过敏反应的物质。

我曾经历过这样的事。

那年我们在山野跋涉，路旁几棵树上的红叶引起大家的兴趣，因为时值初秋，尚无霜染，却已红得如霞。小林还摘了两片叶子。

到了晚上，小林的身上突然起满了红斑与水泡，又疼又痒。房东一看，问我们今天碰过生漆没有。

大家面面相觑，摇头。

房东又问：“你们碰过漆树没有？”

谁也不知道漆树长什么样子。

我猛然省悟：“是不是那几棵叶子已红的树？”

房东说：“这就对了。他生的是漆疮！你们这是过敏。”他又对小林说，“不能抓，忍忍。抓烂了会化脓。”

小林说：“谁想抓呢？痒得钻心。”

看着小林痛苦、烦躁不堪的样子，房东说：“现在天黑了，明天一早就去挖些漆树根来，熬水洗疮，很快就好了。”

真是，解铃还须系铃人，解药就在漆树身上。

从此我知道了漆树的厉害。

“那么,这棵树是不是就叫海漆?”

“对极了！就叫这名,也是红树林家族的。”吴经理很高兴,“它的树汁有毒。你对土漆不过敏,可以剥开枝子上的树皮看看。”

“你当心,别大意!”

我相信土漆奈何不了我,因为我不仅多次从漆树下走过,甚至还用手试过生漆。即使如此,我还是掏出了小刀,慢慢剥开树皮。

枝上确实沁出了如乳汁一般的汁液。我闻了闻,似乎还有些香味,也没嗅出特殊的怪味。

“据说它还是一种香料。很难相信,它得病后,或是腐木,就自然散发出香味。但这种香味不能像沉香那样长久。”

后来,我在高黎贡山、怒江大峡谷考察时,有次朋友请我享用一种傈僳族、普米族同胞喜爱的食物——夏拉。事前,朋友问我和李老师对土漆有无过敏反应。我说没有,又问为什么。朋友说,夏拉的做法是用漆子油煎鸡丁,直到将鸡丁煎焦,然后倒进苞谷酒煮。

不久,那盆美味端上来了。香味扑鼻,在座的两位傈僳族朋友直咂嘴,一位白族的朋友直吸溜着往下淌的口水。朋友给我盛了一碗,并进行指导:“边喝边吃鸡丁,千万别光顾着喝,或只顾着吃。”

我尝了尝,一股浓烈的醇香直钻肺腑,在胸腔中燃起火热,比一般的酒更具有穿透力。那鸡丁又酥又辛辣,怪味十足。当大家又吃又喝,扫荡了碗里的饮料、食物后,傈僳族的朋友唱起来了,有几位离席跳起了奔放的舞蹈,聚会渐渐到了忘我的境界。

朋友说,做夏拉少了漆树种子油可不行,漆油有种特殊的香啊!

夏拉不仅祛风湿,更为奇特的,它还是兴奋剂。

傈僳族、普米族同胞对植物世界有着深刻的认识。

自然界就是这样千奇百怪、变化万千,才无比神奇。

“两栖”树木长板根

吴经理说:“红树林中还有种树有剧毒,叫海檬果,等一会儿指给你们看。在红树林,也要像在热带雨林中,不要轻易去碰不认识的植物。”

从海漆、海桑、海桐、海莲等名称,我想到第一次去东寨港时,保护区的老张说过:红树林的树木,原生陆地。由于长期处于海边的生存环境,它们逐渐向大海延伸,逐渐适应了潮间带的潮涨潮落,成为“两栖”植物。

刚经过一片茂密的红榄林,眼前是一片池塘连着池塘,有的池塘中还留有几棵红树。以此判断,这里原来也应是红树林。

我问吴经理,他沉吟了一会儿才说:

“挖塘养鱼、养虾、养螃蟹……你看,埂边、池内家宝树都留下了。家宝树不仅能制药,而且螃蟹特别爱吃它的叶子。”

我问的当然不是这个意思,有关红树林内的高生物量我了解得并不少。我是问为什么在保护区内竟然毁树造塘。

吴经理先说这可能是在保护区之外,后又说搞不清楚,这要找到保护区的人才能明白。突然有个不祥的感觉出现,原先说好来向导的,后来为什么又不来了呢?

在这方面,我们已有深刻的教训,以东寨港为例,它原有红树林56000亩,经历1958年、1975年两次围海造田后,砍去了大面积的红树林,只剩下了26000亩。失去红树林的护卫之后,造起的田经不住海浪侵蚀,浮游生物大量减少,海产一蹶不振。直到建立了保护区之后,经过这么多年的努力,才恢复到近40000亩。

人啊,为什么要毁坏自己的家园呢?是愚蠢还是……

突然脚下一滑,眼看着要跌入水塘时,我赶紧扭转身子。不知怎么的,我竟然滑溜溜地滚到外埂。幸好,跌得不重,只是滚了一身烂泥。

小张他们急急忙忙赶来。我说，没事。见旁边有一水凼，我就踏着稀泥去洗手。站起来时，正前方的一棵榄李引起了我的注意，严格地说，是它的根很奇特：板状根——地面上，向外生长了四五块板状的根，最大的一块板状根约有1米长，六七十厘米高。

这种板状根和热带雨林的板状根几乎没有区别。板状根是高大树木的一种力学选择，由于自身的高大，需要有巨大的板状根来支撑。

可这是红树林中，这棵树不过十来米高。我转而一想，它在潮间带生活，要抵御海浪的冲击，则必须有支撑系统。它和秋茄、海桐等的支柱根——群众称之为"鸡笼罩"——的作用应是一样的，但我在广西和福建、广东的红树林中，都没有见到这种典型的板状根。这应算是这儿的红树林的一大特色。

它是否也像支柱根一样，具有呼吸和排出盐分的作用呢？秋茄的支柱根上就有很多的气孔。我曾在东寨港剥开它看过，那里如海绵一般，具有淡化海水和呼吸的功能。同行的老张说，这剥破的地方，几天内就会生出一个气根。支柱根也是气根。

我正准备脱鞋赤脚下去看看时，黑瘦子船长说："这里有沼泽坑，而且各种尖利的贝类的壳壳很多。看来你对这些红树根有兴趣，我再开船带你去别处看看，兴许能看到更容易接近的。"

我当然求之不得。吴经理站着没动，用海南方言问船长什么，船长也用方言回答。最后吴经理才犹犹豫豫地挪步跟着走。

我估计他是想从陆路过去，而船长可能是说路远，或过不去。

一行人小心翼翼地下到船上。黑瘦子船长发动了机器，于是小船就像蛇一样，在红树林的绿色水湾中游动。

在一片水椰处，船速减了下来。我急忙拉住它的叶子，想找水椰果。水椰果是味良药，可治哮喘。据说，水椰果不像椰子那样储满了汁水。椰汁为人们提供了可口的饮料，但从椰树自身来讲，是为了繁衍后代。1983年我在惠东地区考察时，主人曾介绍过引种椰树的经验：选种时，首先是抱起椰果摇，有水响的才可作为种子，无水响的则弃之。

那么，水椰果无水，它靠什么来滋养胚芽，让它出生呢？

我问同行的人，谁都没有回答。

难道椰壳可以淡化海水？

红树林为了适应海水的生活环境，创造了绝妙的生存机制！

搜寻的结果令人失望，都没有找到水椰果。船长说："别着急，有时间，我总能够帮你们找到。"

刚进入一片较高的海桑林，像是顷刻跌进了绿色的隧道，绿光中的一切都发生了变异、幻化，波浪如一群怪兽在追逐，红树在跃动。

"哗啦"一声水响，惊醒在绿色梦幻世界的徜徉。

一只漂亮的小鸟，用长嘴钳住一条小鱼，得意扬扬地掠起，扇动着翠蓝的翅膀，在空中稍作停留，然后一转身，极准确地从树隙中飞走。

看清了，这是一只鱼狗，只有它才能表演在空中停留的动作。捕鱼能手小翠鸟也有这样的本领，而且还可以在空中倒车，鱼狗的羽毛虽然都以翠蓝和大红为主，但翠鸟的个头要小得多。

奇妙的指根

出了梦幻隧道，展现在面前的是林下的一片幼苗，密密麻麻地长在浅水区。

奇怪，这些幼苗是黑褐色的，没有一片绿叶，全都是光秃秃的，看似密密麻麻，又似有着一定的排列次序。

再看那林子，多在十多米高。从树的外形看，很似海桑。吴经理证实说，是海桑的一种。

我想，这难道是海桑的种子落下，自然出苗后又被扼杀？曾听植物学家说过，红树林中有的树木，对在自己林下的种子发芽、成林，呈拒绝的态度，因为幼林将直接影响母树的生长，所以母树会释放出一种物质，窒息这些幼芽。

我请船长靠近一些，想看个明白。船长说："这些水道都很窄。那边的水又很浅。你不就是要看那些根吗？"

"什么，什么，那些全是树根？"

"对呀！是冒出地面的根呀！它们都像计算好了，大潮时都没不了顶，根还戳在水面上。那年围海造田时，我们把这些根砍了，大树不久就死了。不是根，是什么呢？"

我猛然省悟：对呀，它们如手指，指问苍天！这是红树林特有的指状根，也称指根，是气根的一种。因为海边潮间带的滩涂多是淤泥，透气性能差，某些红树只好反其道而行之，将根向上长，拱出淤泥的封固，从空中呼吸新鲜的空气！

从海桑林下指根范围看，基本上与树冠相等，但为何如此稠密？毫无疑问，这是海桑呼吸和排出盐分的需要！

在陆地上，我们常忽略植物的呼吸，而在红树林里，在陆地与大海的过渡地带，植物却是如此瞩目地显示着这一需求！

船速很慢，我们像是在红树林中漫步，随着船长的引导，一幅幅生命形态的画卷尽展眼前。

你看，同是支柱根，那形状和结构却随着树种的不同、距离海水的远近而有所区别。

漂过几处水湾后，看到的这片指根异常粗壮，顶端也是圆的！

无论是支柱根、板根或指根，都是红树家族为扩大领土，从陆地走向海洋的一种选择。为了这种选择，为了适应潮涨潮落，为了适应含盐的海水，它们在生命的形态上作出了惊人的变化！这些变化产生了新的物种，展示出生命的顽强不屈，展示着生命的创造，展示出生命的伟大！

难怪植物学家们,正在努力探索红树林奇根世界的奥妙!

海边也是湿地。近年来,世界上的科学家们以巨大的热情关注着湿地,有人说,湿地是大地的肾,也有人说湿地是生物多样性的表现。且不管对湿地如何评价,但有一点是肯定的:人类必须保护湿地!

不知什么时候,船长关掉了发动机,拿起了篙竿,在一个稍大的水凼中慢慢地撑起。

小张眼尖,攀住了一根木桩,顺手从桩下拉起一根绳子,拽起绳索,一个尼龙线编就的、铝质圆环衬里的长圆形笼子渐渐出水了:

嗨,三四只大螃蟹正在其中哩!它们愤怒地吐着泡沫,高扬着蟹钳,骨碌碌转着眼睛,要找对手玩命!

这种笼子是海边渔民常用的一种渔具。进口小,螃蟹呀、虾呀进去觅食后,很难再出来。

小张等到我们看清了,才又将笼子放入水中。又行了十多米,他又提上一个笼子,这只笼子只有一只“横行将军”和几只大虾。我们又提了两只笼,都有收获。

在这范围只有五六十平方米的水凼中,下了近十个笼,且笼笼都有收获,看来这里的水产是丰富的。

船长说:“渔民都知道,红树林中的鱼虾多,近些年,大家也都很爱护。最怕的是养殖户,他们专挑红树林挖塘,沾红树林的光,不顾子孙的饭食!”

他又说:“在红树林中养牡蛎,可以不投放饵料!因为它喜爱吃的水虫子多。今天时间来不及了,明天带你们去牡蛎养殖场看看。”

发动机突然响起,闪开海湾中的渔船,快速地行驶,海水时时倾进船舱,但已没有了大呼小叫。与其说是我们习惯了这种危险的航行,还不如说是船长已取得了大家的信任。

在危险和困难时刻,人们也最容易沟通,并得到相互的信任。

船长说,晚上的海湾,这里、那里都闪起了渔火。这几年发展了灯光诱捕。那才是一片繁忙的生产景象!

说着话儿,船已停靠到岸边。吴经理不明就里,船长说要让我们看稀罕。

清澜港的红树品种较多,原生的有三十多种;而东寨港只有二十多种,但他从国外引进了四十来种。对这点,我已有了深刻的印象,不知他还要给什么稀罕看?

上岸后,穿过一片红榄林,迎面的村寨旁,出现一片高大的树林,是海桑,翠绿的树叶,织成了浓密的树冠。

树高有20多米,胸径总在七八十厘米。浅褐色的树干油光闪亮,表明了它的青春活力。

我仔细寻找,没有发现指根。

水边的海桑有指根,而陆地的却没有,这是否证明了生命形态的选择是由于生存的需要?

啊,这是树王,是红树林中的树王!

红树林中不仅有乔木,而且和一切的树种一样有树王!

树王是一部鲜活的历史,它忠实地记录着这片土地的气候、天文、物种的变迁!是我无意中的一句话——在第一次经历风险后登岸时,看到那些乔木红树时,随口问的“最大的红树有多高多粗?”——这句话引起了这趟观瞻树王之行的!

我问起记忆中的木榄群落。1983年来时,它们高大挺拔的身影,一直深深地印在我的脑海中,也是引发我再探清澜港的动力。船长说,明天我领你们去,在海湾的那边。

感谢你,黑瘦子船长,你引导我们今天的红树林之行!感谢你的情意,感谢你对我们的理解!

临分手时,船长小声地对我说:“今晚你俩还到这河湾找我,我驾船领你去看红树林中的渔火海市,去捕鱼捞虾。”

太妙了！我庄重地点头。

红树林院士

红树林是生长在热带、亚热带海岸潮间区的森林,又称为海低森林。它是一个特殊的森林系统,在我心间也就有了特殊的牵念。20 年来,只要有机会,我总是要去探访,因为那里的谜太多,奥妙无穷。

人与自然的和谐相处,共存共荣是永恒的主题。

生物多样性是生物世界繁荣的标志。

3 年前的 4 月,我和李老师去福建考察。先在武夷山探索了生物多样性之谜,继之到龙栖山、梅花山国家级自然保护区,寻找华南虎的踪迹。我国虽有虎数种,但只有华南虎是特有种,是真正的中国虎。根据动物学家对化石的研究,华南虎与原始虎最为接近。

但野生华南虎销声匿迹已很有些年头了,直到近年才又不断有关于虎踪的报道。这是保护自然的成效。

5 月初,离开梅花山自然保护区,在参观了永定、南靖的土楼之后,我们直奔漳州与厦门,探访我国的红树林自然分布区的最北线。

之前每天跋涉在崇山峻岭中,现在突然来到了海边,心情和景色都有了变化。

阿嫂挖土笋

这正是荔枝花信勃发的时节,花穗挺出,黄色的花朵稠密。漳州是荔枝之乡,登高可见壮丽的碧海黄花!

水仙更是举世闻名。我们经过圆山时,主人说,只有圆山的东侧所产水仙为正宗,西侧的就要逊色得多。

前两天下了一场雨，我们出了龙海浮宫镇，就见九龙江大堤后面，浓密的红树林如绿色的长城，蜿蜒起伏！那就是龙海红树林自然保护区。

此处是九龙江的出海口，冲积平原。我们在圩间泥泞的小路上行走，又陷又滑，比攀山越岭多了另一份乐趣。你要防止滑跌，就得不断调整姿态，转体或弯腰曲背，大家戏称“扭秧歌”。没走多远，已大汗淋漓。上堤的一段路只不过20来米，大家只好手牵手，保护区的小林像是拖拉机，将我和李老师拉了上去。

到达堤上，红树林织成的屏障，将大江掩去，平添了几许神秘。红树林沿着堤外的坡度，一直向江边延伸，只能在枝叶的缝隙中，看到九龙江的波光。

这片红树林，主要由秋茄、桐花木、木榄、白骨壤组成群落。我们眼前的这片林子，主要是木榄。木榄属红树种，树高多在六七米，对生的椭圆状叶为革质，碧绿油亮，长势良好，枝头挂着青色的果实。果实很长，有十一二厘米，我们剥开果实蒂处，见已有小小的嫩芽冒出。这就明确地表示它是典型的“胎生”。当那嫩芽已能独立生存时，它就要脱离母体，成为自由落体，插进滩涂。

神奇的“胎生”植物，引起了科学家探索生命的奥秘。

据资料载明，九龙江口的红树林品种较少，只有数种，并没有木榄的自然分布，我心里很奇怪。

保护区的小林将我们领到一河湾处，其实这是一条小河汇入九龙江的出口。我的眼前顿然开朗，宽阔的九龙江犹如一个大湖，波涛滚滚，对岸的景物依稀。

堤下的滩涂上长满了幼树，我发现其中有海莲和木榄。

小林说，厦门大学林鹏教授多年来一直从事红树林的研究，是这方面的首席科学家。将海南的某些红树林树种引种到福建，以丰富红树林的品种，是他的研究课题之一。福建的原生品种都具有抗寒性能，要让喜爱高温的红树适应低温,难度不小。他的试验基地就建在这里。木榄和海莲都是从海南东寨港红树林保护区引来的。你们已看到了,引种是成功的。那些较高的树是第一代,它们的种子已繁育出了第二代。

我想起在一份资料上看到,由于红树林的特殊价值,浙江的温州、乐清也已引种了秋茄。

小林说,林教授通过对红树林的生理生态研究,已总结出了整套的北移引种经验。温州引种成功,是这项科研成果的结晶。林教授在这里还进行了一系列的研究和试验,譬如红树林的能流、物流、生理生态学、污染生态学……

我在海南红树林保护区时曾听主任介绍过,每10000平方米红树林的枝叶生物量达到惊人的数字。他引用的数据,就是林教授的发现。红树林对镉、汞等等重金属和泄漏的柴油有较强的吸附力,因而在消除污染方面有着重要的作用。这种研究工作,有些项目是同时在海南、广西、广东、福建等地进行的。

红树林中传来了笑声。不久,我见到了三四位妇女的身影。

她们头上扎着巾帕,右手提着铲子,左手提着小桶,裤脚卷得很高,满腿烂泥。

小林说:“挖土笋的。”

红树林中有笋子?我自信已走过中国绝大部分的红树林自然保护区了,还从来没在红树林中看到过竹子,难道竹子也从陆地向海洋进军?

等到她们上到了堤上,我紧走几步撵上,急忙去看小桶,哪里是什么笋子,全是黑不溜秋的、如土蚕一样的小虫,在里面蠕动,最大的也不过两厘米多长。

“这就是土笋?”我问。

那位大嫂只是微笑着。

小林说:“是呀！它的营养价值高着哩！几十元一斤。怎么,你以为是竹笋?”

我不知该怎么回答。

小林宽厚地笑了笑:“北方来的朋友都有这样的想法。红树林中的土笋最多、最肥。阿嫂,你们今天收获不少啊!”

那阿嫂赶快声明:“我们都是按照要求,没挖树根下的,一棵树也没伤。”

真的,每人都只挖了小半桶。

泥沼危险

我问:“怎么不挖了?”

她抬头看看已近中天的太阳,说:“还要去赶市哩!”

这片红树林是在九龙江的堤外。刚才,我就想进入红树林,看看这里林子的特点,现在又有了这样的好机会,怎能放过?但总也不好意思请哪位留下带领我去挖土笋。

经过一番周折后,小林从一位熟悉的阿嫂手中借来了铲子。李老师也要脱鞋,我说你还有摄影器材哩,我们陷到烂泥坑里,最多是滚出个泥人,照相机可不行。好说歹说,她才同意在岸上同行。

我脱好鞋,做好准备。

待李老师走开后,小林才说:“这里有海潮,原来又还有很多的小河汊,红树林起来后,淤泥被改造成了新地,将很多小河汊掩盖起来了。要是掉进那里,也和掉进沼泽地的泥坑差不多。进入林子后,你得听我的,要不,现在就穿上鞋子。”

这家伙,居然下绊子了。在野外探险时,碰到这种情况,我总是非常真诚地点头,满口答应,因为我也不愿意发生性命攸关的危险。同时我还很感谢他没当着李老师的面说,免去了她的担心。

刚进入林子,那景象和巢湖边的柳林区别不大,各种昆虫往脸上扑,往衣裤上爬,一股绿色的清香使人心旷神怡。我是在巢湖边长大的。

土笋生活在滩涂中。再往下走,那就不一样了,烂泥很深,堤上的木榄、秋茄的支柱根不太发育,但在潮间带,它们有了支柱根,虽然这些支柱根没有我在海南看到的奇特。

临水的一片秋茄林,多有一米高,没有支柱根,但根部粗壮,主干却比根要细得多。我近前去仔细查看,发现那粗根上有很多的气孔,难道在九龙江口,它的支柱根却变成了像棒槌一样的板根?

“蟹,青蟹!”小林急呼。

看到了,就在我的左侧,我连忙伸手去抓。一只青色的大蟹,圆眼骨碌着,举起大螯对着我的手。正当手在躲闪时,它横着身子,舞动了四对爪子,如蜘蛛在丝上滑行一般向水边逃跑。

我紧撵几步,眼看就要抓到,可它不是张钳,就是舞爪,总是在一瞬间差之毫厘。

渔猎是人类的本性,这种基因无法磨灭。小林也加入了围捕。

它总是向水面逃,它到了水里,也就到了最安全的地带。我钦佩它横行时识别方向的本领。对策当然是要到它前面兜头拦住。突然,我的脚下一空,心知不妙,连忙收腿,哪里还能收得回来,只听“扑通”一声,跌进了烂泥,身子直往下沉。眼见旁边有棵小秋茄,我赶紧抓住。

小林也眼疾手快,跑过来将铲子往地下一插,一手抓住铲柄,一手拉住了我。这时,我感到脚已落在稍硬的土上。

“怎么啦?”

传来了李老师在堤上的呼叫,肯定是听到了我跌进泥沼的声音,但又看不清林子里的我们。

“没事!”我赶紧答了一声。

费了很大的劲,在小林和那棵秋茄的帮助下,我才爬了上来。

好家伙,这泥沼真深,淹到了我的肚脐上,我简直成了泥人。再看小林,也是满身烂泥,连脸面也成了花的。

两人相视大笑。

小林说:“都怪我,要你警惕泥沼地,我却忘了。”

我说:“怪那只青蟹,是它的引诱。”

小林说:“回吧,都这副模样了。一身烂泥可不舒服,生了病就……”

“哪能呢?现在回去,不是冤吗?大难不死,必有后福。肯定有好事等着我们。”

说实话,满身的烂泥,又腥又臭,裹在身上很不舒服。

小林说:“靠着树根走。”

我还敢大意?到了江边,江水流得并不很急,但我也只敢在浅水处刷洗。

我还是往刚才陷进的泥沼那边走去。小林说:“你还想再玩一次心跳?”我只笑了笑,因为在陷进泥沼时,看到了稀奇。

不错,它还在那里。这是一只正向青蛙成长的蝌蚪样的动物,但比蝌蚪大,前面长了两只腿,后面拖了根长尾巴。它趴在秋茄的树干上。我曾在哪里见过。

小林一定是看到我那聚精会神的样子,说:“还不快抓住?跳跳鱼也是几十元一斤!”

它就是跳跳鱼?难怪有似曾相识的感觉哩!它的学名叫弹涂鱼,因为它可以像青蛙一样蹦跳,当地的老百姓叫它跳跳鱼。我在海南红树林见过。

“它会上树?”

“长两条腿干什么?长了就得派上用场呀!这是红树林里的特产!”

面对万千的生命形态,智慧大门常能豁然开朗!

我拍着巴掌赶它下来,可它充耳不闻;只好用手去赶,它才急匆匆地往下一跳，落到泥沼上，又“噌噌”地跳了几下，才在一小水凼里停住。

水凼中的招潮蟹，立即往洞里一缩，收起螯钳，只是瞪着眼睛。招潮蟹橘红色的背壳鲜艳，一个螯大，一个螯很小，像是不对称美的祖先。

小林不同意再冒险了，说：“有一处滩涂土笋多。”

我们就向他说的地方走去。

在林中行走，我逐渐看出了一些特点，靠江边的地段，大多是幼树。幼树带之后，是成林。再后，又是幼树。靠近堤上的又是成林。这是人工营造或是自然形成的？有一点是明显的，因为红树林有造地作用，江边的是自然新生的幼苗；若是人工营造，则是为了护卫大堤。

桐花树是灌木，叶子肥绿，正开放着小而密的白花。

怎么没有看到老鼠簕？小林说，都快给挖完了，传说它可以治不育症，能壮阳，都来挖，看也看不住。

来到一片滩涂处，小林挖了几处，一个土笋也不见。在我一再诘问之下，他才承认不是本地人，从来没挖过土笋，只听说过土笋住在泥中，地上有洞。至于是什么形状的洞，洞外有无像沙蟹推出的土，洞有多深却一概不知。

只有靠碰运气了。我想还是用笨办法吧，他挖出一大块泥土后，我将土掰开，又捏又摸，终于摸到一个软软的直蠕动的小东西。取出一看，哈哈，真是土笋哩！

我说：“这土笋不就是海南的沙虫吗？”

小林说：“也对也不对。听说它们都属栖息在滩涂中的星虫类。沙虫主要是生活在沙质的海滩。”

“为什么叫土笋呢？”

“你看它像不像笋子？冬笋也得在土里挖。其实我也不知道，只是连估带猜的。”

挖到的土笋不算多，可我们捉到了几条小鱼，捡了几个小螺。

李老师很烦躁。

我对这片红树林已有了印象。在将捕来的土笋、小螺、小鱼都放回生它养它的地方之后,也就往海堤上走了。

李老师一见我俩的模样,就吃惊地问刚才发生的事。小林说了个大概。

这边景象变了,红树林后,全都是海产养殖的池塘。塘边建有一座座小棚,成群的白鹭,在养殖区的上空飞起落下,高空有猛禽在滑行。

红树林营造了繁荣。

“200 两”的故事

小林说:“我讲段故事作为补偿吧!当然,今天晚上还要请你们吃跳跳鱼、土笋冻,将土笋烧后连汤汁一起冻住,半透明的,可切成一片片糕样,味道鲜美极了!”

龙海种植红树林的历史,始于20世纪初期。有位姓郭的华侨,目睹了台风、海潮对海岸的侵蚀,尤其是海堤崩溃后的灾难,就从侨居地印尼引来了红树苗,栽种在海堤外的滩涂上。红树林有效地防止了海浪的侵蚀,这些树后来都长到了十几米高。

还有个“200 两”的小故事。在草埔头那边,也是因为海风造成连年决堤。同乡华侨募捐,花了200 两黄金,买了条旧军舰沉没在堤外挡风浪,可谓钢铁堤防了。然而没过几年,军舰一头下沉,一头被海浪冲歪,还是镇挡不住,照样遭灾。1958 年开始大量种植红树林后,堤岸才固若金汤。从这个意义上说,红树林比黄金价值更高。

“1959 年 8 月 23 日,这一带遭受了 12 级特大台风的袭击,大多数堤岸被冲垮,但有红树林护卫的堤岸,都安然无恙。

“1958 年至 1964 年间,龙海又组织四次规模较大的营造红树林活动。群众看到了红树林明显的生态效应。仅是修堤一项(过去海堤每年都要修),一年就要省下几十万元。这几年富了,也多亏了红树林护卫了养殖场。

“但是红树林也不断遭到破坏,前两年这里发生了一起保护红树林的事件。起因是有一商人,投资一个项目。一切准备就绪,即将要动工时传出一个消息:这个项目要毁掉几百亩红树林。这下可炸了锅,遭到了龙海百姓的强烈反对。

“但这个项目很有来头,又是上面压下来的,于是双方展开了激烈的斗争。有些重要的媒体介入报道,后来在大量的事实面前,这个项目终于被取消了。林鹏教授始终站在我们这边,他的影响很重要。

“几百亩的红树林终于被保护住了!”

这个故事,我也曾听说过,但不如小林说得有声有色。

我还想起浮宫镇老洪说的,有个纸厂,造成废水污染 ,使他们养的牡蛎全死了,造成的损失,仅海产养殖每年就高达 3000 多万元;可那个纸厂一年的利税才 1000 万元。有的人,连这样简单的账都不会算,纸厂到现在还没有关闭!

什么时候才能让这些领导认识到保护红树林的意义呢? 在自然保护方面,有人曾深有感触地说,过去有人说难在教育群众,现在是难在教育领导!

回程时,小林说不去扭秧歌了,干脆插到公路上吧。

太阳已近树梢,晚霞外有一圈乌云。我很担心天气要变。

文昌鱼的奥秘

风将路旁荔枝、龙眼的花香不断送来。几只绿色的小鸟,匆匆地在林子里飞起、落下。不多远,林相变了,树冠与荔枝的不一样。小林说是杨梅林,这里出产的杨梅名气很大,酸甜适度,是鲜食或制成果脯的上乘之品。女同胞最爱吃的八珍梅就是它制作的。

一说杨梅,我满嘴都是酸水。那时刚到杭州读大学,第一次见到红艳的杨梅,嘴馋,买了一斤,坐在西湖边上一边看风景一边吃。吃时发觉很甜、微酸。可第二天吃早饭时,却上牙不能碰到下牙,牙根都酸。从此对它望而生畏。

说着话儿,已走进了杨梅林。青梅在挂果时,枝头常有红的嫩叶。杨梅叶片深绿,枝上缀满了正在变色的梅果,个头如巨峰葡萄,比浙江产的如杏般的杨梅要小。忽见有棵树上的杨梅已红,有几颗还红得发紫,我想这才5月初啊。小林说,现在都赶市场,这是早熟品种,他随手摘了几颗递给我们。

见我直摆手,小林说:"龙海产的杨梅有特殊的治病、防病的功能。这些年来,糖尿病成了时髦,可这地方的人,却没有得糖尿病的。据说这是多吃杨梅的功劳。"

尽管他如此热情,我也只是礼貌性地咬了一口。李老师却吃得有滋有味。

天气真的变了,阴沉沉的,但我们仍然决定从角尾乘船去厦门,因为很想就便看一看这一带的海域。我和古生物学家陈均远教授有过一段友谊,曾专程到云南澄江去访他。澄江寒武纪生物化石群的发现和研究,证明了在五亿三千万年前,生物发生了大爆发。这一研究结果,向达尔文的进化论提出了有力的挑战。陈均远就是这一研究领域中的首席科学家。他在谈到生物进化的奥妙时,说了一个例子:文昌鱼是最早的脊索动物,正是脊索动物的进化、发展,导致了人类的出现。但时至今日,文昌鱼几乎没有任何的进化,仍保持了五亿三千万年前的状态。

文昌鱼就生长在厦门的刘五店一带海域。文昌鱼很小,只有几厘米长,细细的,栖息在海底的沙层中。其味鲜美,营养价值高。它是在19世纪末被发现的。那时它的产量每年有七八十吨。但后来,由于生境遭到破坏、污染,产量大减。现在那里已建立了文昌鱼保护区。

渡船启航时,雨已下大了,对面的厦门岛在一片迷蒙中。大海也被云遮雾罩,更显出海的壮阔与神秘。到了海峡中流,风浪骤起,船在浪峰波谷中颠簸。

我问刘五店所处的方向,有几位乘客摇头,只有一位用手指了指两点钟的方向。极目望去,雨丝如帘,天海茫茫,只有待天晴后,再乘船去探寻文昌鱼的神秘了。

我们每到一个红树林自然保护区,总是能听到主人介绍林鹏教授的业绩。秋茄的能流、物流的研究是在这里的,红海榄群落的研究是他主持的,他与红树林已经成为一体。在谈红树林时,已无法不提到他。正是他在研究红树林领域的卓著成果,使得厦门大学成了我国研究红树林的中心。

厦门大学坐落在海边。蔚蓝的大海、五彩缤纷的花朵、亚热带的碧绿林木,将学校装点成花园。

红树林院士

在朋友的带领下,我们来到了林鹏教授的家中。

他身材魁梧,儒雅、睿智,眼神中常有精光闪现,一丝一毫也看不出他曾经历过一场车祸,死里逃生。

我听朋友介绍过,1987 年他在野外考察时,遭遇车祸,司机当场死去。林教授身负重伤,昏迷两个多小时,双腿和右臂粉碎性骨折。医生慎重、负责,为了查明伤情,作了剖腹探查。他前后共做了 5 次大的手术,身上开了 7 个切口,住院 493 天,说是死里逃生一点也不过分。十几年之后他还能有现在的状态,是生命的奇迹。

当然,更是由于品格的崇高。他的坚强性格里充满了韧性。

话题当然是红树林。

多年来,一直萦绕我心头的是红树“胎生”的神秘。

我知道林教授在这方面的研究有独到之处。他说了很多红树林学科的生态学、生理学方面的问题,这些问题当然无法一一记录,只能是根据我的理解整理了。

红树植物是由陆地向海洋发展的,首先它要经受海水中盐分和潮起潮落的考验,也即说它在适应海水中盐分时,自身须要调整。支柱根、气生根、板根、呼吸根等等,就是为了适应生存环境的结果。种子呢,它应能适应海水的侵蚀,于是红树在种子构造方面作了选择:种子留在母树上发芽——实际上是在母体中吸取抗盐和在潮起潮落中立足的本领。一旦它具备了这些本领之后,母体就将它分娩出去,让它用自身的重量,以自由落体的方式插入滩涂。

其实还有种"隐胎生"的,树芽没有冲出果皮、仍在果皮里;一旦到达海水中,树芽立即冲出,和"胎生"的适应是同样的。但"隐胎生"的不属红树科。如白骨壤为马鞭草科,桐花树为紫金牛科。

据说,长白山天池水边也有一种"胎生"的草。

关于"胎生"植物的诸多神秘,正激起科学家们的研究热情,相信会有更多的发现。

我们谈得很融洽,有时欢笑,有时默默沉思,时间在不知不觉中流逝。

离开林教授的寓所,感受着海风的吹拂,呼吸着花朵散发的馨香,我在梳理纷繁的思绪。

林鹏的家乡在龙岩那边,他幼时家境贫寒,当过学徒。中华人民共和国成立初期,他还在挑着小担运送红糖和盐。正是在一次挑运途中小憩时,他看到了厦门大学的招生广告,这份广告激活了他心底深处的求知欲。于是,他跑到龙岩,参加了补招的考试。1955 年大学毕业后,留校工作。从此他和植物学结下了不解之缘。

他在一本有关红树林著作的序言中写道:"编者的导师何景教授非常重视红树林工作,早在 20 世纪 50 年代初期就领导我们从事此项工作,此项工作实际上是他教诲的成果。”尊师是中国知识分子的美德。

他专攻红树林,起因于一本外国学者著的《湿地海岸生态系统》。这本书中竟将中国列为红树林空白区。这种无知,不仅使林鹏吃惊,同时也让民族自尊受到了伤害。

中国不仅有漫长的海岸线,而且有着繁茂的红树林!

科学是用事实说话的。从此,他在红树林学科中孜孜不倦地探求。

和他同时代的大多数科学家,都有与他相似的心理历程。我和他们中的几位有着深厚的友谊,非常理解流淌在他们血液中可贵的民族精神。这种精神,是民族奋发前进的动力!

学校给予了全力的支持,林鹏教授组织了科研班子,制订了规划,走遍了凡是有红树林生长的海岸。

在1985年国际红树林学术会议上,中国代表林鹏关于红树林研究的报告,引来了雷鸣般的掌声。他用无可争辩的事实,纠正了偏见和无知!

正是这些令世人瞩目的创造性的成果,让他成为首届国际红树林生态学系统学会唯一的中国理事。之后,他参加了国际上《红树林宪章》的制定,他将中国的红树林以及对红树林的研究带到了世界!

我想,他的功绩,首先是完成了对中国红树林的种类、区系分布、生理生态等等基础学科方面的研究;再者是对红树林的价值的探讨。他的研究证明:红树林在生物多样性、维护整个海岸生态环境方面,有着无可替代的作用。作为红树林自身,有着高生产力、高归还率、高分解率的效益。红树林的特殊属性,具有极大的生物开发、利用的潜力。

其实,他的最大功绩,是用红树林的非凡价值唤醒人们,尤其是东南沿海人们认识红树林,保护红树林——这个人类的财富和家园!

我说到龙海百姓保护红树林的故事。他说,那次的压力可大了,在这种强大的压力下,有些人退缩了。对方声称,要组织几十人到我家门口静坐,要我改变态度。可林业厅支持我,不是支持我个人,是支持我们提出的保护红树林的观点。所有有识之士的奋争才保住了那片红树林。

还有两点引起我很大的兴趣。

他说,全世界都在关注从海洋生物中寻找新的药物,红树林是由陆地向海洋发展的,它在这方面应该有很大的潜力,已知的就有好几种对疑难杂症有疗效;但还是以不声张为好,免得给红树林带来破坏。

全球温室效应的加强、气候变暖,对森林生态系统的影响已引起人们高度的关注。红树林生活在陆地和海洋交界处,温室效应会造成海平面的升高,将对它产生重要的影响。科学家估计,到 2030 年,全球海平面将平均上升 8 ~ 29 厘米,那么,红树林中的有些品种还能生存吗?全球红树林的面积巨大,约有 60 个乔木和灌木种组成,这将对全球的环境产生什么影响?尤其是我国应采取什么样的对策?

我知道,他正在进行这方面的研究。

今年,朋友传来消息说,林鹏教授当选为院士!

祝贺您,红树林院士!

夜探红树林

红树林的风韵,洋溢在蔚蓝的大海和绿叶交相的辉映中。

2 月份,我从红树林带回几颗种子。

种子是在海南东寨港红树林自然保护区拾得的。站长送给我时,特别指着顶端的两片嫩叶说:

“你看,种子还未成熟就开始萌出新叶,一旦成熟,种子脱离母体掉下,又尖又长的尾部就插入了海涂,几小时后生根。若是被海潮卷走,它就过着漂泊的生活,一旦碰到滩涂,它就扎根。多神奇!种子一落地,就已完成了一般植物扎根、发芽的阶段。任凭潮涨潮落,它已牢牢地立足发展了。”

种子为长纺锤形。上端平头，长出两片绿叶，尾部又长又尖，中间是纺锤形的圆肚子，最粗处直径有1厘米多，总长有十多厘米。这就是大名鼎鼎、神奇的、被科学家们称为“胎生”植物——秋茄的种子！

与其说它是颗种子，不如说它已是一棵秋茄树。种子为肉质，通体绿色泛红，有叶。生命的形态、生命的繁衍，多么奇妙，多么丰富多彩！为了适应严酷的环境，生命的本能做出了令人感叹的巨大的、坚忍不拔的努力！最伟大的思想家，在它们面前也得俯首沉思！

我将秋茄的种子插在水石清的盆中，每天都要看它几眼。一个月过去了，它们还是那样翠绿，新叶依然是两片。两个月过去了，仍然未见动静。春天就在这样的等待中远去了。

6月的合肥已是盛夏。中旬，我从北京回来。进了家门，眼前一亮，秋茄长高了，顶端又绿了两片树叶。才四五天的工夫，几棵秋茄，在水石清的盆中，已俨然成了生机勃勃的红树林。这大概是一盆难得的盆景了，朋友们争相参观。

我猛然醒悟，它们是热带海岸水中的林木，当温度达不到它们的要求时，它们也是在耐心等待，在等待中积累力量。一旦大自然发出了号召，它们立即踊跃呼应。我怎么没有想到这样简单的道理？生命的底蕴、内涵，太奇妙！太神秘了！

海上森林

探寻“胎生”植物的神秘世界，是20多年前的事。

当时的目标是海南红树林。凭着想象，我不知道被人们称为“海上森林”“海底森林”的红树林，是怎样一种景象？但无论是“海上森林”“海底森林”抑或“红树林”，已具有强大的诱惑力。你想，有片森林如火焰般燃烧在蔚蓝的大海上，那该是多么艳丽、壮美的景象！

那天,我们从海口乘公共汽车,经过琼山五公祠之后,进入一片红土荒原。

车停一小镇带客。我偶然抬头,见站牌上是"美男镇"。心头一颤,立即注意观察行人,似乎没有见到多少可称为"美男"的人,心里不免有些失望。但小镇能勇敢地伸张男人们的阳刚之气,确也令人感动。车又前进,我问邻座的海南人镇名的由来。

他说:"西边还有个'美女镇'。那里出美女,歌舞团常去那里挑选演员。"

"歌舞团也来美男镇选演员吗?"

"没听说。"他停顿了一会儿,又说,"你不能用北方人的模子挑。男人有本领就美!"

这一说,引得我哈哈大笑!他对美的理解实在不一般。

说笑中,车翻过小丘,进入密密的树林中。微风中飘来一阵菠萝蜜的浓香。正在寻找菠萝蜜时,一片椰林已展现在面前。椰树高大,风姿绰约,树端是累累的椰果。透过椰林的树干的间隙,看到的大海是无数块明镜。

啊!海边是密密的树林,一直向大海伸展。蓝色的海水中,浮动着墨绿的树冠,袅袅的蜃气,从绿树中缭绕而出。蓝色的水道将森林串联成大块翡翠。几只白鹭在上空翱翔。

车在海边停下。

到达保护区,我问:"红树林离这里还有多远?"

老林指着眼前像是浮在海水中的树林说:"这就是呀!"

我愕然了。这就是我刚在车上看到的树林,只是到近处才发现它们有的挺立在海水中,有的树干已被海水淹没,只有树冠浮在海上。很像我的故乡巢湖边上的柳树,当夏季湖水上涨时,它们就成了水上树林。

"红树林,应该是……"我嗫嚅着。

老林宽厚地笑了:“这些生长在海边潮区带的树多属红树植物。我常碰到人问红树林怎么不是红色的？这就像叫银杏树的,并不是说它是银色的。当然,既叫红树林,也是有原因的。这科的树,多含丹宁树皮,材质大多是红褐色。红树有十几科,几百种,是个丰富多彩的大家庭。它奇妙的生境、神秘的生命史、特殊的功能,引起了世界上各国科学家的高度重视。”

我恍然有所悟,内心嘲笑自己的望文生义,但也有一丝失落。然而,老林的话已引起我另一面更大的兴趣,足以补偿无知所引起的失落。

“是现在就去,还是等晚上落潮之后?”老林问。

“现在就去,晚上也去。”我有些迫不及待。

登上小木船,柴油机就“轰轰”地响起了。那声音震耳欲聋,和蓝晶晶的水道、绿绿的森林太不协调了。木船犁起海浪,扑打着红树林,红树林就摇晃起来,犹如披在大海上的绿巾,随风拂动,飘扬起伏。

船拐向小河道,速度突然慢了下来。正是落潮时刻,两边的树林拥着小船,肥厚的绿叶将阳光折射,神奇的光彩效应,使红树林成了无数的彩色光斑的组合。

我们一会儿觉得像是在充满色彩的世界中浮游,失去了重力,忘却所在。一会儿,又觉得像是在清晨林间的小道上漫步,浮动的地气,在腿边身旁绕来绕去。

“扑哧!”

一声鱼跳声将我们从色彩的世界唤回。海上的满目的树干和浮在海上的树冠,参差相映,排列成无数奇形怪状的画面。大海是如此奇妙地生出了森林！任你有着怎样丰富的想象力,也难以勾画出海上森林的多彩多姿的形象。

真是令人头晕目眩的万千气象!

我的眼前一亮。“红树!”

我拉住了树枝，船也停机。这是一棵红榄李，鲜艳的绛红色的叶柄，如红珊瑚生出一片绿叶。

老林说："红海榄的叶柄、细枝也红，它们是红树林群落中的矮子——灌木。你看，那边的角果木、桐花、白骨壤、老鼠簕、小老鼠簕、瓶花木等都是灌木。尤其是秋茄，长得最泼皮，哪里都有它。有人将它称为红树林的先锋树，生命力特强。它是'胎生'，植物种子在母树上就发芽了。特殊的构造，使它落下就不怕海潮的摧残、浪的扑打。它常常是第一个来到荒凉的海边，在蓝色的海水中扎根，繁衍绿的生命，撑起一片世界，迎接其他红树的到来。"

树名古怪，怎么叫老鼠簕、白骨壤等。

几朵美丽的花在召唤，我们绕了几条小水道，才将船行到它的身旁。红树林不像陆地上的树林，可以在林间任意穿行。它的郁闭度高，船是无法进入密密匝匝的树林中的。

这是一棵高大的海桑，树头缀满了花朵。绿色的花片，拥着银色的花蕊，端庄、高雅，异常鲜亮！

就在不远处还有种海桑，因为它特殊，是海南土生土长的品种，学名也就定为"海南海桑"了。海桑单独成为一科。

显然，海桑高大的身影已说明它属乔木。在东寨港红树林保护区内，乔木树种繁多，看到高大的树木，你就可以去观察，哪是海莲，哪是海漆，哪是木榄，哪是果实有毒的海檬果。我走遍了东寨港，给我印象最深的是在海水中的红树林，灌木生长得特别繁茂，而高大的乔木，多在岸边。后来我又去了清澜港红树林保护区，证实了这种印象。那里岸边村寨旁，有一片木榄，粗壮、高大，形成了独特的群落。

银叶的果子非常惹眼，形状如腰果，有红的、绿的两种。红的像个小元宝，绿的如连心锁。若是用根丝线串起，那一定是赠给婴儿的最好礼品。

蟒蛇林

从迂回曲折的水道中转出，船向大海开去。我在船头突然发现，这里并没有河流入海，怎么形成了深水构成的水道呢？

老林说：“别急，看看你的运气如何。如果有缘，今天你能看到水底世界，这个谜也就解开了。”

快入大海了，船头却一拐，停到岸边。

老林说：“这里不可不看。”

这里没有特殊的景象。只是再往前，就没有红树林了。再仔细观察，原来是段海岸，它一伸手臂，就将大海圈成了一个海湾。红树林就像是这只巨大手臂挽起的花束，献给大海，也献给陆地。

海岸没有村寨，只有密密的树林。进入树林不远，一棵巨大的陆莞立在面前。陆莞巨大的根，像是树干般支撑起它茂密的叶子。叶成剑形，很硬，和剑兰的叶子相似。我在海边见过不少陆莞，然而这棵被大自然塑造得活似一位披头散发的神怪，竟然轻轻地触动了我的心灵。难道它预示着什么？

是的，前面的世界，惊奇得令我透不过气来：树林中突然出现了无数的大蟒，它们或昂首，或低伏，扭曲游动，由地上向森林上空蹿去；见不到头，看不到尾，错综复杂。这些大蟒在树中织成了一片奇异的景象、怪异的氛围。

不，不是蟒。我在热带森林中见过蟒，还在万山群岛的蚺蛇（俗称蟒蛇）岭逗留过。山岭中有蟒，它们就该行动，空气中飘着三四个人浓重的气息，它们早就该察觉了。可是没有，看似在游动，其实那只是它们的扭曲的线条给人的感觉。

是树木？不像。我走过很多的森林，自以为对我国的热带森林也不陌生，但从没见过，也未听说有这样的树种。

是藤科植物？它们有碗口粗，带有热带雨林中树皮特有的灰白颜色。有的扭来扭去，幅度较大；有的在地上匍匐很长一段路，才又斜向上升，不久又扭向左边，似是在探寻着什么。

不，不是藤科植物！在林中未见到它们一片树叶，粗细也不均匀，它们虽然错综复杂地拥在这片林中，但并不互相缠绕。

这些如蟒、如树、如藤的植物，似是一位大画家，用铁线，在林中勾勒成了无数象形的图案。这些图案都是立体的，又是抽象的。只要变换一个角度，形状立即起了变化。

我回头望着老林，希望他给我一个说法，可他却只说："你用手去摸摸。"

在热带森林中，朋友兼着向导，常常善意地戏谑，让我上当，吃点小苦头。有种叫火树麻的树，只要你摸它一下，那手就像被红炭所灼，要疼好几天。有过这样的经历，我当然不会贸然用手去摸。姑且称它为树吧！乍看，树干上一环一环的，很像棕榈科的，表皮既无粉状物，也无黏液溢出。

老林大约看出了我的心思，伸手就抓住了树干，我当然也就解除了顾虑。但我仍然不能判定它为何物。

老林将我领到树林外。大海就在脚下，算是风平浪静，只有微波轻轻拍岸。海岸被浪拍打得龇牙咧嘴，没有红树林的护卫，海岸的崩溃是必然的。我以为老林是以此向我说明红树林在保护自然中的作用，谁知他却指了指旁边的一棵植物问我："它叫什么？"

"这不是野菠萝吗？"

"真的？你再瞅瞅。"

菠萝，又称草菠萝，学名凤梨，是南方著名的水果。栽种在地里时，只看到如剑兰一般的一蓬蓬叶子，果实坐在其中。这棵野菠萝的根或是茎，现在还无法分出，姑且称之为根吧。它长得特别高，有七八十厘米，像是竹竿顶起了一蓬叶子，也没见到果实，但我能确信它是野菠萝。突然，根上的一道道环形纹引起了我的注意。

“你再去林子里看看。”

一句话让我醒悟了过来。我大步折回,循着那些如蟒如藤如树的东西看去。不久,秘密被发现了,在它的顶端,树林的上空,交错的隙缝中,我看到了它们的叶片。

“野菠萝?”

“还能真是蟒蛇,或者是未被发现的新品种?”

是的,林内湿润、高温,给了它充足的发展条件,但这片树林似乎是和它同时在这片土地上立足。树长高了,树冠浓密了,它为了争夺那有限的阳光,就必须和树林竞赛。生存竞争的法则,使它无论如何也要攀上森林的上层。只有到了上层,它才能获得那充足的宝贵的阳光,才能生存、发展、壮大!

野菠萝的根,也就如躯干一般,委曲、迂回地朝着目标前进!

我们的民族,喜爱将松、竹、梅称作“岁寒三友”,象征高风亮节。竹始终代表着铮铮铁骨,不折腰、不献媚的人格。可是,我在海南的中和镇,见到刺竹,为了适应干旱的沙质土壤、气候,它不得不长出刺来。在热带雨林中,我见到过藤竹,同样是为获得阳光,它必须折节俯首在大森林中伸出枝叶去寻取阳光。

大自然将无比深奥的哲理,隐藏在它的万千气象中,也表现在它的臣民的身上。

天崩地裂

眼前顿然开朗,无尽的大海如明镜一般。水是蓝的,天是蓝的,衬得飞行的海鸥格外洁白。

船突然掉回头,减速。在海上远眺东寨港,像是海岸线突然折断,留下了偌大的港湾,但在断线中,似乎又还若隐若现地留下了一点海岸的影子。

“你看海,往里看,看看有没有什么新的发现。”老林说。

我有点愕然，难道海底有怪鱼、怪兽，抑或红树林？难道红树林真的能生长在海底，就如海带、海藻、海菜一样？

但我还是向船边的海看去，把眼睛睁得大大的。虽然可称得上风平浪静，南海的水透明度高，但海的涌动、船的行进，还是有着波涛的起伏。眼睛都看酸了，看疼了，也未见到可称为奇鱼怪兽的。很失望，正当我要扫兴告退时，突然看到一只海龟，不紧不慢地游进了视野，它脖子伸得长长的，圆盖般的身体中，四只足非常有韵律地划动着。我连忙报告惊喜的发现。

老林说："那不是海龟，是玳瑁。它背甲上的花纹明丽、艳亮。"

真的，它像是嵌在蓝宝石中。

"你再往海底看。抓紧时间，风已来了。"老林固执地发出指示。

我再努力，也始终没有看到什么，但似乎又看到了点什么。我瞪大眼睛，希望能看清那似有若无、无法想象的景象。突然，船颠簸了一下，接着就摇晃起来。

风来了。

"看样子，你无缘了。"

我很迷惘，但感到老林有惊人的故事，连忙向他追问。他不作答，反诘问我："再好好想想，是不是看到了一点房子、桥、村寨的蛛丝马迹？"

经他这样一说，我有些犹豫了，但我确实无法断定看到的似有若无的东西究竟是什么，只好如实相告。

老林像一位很有经验的说故事能手，他说：

"话说300多年前，这里发生了一件惊天动地的事。准确一点，是1605年7月13日，这里发生了7.5级的大地震，就是史载的著名的琼州大地震。"

"发生了海啸和沉没？"

"不错。那真是山呼海啸、天崩地裂。顷刻之间，世世代代生活在这里的72座村寨一下沉没，桑田成了沧海。这就是现在东寨港的由来。天气好的时候,渔民们常能看到村庄的遗址,还有石桥、坟墓、水井、舂米的石臼……水下探察证实了渔民们看到的是真实存在的。东寨港不仅是国家级红树林自然保护区,而且也是考古尤其是地震考古的重要地区。"

真是意想不到的一段故事!

在大自然中,你常常能读到让你拍案惊奇的文字。

难道它和这片红树林的生存还有着什么关系?

老林说:"我懂你的意思,但我说不清它们之间有关系还是没关系。我可以告诉你另外一些情况,这片红树林的存在,已有很长的历史了。目前,它是我国面积最大、品种最多、保护得最好的红树林。本地调查说明:共有红树植物十五科、二十九种,大多是天然生成的。它们怎么来到这里?是谁最先到达?这片红树林的发展史,正是我们在研究的。有一件奇妙的事,可以说一说。"

老林让船又驶到红树林。在一片灌木丛中,他指了棵小树问我认不认得。

我说:"像椰子树。叶片和身姿太像了。"

老林说:"是水椰。这里过去从来未发现过。虽然我们也正在作少量的引种,也就那么几种吧,但却没有引种它。其他的,都是建立保护区时就土生土长在这片海域了。科学家称这里是我国最重要的红树林基因库。

"水椰的种子和椰果一样,椰衣抗海水浸蚀,海绵状的结构使它能在恶风险浪中,总是浮在水面。这里没有水椰,整个海南都没有!但两年前,突然发现了它的幼苗已跻身红树林中。显然,它是从遥远的热带海岸,经过千难万险的漂流来到这里。神奇的大自然,或是生命的本质的追求,使它在这里安家立户,繁衍、扩展了水椰的家族。"

三五只红隼、游隼在蓝天中盘旋。游隼特别活跃,不断用飞行姿势向同伴传递信息。看来,它们在进行一场围猎。一只麻纹特别鲜亮的游隼,突然往下猛扎，掠过红树林，再爬高时，嘴里叼起了一个小动物。

老林说："像是树鼩。"

树干上的水迹说明已开始退潮了。

月夜海猎

新月清秀。

出了保护区，我们沿着一条小路往海边走去。才走一小段路，老林不走了，用电筒在路旁草丛中搜寻着，草丛中有着不平常的迹象，有条像被水流冲出的小道，草向两边分开，道上的草被压伏倒下。同行的小张惊叫一声：

"好大的一条蟒！"

我一激灵，猛地向前追去，只听前面响起窸窣声。

老林从我后面追来，一下抓住我的手："追不到了。这里还盛产金环蛇、眼镜蛇，剧毒。可别冒那个险。"

我只好怏怏而回。小张余兴未了，说起大蟒的种种故事。

船刚进入红树林，奇异的景象简直令人目不暇接。退潮之后，红树林成了根雕世界。每棵树都有十几枝根撑起，排成鸡笼罩形，护卫、烘托起主干。除了支柱根，还有呼吸根和气生根。红树就像是被架托起来。顶起树干的稠密的树根，很似榕树的气根，只是主根并不十分明显。

我禁不住去摸摸那些根，软软的，有弹性，用指甲剥开，才见里面是蜂窝状，似海绵一般。我正在思索这种结构的功能时，老林说：

"你别忘了，这里是海水，可不适合你老家湖滩上的柳树。"

"为了淡化海水？"

"叶子上也有很多的排盐线，可以排除海水中的盐分。"

生存竞争的法则，迫使生命作出何等艰难的决策！

潮水的起落、风浪的击打，还有太平洋上的台风……红树为了生存，历经了千万年的磨难，寻找到了特殊的繁殖方式、特殊形态的根系、特殊构造的树根，来抗击恶劣的环境，求得生存发展。

岛状的陆地裸露在红树林中。我们赤脚下水，在林中考察卤蕨、玉蕊、银叶等红树林的家族。

小张很有兴趣地在鸡笼罩的红树根中搜寻，不断捡起什么往篓子里装。我走过去，提过篓子一看，好家伙，已有数量很可观的虾了，又肥又大。他说："大的是膏虾，稍小点的是斑节对虾。"

我生长在巢湖边，从小就对捕鱼捞虾有浓厚的兴趣。忙活了一会儿，没有收获，经受失败之后，我注意他的行动了。

小张总是先找红树根下有水凼处，然后先看看树根，才伸手到水凼。有时，一个小水凼中有四五只大虾。不一会儿，我终于捉到了第一只虾，但手被它犁形的头刺蜇得出血。虾特大，透明，那些颚足"噌噌"作响，拼命挣扎、报怨。小张说："虾王让你逮着了。"

老林另有绝招，将电筒的光照在海水面上。南海的海水本来就透明度高，光的穿透力强。不一会他就抓住一只大蟹，青色的。这位"横行将军"非常愤怒，骨碌着眼球，吐着白沫，一只大一只小的螯钳大张着寻找对手。老林才不管它这一套，"吧嗒"一声，就把它扔进篓子了。

电筒的光束，在水下成了圆圆的光晕，很像是舞台灯光，浮游生物、小鱼小虾都登上了舞台。在这寂静的夜晚，海里却是一片繁忙的世界。一条大鱼闪电般穿过，那急急忙忙的样子，像是在追赶着什么。青蟹在水里游动时，速度并不快，像是闲散地漫步，一副悠闲的派头，让人不忍心去破坏它的雅兴。

各种昆虫，在电筒光的诱惑下，也纷纷闯进了光束。它们不仅捣乱，扰得你无法看清水中的世界，还往脸上扑，身上叮，叮得脖子、脸上奇痒。老林说："你别老是待在一处，应勤换地方。"

我往只是闷声不响、一心捕获的小张那边挪去。我的电筒光圈的舞台上,突然游来一条又粗又长的蛇。小张眼尖,伸手就去抓。我知道海蛇都是毒蛇,连忙将他身子一推。他立足不稳,顺手抓住我,结果我们两人都跌到水里。小张气急败坏护住鱼篓,连忙站了起来,我却索性坐在水中。

“怎么啦?你这个老刘?”

“那是蛇,有毒!”

“嗨!你放跑了多大的一条蛇鳗!我都好几年没吃到这稀罕物了。”

“蛇鳗?”

“是呀!真有你的。把蛇鳗当成蛇!”

我很懊恼,小张却赶快去检查鱼篓里的损失。老林见我像个落汤鸡,就说:“回去吧。”

小张说:“还差一样。差了这一样,老刘这个北方人可要说我们小气了。”

“回去的海边也有。”

“没这里的肥。”

小张在前领路,像是往自家的菜园走去,充满自信地曲折向前。林间突然出现了一片礁石。礁石上长满了疙瘩,那模样像是饱经沧桑。

“嚓”的一声,不知什么时候,小张已用铲子铲那疙瘩。铲下一个,就往另一个篓子里装。这是在采矿?听说南海有宝贵的珍珠——海珠,难道这是珍珠?是珍藏着珍珠的蚌类?不像。

那一坨坨的模样还能是恐龙蛋化石?我的心怦怦跳。难以料想的事层出不穷。

我急忙用手去掰那灰色的石疙瘩,牢固着哩,只能再用劲。

“当心割破手!”

老林的话没落音,我已疼得在甩手了,四五个血口往外淌血。没想到这个其貌不扬的灰头土脑的家伙,浑身长着这么多锋利的牙齿。老林连忙走过来,我将手背到后面:“没事,没事。”

“放海水里洗一下。虽然腌得疼,但能消毒。”

还是瞒不了他。我将手往海水里一放,那真是伤口上搓盐,疼得我头上冒汗。但血却是止住了。

只有一把铲子,我和老林只好旁观。他拿起一个灰土坨坨放到我手里:

“你知道它的名字,但不认识它。”

我小心地拿着,仔细端详,看出它隐约有如蚌的纹路。可以肯定绝不是什么恐龙蛋化石。但这样的蚌不算大,长不了珍珠,然而可以基本上肯定是属贝类。我找到了缝口,小心试了几次也未掰开,有了刚才惨痛的教训,当然更不敢用蛮力,只好捧着这个闷葫芦。

“我给你提个醒,法国的古典小说中,描写贵族们的宴会,常常提到它。”

“牡蛎?”

“你不相信?”

真要刮目相看了,竟然有如此之大?一副难看的面孔中,却隐藏着这样的美味!

“保护红树林,是保护一种高能量的生态。红树林的环境,养育着丰富的海产。我们今天只是手工作业,无法捕到这里盛产的石斑鱼、鲈鱼、立鱼……若是带了渔具,我们三个人都提不走捕到的鱼虾。”

我感谢老林的安排。捕虾、捉蟹,以及铲牡蛎,都让我对红树林有深刻的了解。

我冲了个凉,换了干净衣服出来。桌上已摆满了虾、蟹,还有一只大盆,盛满了一个个水包蛋。当然不是水包蛋,但两者太相像了,我知道那是牡蛎。

老林说:“喝点烈酒吧,祛祛湿气,要不容易感冒。”

海鲜、海鲜,只有鲜活的鱼虾才鲜。我喜爱吃海鲜,但从未吃到过这样的海鲜!对于海蟹,我一直兴趣不大,因为那味道和我的故乡出产的毛蟹简直无法相比。我进攻的目标首选牡蛎。

老林说："还是先吃虾、蟹，先吃牡蛎，虾、蟹就没味了。"

可是已晚了，含在嘴中的一个牡蛎，不知怎么一下，已滑进了肚里。只觉得它嫩嫩的、软软的、滑溜溜的。我并没有打算如此狼吞虎咽，大约是太滑溜的缘故。既然如此，何必再按老林说的进食程序来。这次，我要吃得仔细一点。但刚想咬开时，它又无声无息、毫不犹豫地滑进了肚里。肚里像是具有强大的吸引力。

小张说："你吃坏了肚子，可别怨我。"

老林索性停止吃虾，只是眯缝着眼旁观。

看样子，需要认真对待了。我小心翼翼地用匙子舀起一只牡蛎，雪白的蛋白，椭圆的、润润的，若是不说明，和水包蛋简直无法区别。我轻轻咬开，黄黄的如蛋黄的流质，汪了一匙。嗨，美味原来在这里！我用眼光询问老林："这是什么？"

小张说："那不能吃，是肚肠肠！"

真扫兴，本能的反应是要立即吐出，可它味儿是那样鲜美，鲜美得我眉毛都在颤动，但小张的话又让人恶心，可是那味道太诱人了。

老林突然鼓掌大笑："行！你不愧是勇敢的美食家。"不知不觉中，我已将白的、黄的流质全部吃完。

我有些丈二和尚摸不着头脑。

老林说："那是牡蛎的精华，是膏，犹如蟹的蟹黄。蚝油就是从那部分提炼出来的。这里人叫牡蛎为蚝，也叫蠔。"

小张笑得眼角挂灯笼："我服了，老刘！听说你去过很多危险的地方，吃过很多苦，现在我信。你明天想去红树林什么地方，我都会很高兴陪你去。"

没想到吃牡蛎，还吃出了信任，吃出了朋友！

以后的年月，我还去过几次海南。每次，朋友们都要请我去东寨椰林吃海鲜。那地方虽然离保护站有很长一段路，但仍在保护区内。我为了去看红树林,每次都欣然去了,然而再也没吃到过那样美味的海鲜了。红树林月下摸虾捉鱼,误将蛇鳗作海蛇,跌坐在海水中……尤其是牡蛎的美味,都时常诱惑我再去红树林。

今年2月,春节刚过,我应邀又到了海南。林业局保护站的云大兴站长来和我商量考察计划。尽管时间很紧,要去的地方多,但我仍然毫不犹豫地说,第一站去东寨港红树林。

雨一直下个不停,车只好冒雨前行。当年颠簸的土路已为高速公路替代。到了美男镇,面目全非,只裸露出一片红壤平地。大兴说:“这里正在兴建新的大型国际机场。”更惊奇的是将“美男”改成了“美兰”。大兴说:“可能是有人嫌它俗了。”

其实,好就好在这里。若是保留“美男”的名称,肯定要不了多长时间,全世界都知道有个美男机场!

保护区的所在地,也变化得让我无法分辨。它的旁边,立起了一座豪华的宾馆和海鲜馆。老林和小张也都调到别处工作了。

天公作美,雨渐渐停了。啊,红树林的面积已比十多年前大大扩展了,在烟雨茫茫中和大海连成了一片,尤其是西边,已一望无际。树长高了,浓密的树冠,泛着暗绿色,表明它们在极好的营养状态中。

“现在还有人要毁林搞养殖吗?”我问。

“没有了。等会可去东南面看看。一条海堤上全是海鲜馆。丰富的海产说明,保护好红树林,不仅保护了自然,还保证了海产的丰富,保护了海岸、村寨,防止了风灾。效益是最好的老师!”

1992年,红树林又被列为《关于特别是作为水禽栖息地的国际重要湿地公约》中的湿地,每年冬春,都有科学家来这里观察越冬的水鸟。

在繁多的水禽中,有种黑脸琵鹭属于稀有鸟类。整个亚洲,目前观察到的,也只不过几十只,几年前,工作人员发现有三四只来红树林越冬。香港的一位专家得知这消息,每年都来观察。

保护区的技术员说,今年来了3只,就在西南面那片树林。

“现在就去?”大兴问。他听说过十几年前的故事。

“当然!”

“晚上还去?”

“绝对!”

“不把牡蛎当石蛋了?”

“怎么可能呢!”

后记:关于1605年7月13日琼州里氏7.5级大地震与红树林的关系,老林没有明确的答复。

数年前,在海南上山村发现一古石碑,碑文开头文字,我照录如下:

盖奥稽古帝王发仁政以安民创事业以兴邦故吾今思地陷空暇粮米无归要众助力种茄椗以扶村长久奉官禁谕戒顽夫于刀斧损伤特为遵照。

以下是种植、保护红树林的具体措施,对损害红树林的惩罚的具体规定。

“茄椗”是古代当地居民对红树林的统称。

此碑立于道光二十五年,即公元1845年。

这是我国迄今发现的最早的保护红树林的条例,在国际上也是具有重要意义的。

碑文一开始就以1605年大地震为戒,警醒人们要种植、爱护红树林,以保护自己的家园,建立人与自然和谐的关系,唯有如此才可能繁荣昌盛。大地震虽然已经过去了200多年,但人们代代相传,记忆犹新,可见那次陷落72座村庄,山崩地裂的可怕景象的影响。因而这种警示也就特别有力!

红树林是个独特的群落,具有独特的生态系统,生长在陆地与大海的潮间带。1983年在海南与它第一次相识后,它便引起我对生命的深深思考。以后凡是有它身影的地方——广西、深圳、福建……我都去拜访过。它的神奇之处,不仅在于植物中罕见的“胎生”,还在由陆地向大海的演化中,进化出了一套抗击盐分侵害的系统。戈壁、沙漠中的植物,也同样具备抗盐碱的系统。红树林还进化出了抗击风浪的根系,《奇根世界》已作了展现。

为了生存、发展,生命作出了伟大的奋斗!

2008年3月6日

千 年 果

那是近20年前的事。1981年4月，林业部邀请张天民、张笑天、古华和我去西双版纳访问。在领略了热带雨林的风光、参加了激动人心的泼水节之后，我们回到昆明。他们去四川攀枝花，继续原定的行程；我却因与胡铁卿有约，要去川西参加考察大熊猫的活动。刚巧，人民文学出版社又催《呦呦鹿鸣》的校样，我尚有一半没看完，那时我的本职工作是编辑，假期有限。权衡之后，只好与朋友们分手，在昆明看完校样，然后赶往成都。

到达成都的第二天，铁卿就和我踏上了去川西的行程。

先去平武的王朗，然后去九寨沟、黄龙，再过草地到马尔康，经夹金翻越巴朗山，到卧龙……雪域高原奇异的风光，剽悍豪放的民风，大熊猫神秘的生活，胡铁卿那种献身于自然保护事业的精神，强烈地震撼了我的心灵。也是在卧龙，我结识了大熊猫专家胡锦矗，以至于引发了以后五六年中多次深入川西，参加对大熊猫的考察。这也是我后来写作《大熊猫传奇》的原因之一。

记不清是在卧龙，还是在途中，我和铁卿谈到去云南的收获，同时也流露了未能去成攀枝花的遗憾，因为已听说那里有一片天然的苏铁林。不仅是铁树古老、珍贵、稀有，仅想象一下，五六万棵拂动着青翠羽叶的铁树，该是多么蔚为壮观的景象！

铁树又名苏铁，据说它非常喜爱铁元素。如果有铁树萎靡不振，埋铁在旁，便能使它苏醒奋发。其羽状叶特别迷人，初生时面上密布金黄色的茸毛，长大后向四面披拂。挺拔的树干,扶疏的绿叶,特别惹人喜爱。

他安慰我,有心者事竟成。攀枝花并不遥远,一定有机会去。然而,攀枝花在川南,川西的山道又是那样艰险,几次都没去成。新的生活视野,已淡化了我对那片铁树林的怀念。

大约是第三次到川西。有一天,胡铁卿很郑重地说:"送你一件礼物,把手伸出来。"我们已是很熟悉的朋友了,当然遵命。

他将一个宝贝轻轻放到我的掌心,粉红色的,没有一丝杂色,如鸽蛋一般大小,形状是那种非常流畅的椭圆。很美,是宝石? 分量并不重。是鸟蛋? 也不像。

是什么珍贵的宝贝,才值得他如此郑重呢?

我将它小心翼翼地翻来覆去打量,又迎着阳光照看,并不透亮。川西是个充满神奇的地方,常有你意想不到的事物出现在你的面前。

"千年果!"他微笑着说。

我更迷茫了,刚才也想到了香榧果、榛子、银杏果,但形状和颜色都不对。我还是第一次听说"千年果"。

"平时常说什么花千年才开?"他在实施启发式教学法了。

"难道是铁树的果实?"

"要得,要得! 对头,对头!"川腔、川语、川调。

"千年的铁树开了花",比喻难得、千载难逢、吉祥如意。铁树的种子有理由称为"千年果"。《西游记》中美猴王猎食的美味蟠桃,为千万年开花、结果,只不过是神话。其实,铁树也并不千年才开花、结果,甚至可以两年开一次花。它的故乡原在热带地区,生性喜温暖、湿润,要求深厚肥沃的砂质土壤,不耐寒。水多了,土的渗水性能不好,容易烂根。它不分枝,只在顶端才生发出如凤凰尾羽的一簇绿叶,绰约的风姿,备受人们的喜爱,故又有美名"凤尾蕉""凤尾杉"。在北方,气候较为寒冷,立地条件又不好,几十年开一次花也是难得的，以致有“铁树开了花，哑巴也说话”的民谚。

他真是个细心的真挚的朋友。几年前的事难为他还一直放在心里！是他托朋友从攀枝花带来的。没见到那漫山遍野的古老植物，也没想到它居然有宝石般的种子，温馨甜蜜之情油然涌动。我带回家中珍藏，这确是一颗对大自然充满向往、饱含友情的宝石。

1998年7月，我再次探访西双版纳，从中缅边界热带雨林架设的“空中走廊”回来后，又一次到达勐仑热带植物园。近20年的时空差距，使我几乎认不出这片栽种奇花异木的地方了。当年采访过的几位朋友，多已到领导岗位或外出考察。保护区的刘林云找到了小何。他是从事园林规划设计的，我们从热带植物的布局谈起，对如何培育以根包石、塔包树的园艺，以及所取得的专利谈得尤其融洽。我们也兴趣盎然跟随，听他介绍如何利用榕树气根绞杀其他植物。在热带雨林中，榕树气根就是用缠绕，将番龙眼、青梅、团花木绞杀，争夺一片可贵的立身之地和阳光。而园艺家们却异想天开，以它造出奇特的景观。这种巧夺天工的构筑令人叫绝！

但我感到，小何还未展示他的最得意之作，刚在绿树中拐了两个弯，小何驻足，我差一点撞到他后背。循着他的目光看去，我眼前陡亮：

灿烂的阳光下，一片碧绿的羽叶，如孔雀开屏、似凤凰展尾，树前几簇艳丽的树叶、花朵，将其衬托得耀眼夺目。它们两两相依、中有石，石上“铁树王”鲜红的石刻，如雷火电石，激在心灵的深处。

近20年的思念，相见时却是如此突兀，惊喜交加。我做了几次深呼吸，希望平息心潮的涌动。

铁树是常绿乔木，它在两亿年前的中生代时期与恐龙同时在植物界称霸于地球。恐龙突然消失之谜，人们至今还沸沸扬扬地议论着。铁树虽然历经了严寒，残酷的生存竞争使它失去了霸主的地位，但它以顽强的生命力，仍然还生存着，共有9属100种，分布于非洲、美洲、亚洲和大洋洲。我国有1属9

种:云南苏铁、四川苏铁、攀枝花苏铁、海南苏铁、篦齿苏铁、华南苏铁、叉叶苏铁、苏铁。

此处铁树,当为云南苏铁。小何说,它的树形和叶子,比其他苏铁,特别优美。铁树是雌雄异株。你们看这四棵两两依偎,外侧的是雄树,里侧的是雌树。雄树高大,雌树端庄,雄树正俯身,向雌树倾吐心扉,虽然默默无言,又柔情万种。

一群熙熙攘攘的游客来到树下,争相留影纪念,打断了小何朗诵的美丽的爱情诗。

“铁树王高寿多少?”有位小青年来问。

“我们测算过,估计一千三四百年!”小何答。

他一伸舌,但又说:“树不高,只不过五六米;也不粗嘛,直径六七十厘米的样子!”

“树高是7米。你见过比它更粗、更高的铁树吗?”

那青年也无以为答,这大约也是最好的答复。小刘诡异地微微一笑,还是没逃过我的眼睛。

1981年来时,没见到它。我希望能引出故事。

小何说:“它是1990年才移来的。西双版纳是搞植物引种和园艺设计、种植的乐土。我们每年在山野的时间多,大自然是最慷慨的,只要你不畏艰苦,收获总是在向你招手。

“那天,我在勐养大渡岗乡小河箐一带考察。时近傍晚,正准备返程时,云中露出夕阳,顿时霞光满天,映得傣寨后的一片山野特别美丽,翠绿的蕉林燃得红艳,在迷离的光彩中,有种树冠很惹眼,仔细看去,晚霞瞬息变幻……

“第二天一早,我又去了。在一片香蕉、槟榔的山坡上,发现了我从没见过的高大的铁树。那种喜悦就像探宝的人,突然见到了宝藏。傣族老乡说,这是他家的自留地,没有把它们伐倒,是因为它长得很美,又是寿星,图个吉祥。而且,它的嫩叶还是爽口的蔬菜。傣族人民对森林的认识饱含着哲理,常令人叹服和惊讶！森林就是他们的家园。粗略地统计和考察之后,我急急赶回来了。我去向老先生们请教,他们都有几十年的野外考察经历,证实了确是目前已发现的最古老、最高大的铁树王。

“经过一段思考和筹划,我想在园里建立铁树王小区,使这古老孑遗、树形优美的植物占有一席之地。当然,异地保护是保护珍稀动植物中一项重要的措施。说实话,我们都担心铁树王的命运。我将计划正式申报。计划当然非常诱人,经过论证后,最大的担心是工程太大、太难,移栽后能否成活,万一有个闪失,那就成了‘千古罪人’！但是,有位搞引种的王老支持我,又去实地勘察、测量、选择迁移路线,制订了详细的方案。

“我们在园内先选了块地,就是你们现在看到的这个地方,挖坑、消毒、施肥。

“听说要将宝树运到植物园供人观赏,全寨子的老乡都来参加修筑道路。那份热情让人感动,我也感到了压力。大型机械是无法开到山上的。首先是架起了载重 20 吨的滑轮吊车,并且根据树的高度,造了个很大的木床。为了增加成活的几率,尽可能地多带原土,挖了 3 米多深。球状的根部,直径竟有 2 米多。我们仔细地将根部包扎好,然后用滑轮慢慢起吊,一分分、一毫毫地往上提,再慢慢放倒,置于特造的木床上,然后再使木床往山下滑动。傣族老乡、移植工程人员没日没夜地苦干,整整用了半个月的时间,才将它运到了公路上！那半个月,真是食无味,夜无寐！

“满腔的希望和铁树王一道栽下了。几乎每天我都要来看一看它,外出考察归来,先来看望它,然后才回家。是的,它的叶片依然碧绿,但理智、科学告诫我:这只是假活,成功与失败,要两年后才能见分晓。

“两年过去,有天,我突然发现它的顶端已孕出了花蕾,乐得手舞足蹈,逢人便说。不久,2 月中旬,那花开放了。鲜黄的花序焕发神采,雄树花序为圆锥状,像是成熟的玉米棒,高有七八十厘米,直径有二十厘米,雌花花序为扁形球状,由一蓬羽状心皮组成,高在二十八九厘米,直径有二十四五厘米,初带绿色,渐为淡金。远远看去,像是一朵硕大的黄菊。可以说一件趣事,铁树花蕊中的精子,可称得上是世界之最,仔细观察,肉眼可见,有0.3毫米长,似只陀螺,能在花粉管的液体中自由游动。花清香,引来蜂蝶。花期之后,雌树结出了果实。

“花与果实有力地宣告:铁树王移栽成功!

“顺便说一点,铁树王移栽的成功,其中的技术与经验对目前正在兴建的昆明世博园的大量的植物移栽,也不无借鉴。”

小何娓娓细谈时,一拨一拨的参观者在铁树王下拍照留影,毫无疑问,这是公民在投票、在嘉奖!

我们原来并没想到移栽一棵树竟然有如此浩繁的工程,需要动用这么多的人力物力。通过小何的叙说,我才知道移栽的过程,就是人类和自然的颂歌,就是一次保护自然的宣言!

探访了闻歌起舞的“跳舞草”、美艳的雀舌花、奇异的鹿角蕨、见血封喉和止血的圣药龙血树,我们才依依不舍地离开了植物园。因为之后我们还要去石灰岩雨林考察。

傍晚,我们赶到了濒临澜沧江的橄榄坝,也是了却久已成形的心愿。1981年参加泼水节时,因为采访日程的冲突,没能与几位同伴由景洪乘船来此,一直深为遗憾。寺庙金光闪闪的佛塔、槟榔的婆娑风姿、街头摆满的热带水果的浓郁芬芳、傣族姑娘的花伞,无处不洋溢着傣族风情。

散步时,我有意提起植物园的铁树王,小刘忍不住了:

“那只是他们那时见到的最高、最古老的铁树王。”

我放慢了脚步,只是偏过头来注视着他——那表情中有些委屈,甚至愤愤不平:“在植物园称王的,不才7米高吗?很平常。我见过的有16米高的。”

我停住了脚步，很急切地问：“哪一年？在什么地方？”

他好像意识到了什么，调整了一下情绪，才说：“1996 年，我在野外进行课题考察。到了勐源，那是片石灰岩山，喀斯特地貌很典型。石灰岩雨林的特色，你们已看过了。也是一天的傍晚，我们发现了一片天然的原始铁树林，面积有 1 平方公里多。

“粗粗地看了一下，树高大多在六七米，还有更为高大的。那么一大片羽叶，那么一大片古拙的树干所组成的景象，不是亲眼见到，是难以想象的壮观，难以说清当时的感觉。那里离小腊公路还有七八公里，又没带野营的装备，我只能草草结束考察返回。

“过了一段时间，我邀请了植物园的陶老师再次去那里考察。其中最高大的一棵铁树，高 16 米，离地 9 米左右，分了四杈。我伸开两臂还没能环抱过来，基围有 2 米多。羽叶组成的巨大树冠浓郁、奇特。树龄应在 1500 年以上。陶老师兴奋不已，连说：‘真正的铁树王在这里！’

“我们正在计划，建立一个天然的铁树王植物园。

“在西双版纳对生物的多样性，千万不要轻易下结论。我们在野外考察，每年都有新的发现，这是片神奇的植物王国！”

小刘慷慨激昂的结束语，很具震撼力！

生活中的故事，真是层出不穷，起伏跌宕。

新千年的 1 月初，我和李老师乘火车去深圳，《深圳科技》主编、朋友徐世访到东莞车站来接。他途经光明农场办事，罗场长热情相邀。得知我醉心于大自然，罗场长叙说了在故乡偶然发现一棵钙化木化石的故事。之前，我只知道有硅化木。在新疆卡拉麦里山，瞻仰过硅化木的风采，那棵硅化木很粗壮，直径有 1 米多，红色的，如玛瑙一般，树纹、年轮历历可见。可惜，我们却错过了站头，未能去探访数十平方公里遍布硅化木的大戈壁，深感遗憾。去年7月，在美国华盛顿，我一眼看到一巨型建筑物门前，陈列一面已打光的硅化木标本，我立即猜想那不是地质博物馆就是自然博物馆。后来问翻译，她证实了我的猜想，却无法回答它来自何处。一座国家博物馆，以硅化木作为徽标，足见其价值。现在我又听说有钙化木，当然惊喜。因为罗场长说是经过专家鉴定的，又特意取来了一块，那结晶体与硅化木确有不同，色泽也明亮得多。他甚至说，有位识宝者说，钙化木的上品已是宝石一类了。谈话间，世访说，深圳有化石森林区，我更惊讶。记忆中，在我国还没有哪里建立过化石森林区，他们无法回答是哪种化石，这更引起我去探访的愿望。

在完成了野生动物园的工作之后，海天出版社旷昕总编辑邀我们去出版社小住。旷昕是位热情、诚挚的书生，为出版我的一本书，前年曾见过一面，相互通过几次电话和书信。他热爱大自然，对大自然出版物很有见地和胆识。我和他感到心灵上有很多共通之处，与他交谈是件愉快的事。同时，出版社还有几位朋友也很想看看深圳的红树林，特别是化石森林区。

化石森林区在深圳仙湖植物园中，植物园在深圳第一高峰梧桐山麓。出发时，旷昕和于志斌同时遇到了急事。我请他们让我自便，因为徐世访已在联系那边植物研究所的一位教授做向导。快到沙头角了，车才向左边拐去。

植物园的大门建在山口。我们进去找到了植物研究所，一问，才知那位教授去海南考察未归。既是山口，至少有两条路，幸好买票时要了张导游图。仔细看了导游图，才知道化石森林区在植物园的最深远处。我俩长期在山野中跋涉，习惯于徒步登山。以野外的经验，我想从山林中穿过可能是条捷径。李老师考虑到几天来在野生动物园工作得很累，又背了较重的摄像器材，下午还有别的项目，最后选择了左边的公路。山不陡，路却漫长。到达高处，才看到左边有一山谷，似是农场；右有一大山谷，一湖绿水映着环山，才知整个山谷构成了植物园的主体。水仙湖是核心区，风光绮丽。

植物园正在兴建中，杜鹃区的品种不算多，且有的是刚栽不久。药用植物区正在施工。它的主旨,似偏于旅游。寻找化石森林时,我们登高眺望。李老师突然发现,远处山坡森林,竟是一幅中国地图,原来是香港回归纪念林。下方,石林参差,应是化石森林区了。

弃公路,从山间小道下山,过十一孔桥,眼前一片化石林立,工人还正在竖立新运来的化石。这些都是沉睡了一两亿年的古老森林中的成员,其色有灰白、黑色、赭红。高者有一二十米,低矮的都是断裂后留存的。断裂较严重的,只好横卧地下。有主干矗立,也有保存了杈枝的,树节、树洞历历可见。也有数块横断面已经打光,游人争相去数年轮。

我和李老师分头考察。从已标明的说明看来,都是硅化木,产地主要来自辽宁、河北、内蒙古,只有西北角一棵是新疆的,虽无说明的标牌,但因我曾在新疆见过,一眼就能认出。它的树节断裂后留下的横断面上纹理最为清晰,显然是棵松类的树。这些化石的原木,有紫杉型的、云杉型的、新丘叶枝型的、宽孔异木型的,不由得使人想起,在白垩纪和侏罗纪的一亿至两亿年前,当年的辽宁、内蒙古、河北是林木参天的富饶丰美之地。

时间已近中午。我们找不到解说员,只能和正在施工的工人聊聊,很不满足地离去。

依导游图上的路,想寻一处吃饭的场所,然而到达湖边,却没有找到。吸引我们来此的化石森林我们已经看过,干脆出园吧。我询问一位保安,说是上面有中巴可乘,只好循着一片竹林小径前行,见一片棕榈园,绿草茵茵,假槟榔、大王棕亭亭玉立,非常喜人,我们不禁放慢了脚步。刚出林,坡地上铁树鲜黄的花盘耀眼。树虽只有二三十厘米高,但羽叶厚密,尤其是难得目睹铁树鲜花怒放。这是一棵雌树,扁圆形,是由一簇似是花蕊的羽状心皮组成。当时只觉得是意外的收获,李老师很兴奋。在她频频按动照相机的快门声中,一种奇异的感觉突然闪现。我打量了一下周围的环境,就大步爬坡,向另一方向转去,没走多远,眼前的景象让我惊喜得大叫:“李老师,快来!”

她气喘吁吁地跑来:“啊! 好高好大的铁树林!”

是的,确是一片铁树林! 挤满了一个三角形的小山谷,有几十棵。上方还延续到深山,因有山坡和树林遮挡,无法看清。

还留有支撑的木架,显然是异地移栽的。粗壮的树干顶端的羽叶虽不甚丰满,但我们刚从严寒的北方而来,觉得那翠绿特别耀眼夺目。

“苏铁皇!”李老师有新的发现。

一点不错,一棵树下岩石上确实刻有“苏铁皇”三字。又是一棵铁树王! 设计者是否知道西双版纳已有了“王”,因而另选了“皇”呢?

称皇者,高有七八米,胸径总有六七十厘米,挺拔、雄伟,像是棵雄树,其旁还有棵身长稍逊者,却比它粗壮,似是棵雌树。但因没见到花,无法断定。正寻找园内工作人员时,才发现了“国际苏铁保存中心”的标牌。尽管我们想方设法,也没能找到人向我们作最简单的介绍,但苏铁的珍贵以及在国际植物学界的地位,已从标牌中透露出来。然而,作为国际保存中心,每棵铁树下竟然没有树种说明的标牌,毕竟是件非常令人遗憾的事情。我们既觉得喜悦,又怏怏不快地离开了那里。

晚间看电视,深圳地方新闻栏目播报了在塘朗山上发现野生仙湖苏铁种群的消息,画面上出现了它美丽的形象。太巧了。据说,这种苏铁因仙湖植物园栽种了两棵而得名,多年来并未发现野外还有生存。专家们只是估计在广西、广东和湖南交界处可能有,但一直没有找到。那两天几乎各报都在刊载新发现的报道。

第二天我们就要离开深圳了,正在收拾行装时,电视上又播报,因前面的报道,引起了当地村民的报告,说是另一条山沟有众多的类似植物,再去探查,是一个更大的野生种群,至少有 200 多棵。经中科院华南植物所刑福武教授鉴定,确实是仙源铁树的野生种群!

寻找铁树王的故事竟然如此波澜起伏,曲折有致,我决心还是要去攀枝花,看野生的最大的铁树林!我相信这个故事肯定还没完,人类对大自然无尽的探索,使得其自身不断发展!

若要知道这故事情节怎样发展?

——读万卷书,行万里路!

后记:2006 年 12 月,我应邀又来到西双版纳。在和当地一位朋友闲谈中,他说见到过比我写的更高大、更粗壮的铁树王,其年龄应在千年以上。我问:“在哪里?”急切的心情溢于言表。他却沉默,良久之后反问我:“你知道我们古人卜居吗?”

开头,我被问蒙了。这与铁树有何关系?转而一想,安徽的徽州、池州就有这风俗,造屋人家,先选三四处宅基地,然后同时种上樟树,3 年后再去察看。选樟树长得最好的地为宅基。借樟树的强大来求得家族的兴旺发达。

他说:“一切的生命对环境都有选择。这棵铁树能在那里生活千年以上,至今依然蓬蓬勃勃,这说明那块土地,以及周围的芭蕉、龙眼、缅桂、犀鸟、长臂猿所组成的生态系统对它多么重要!也就是说是那个特殊的生态造就了这位寿星。”

我仍然不解。

他说:“这就是我不能告诉你它在哪里的原因。甚至连这个发现,我对任何人都未说过。对你说是因为读过你写的书,知道你热爱自然,也算是对你的回应。但我怕你不经意中写出来。”

“为什么?”

“我不愿让它离开那片土地,搬迁到任何地方,哪怕人们把新居营造得再好,对它来说都是灾难。为什么还要让这位寿星——今天人类唯一能看到的生于千年之前,至今依然鲜活的生命再遭一劫!你还不知道有些人为了攫取财富,是什么事情也能干得出来的!若是知道它在哪里还不想方设法把它掠走,移到什么园、什么馆!”

我突然想起燕窝创造者金丝燕的发现人、中山大学郑教授对我的警告:绝不能写出金丝燕的栖息地!

人更怕“人”!

2008年3月10日

寻访白海豚

猛然醒来,按我的生物钟,应快到凌晨4点了。我们要赶潮,计划4点起床。20多天来,几乎每天都在山野中跋涉,我想让李老师多睡一会,雨中攀登油婆记时她摔了一跤,至今红紫的瘀血还未消散。谁知"啪嗒"一声,她已开灯:"3点40了,起来吧!"

"你能去?"她昨天就很担心晕船。

"不想让我去海上看白海豚?"

今天要出海,在大海上寻访美丽的白海豚!

白海豚是二次下海的哺乳动物。大海孕育了生命。海洋生物登陆,繁衍了千姿百态的陆生动物。生存竞争、进化,出现了人类。可是,白海豚却在进化的过程中,又回到了大海。是对海的思念,还是什么更为神秘的原因?昨天,在海洋研究所,老黄曾取出白海豚的骨骼标本向我们说明。这对生物学家说来,那就不仅仅是有趣了。

正洗脸时,云秋和小周来敲门,为我们送行。云秋昨天才从福州赶来,为我们安排以后的行程。原以为他能和我们一道出海,谁知他今天还要赶往他处,计划建立的保护区正驱使他东奔西颠。

四月的蒙蒙细雨中,花园城市厦门清香阵阵拂面。到达鹭江边的码头,天已微明。这里是海产品交易场所,人头攒动,但我还是一眼就看到了海洋研究所的黄宗国教授,他正在找船。他个子不高,但站在紧贴海边的岸上,还是很显眼的。

黎明中的大海显得格外悠远、幽深，像是还在酣睡中，没有大船航行的身影，更不见上下飞掠的海鸥。

等到陈处长、小邱都上了船，雨滴大起来了，打得前甲板上布篷“啪啪”响。老黄下达了启航的命令。我们租用的是条他们多次乘坐过的小木船，只是今天由船长的儿子，一位小青年来驾驶。

当小木船从密密麻麻的船只中挤出后，老黄对船长说：“去大屿岛和九龙江出海口一带海域。”九龙江是条大河，出海口外岛屿星罗棋布。老黄又转过头来对我们说：“厦门最大的潮差可达七八米。这两天正是大潮。退潮后两小时，是最易发现白海豚的，今天赶的就是这个时间。”

雨越下越密，幸而风不大，鼓浪屿如一艘巨大的战舰，浮在大海上，我们从它的身边滑过，向着烟雨迷茫的大海驰去。每人都按分工注视着一片海域，寻找白海豚的身影。

有人说，中国只有一种海兽——儒艮。而其他的鲸鱼、海豹、海狮都是匆匆而过的浪荡子。这个儒艮不像是动物的名字，估计大家陌生得很，但如果说美人鱼，却并不生疏，而且知道并非是安徒生童话和波兰才有。我们典籍中早有记载，而且在内陆山西太原的晋祠中还有它的雕像。其实，美人鱼就是儒艮，又称海牛。在我国辽阔海域中生存繁衍的海兽，也并非只有儒艮。至少还有中华白海豚，从长江口以南直到澳大利亚的出海口，都有白海豚的踪影。但儒艮珍贵、稀有，在科学上极有价值，早已被列为一级保护动物。尤其是九龙江的出海口、珠江出海口、香港地区生存的为数不多的种群，近年已受到了特别的关照，建立了保护区。

我国一类保护的水生哺乳动物有三种：儒艮、中华白海豚、白鳍豚。

虽然前甲板上张有篷布，风也不大，但船在行驶，斜风细雨还是将衣裤都打湿了。老黄已几次催我进舱,但在海上观看白海豚出游的渴望,相比被淋更具魅力。李老师也屹立在甲板上,白海豚使她忘了晕船的威胁。可是,只有茫茫的大海,云淡雨疏时,岛屿边缘退潮后才露出大片褐色石崖。

“右边就是著名的鹭鸟保护区,明天要去的。”

鹭鸟保护区是小岛,栖息着一万五六千只白鹭、牛背鹭、池鹭、苍鹭。厦门是珍贵的黄嘴白鹭的模式标本产地,黄嘴白鹭就栖息在这里。白鹭优美的形象,成了厦门的标志。

正巧,有两只白鹭冒雨起飞,在水雾迷漫之中,如一首抒情曲盘旋在绿树上空。

鹭岛刚过,海湾中出现林立的水泥柱桩。老黄说,那是养殖牡蛎的。曾有3只白海豚进入养殖场,一边觅食,一边游出各种姿势,翻来滚去,非常大方地让我们观察了很长时间。

不知是风紧了,还是海辽阔了,接连两个大浪扑来,船头浪花飞溅三四米高。难道是白海豚相互追逐引起的?我和老黄都向前跨了两步。一直没说话的船长急得大喊:“进舱!”

几个人都挤到小小驾驶台。在木船剧烈的颠簸中,没有白海豚的身影。我在巢湖边长大,对水情并不陌生。仔细观察海面,虽浪涛连天,但并没有那种银线连绵,也就是说,浪不是太高。没几分钟,我又回到了甲板上。此次航行的目的,是要找到白海豚,观察它们繁殖期的行为,四五月是白海豚的爱情季节。然而航行已达一小时了,我们还没有见到白海豚的身影。

老黄当然感觉到了大家的焦急,说:

“昨晚我去观察站看了记录,下午会有20多只白海豚前呼后拥地进入海湾。白海豚每隔三五分钟要到水面呼吸,这也是观察的最佳时刻。别急,我们去年出海几十次,每次都像是观看精彩的戏剧,等待演员登场是令人难耐的,剧情开始,你会觉得进展太快了。”

昨天，我们在海洋研究所的海边，参观了他的瞭望站，很小，很像一个长着四条长腿的大鸟站在海里。几年来，老黄和他的助手，风雨无阻地蹲在那里，双眼注视着海面的丝微变化，等待着白海豚的出现。大海是壮美的，但并不每天都是风和日丽。狂风骤雨、波涛汹涌当然也是一种美，然而对从事动物观察的科学家来说，更多的却是艰辛。正是这种漫漫的等待、一日复一日的观察，才有了那么多动人的数据，才让世人窥视到白海豚神秘的海洋生活。

“水葫芦！我还以为是凫游的水鸟哩！已到了九龙江口?”李老师问老黄。来厦门前我们在九龙江口考察红树林，对那里的水生植物留有新鲜的印象。雨中海上能见度不高，涛起浪落中一簇簇的水葫芦很像野鸭。

不用老黄回答，随着船行，水葫芦组成的一条绿色的水流，已经证实它们来自九龙江。

仍然不见白海豚，也不见船只行驶。茫茫的海上，似乎只有我们一叶小舟在雨中飘荡。

老黄命令船长驶向电厂排水口那边，说是电厂排出的水温度高，相对说来，鱼类多一些，白海豚有时喜欢去那边觅食。

白海豚生性并不孤僻，为何今天就是不愿接见客人?

在老黄的指挥下，船又驶向嵩屿、猴屿、兔屿。说实话，后两个小岛没有一丝形态似顽皮的猴子、可爱的兔子，起码是从我们这个方位来看，一点儿不像。

李老师进了驾驶舱，看那副模样，好像有些晕船的感觉。

雨还在下着，紧一阵、疏一阵，没有一丝懈怠。海天却明亮起来，看看手表已是9点多钟了。老黄说：

“你们还可以注意海鸥，特别是集群的海鸥，它在天空，比较容易观察。”

“白海豚猎食中上层鱼类，如白姑鱼、鲳鱼、黄鲫……食量大，曾记录到一头母兽的胃里装了7千克鱼，没消化的都是完整的鱼。也就是说，它捕捉鱼时,并不咬碎就囫囵吞下了。它游动时速度很快,总是成群活动,单独的少见;猎食时队列有一定的组合。你们见过鱼鹰捕鱼吗?有时两三只共同协作,共同抬出一条大鱼。这与白海豚行猎有很多相似之处。海鸥就很喜欢成群结队飞在白海豚身后,专拣漏网的、吓昏逃逸的小鱼小虾。海面是游动的白海豚,其上是紧随的飞掠纵横的海鸥,那景象十分动人。我们在海上,也常常是根据动物之间这种特殊的关系,发现白海豚的。"

"你一定拍到了很美的镜头。"不知什么时候,李老师又回到甲板上。

"只要今天能找到白海豚,你也一定能抓住机会,拍到好的照片。"

老黄安慰喜爱摄影的李老师。从一上船,她就端起了照相机。肯定是老黄所描述的海鸥追随白海豚的画面,驱走了她晕船的痛苦,使她精神抖擞地回到甲板上。

大海直到这时似乎才醒过来,一艘巨轮出现在视野,广阔的海湾中也出现了行驶的船只。

在这片海域搜索了很长时间,仍不见白海豚的身影,老黄指挥小船向西港方向。

厦门和香港称白海豚为妈祖鱼,并奉其为镇港神鱼。民间流传白海豚为救护落海姑娘而英勇战胜鲨鱼的故事。人们认为,只要有白海豚,鲨鱼就不敢侵入海湾。200 年前,分类学大师林奈的一位学生,在珠江发现了这种美丽的海兽。过了 100 年,英国的一位学者根据在厦门采到的标本,作了骨骼的描述,再次确认其为中华白海豚。白海豚的模样,似是生活在长江中的白鳍豚的缩小版,也有长长的嘴。虽然从长江口到澳大利亚都有白海豚,但在形态上有较大差异。中华白海豚仍存在着较多的尚待研究的问题。

已在海上航行五六个小时,还是没能找到白海豚的身影。老黄当然看出了大家的焦急,我感到他的焦急不亚于我们。他告诉我:

"二十世纪五六十年代,在厦门海域,常见大群白海豚活动,水产部门曾想将它作为资源开发。谁知后来的围海造田、电鱼、炸鱼，尤其是环境污染使白海豚的数量急剧下降。研究表明，白海豚体内沉积的重金属，远远大于鱼类。其实，它已处于濒危状态，近几年的保护工作虽然取得了成效，但要恢复种群，还需要艰苦的工作。按理，现在是它的繁殖季节，比较活跃，可今天这样长时间没有发现它们，也从另一方面说明了它的濒危状态。”

迎面驶来一条大船，它带起的浪，将我们的小船抛了起来，又跌到波谷。小邱紧走两步，扶住李老师，浪花还是打湿了照相机。

“今天是农历三月哪天?”小邱问。

小邱问得没头没脑。年轻的船长却响亮地回答：

“三月十八，大潮。”

“我们迟两天出海就好了!”

小邱一副莫测高深的样子，把我们搞得一头雾水。

“民俗三月二十三日是妈祖生日，相传白海豚要成群结队、携老扶幼进港，给妈祖拜寿。”

经老黄这么一说，船上立即活跃起来，连到现在只说了两次话的船长也异常兴奋，说起了他在海湾见到白海豚的情景：

“那时我还小，跟着老爸行船。记得是妈祖生日前一天，就在前面，快到西港的海上，突然看到左舷上方，一大片水在翻腾，我以为是大的鲷鱼群。嗨！有鳍出水了，眨眼工夫，三四只大鱼出了水面，好大的家伙！长长的嘴，身子有粉红的、白的、青的，两只眼瞪得圆圆的，还响着‘嘶嘶’的出气声。我拿起篙子就想打，老爸喊了声：‘妈祖鱼，快住手!’吓得我赶快放下篙子。老爸也赶快减速。

“有只特别红的妈祖鱼，扭过头来，像是对我点了点头。

“再一看，已是五六只了。有两只在前面游，露出了半个身子，总有两米多长，真像两艘小快艇，不，像是炮艇上的鱼雷，‘吱溜’一下又潜到水中。后面的几只也一个样子，一会儿跃起，一会儿潜到水中。

“高兴起来，跳得挺高，突然又头朝下，平平的尾巴一摆，像跳水运动员，在空中还做了动作，‘哗啦’一声，再钻到水里。鱼都吓得蹦出了水面。一点不错，七八只海鸥跟在它们后面，掠到海面叼鱼。

“它们忽前忽后游动，有两只还互相拱到一起。

“特别是有只小的，灰色身子，只有大的一大半长，总是前后不离地跟着一只粉红色的大鱼。大鱼也不是全红，好像还有斑，脊背下有块灰不灰、红不红的斑特别大——可能是它的妈妈。小鱼一会儿撞撞妈妈的肚子，一会儿又拦到前面。妈妈不理，只顾一会儿潜水，一会儿又跃到水面，张着长长的大嘴。那小家伙被什么吸引了，自顾玩去了。等到再出水时，不见了妈妈，你看它急得吧，东瞅西望，摇头摆尾，‘嘶嘶’声更响。等到看见了有块大斑的妈妈，简直像是箭样地射了过去。妈妈也一下放慢了速度，用长长的嘴碰了碰它，像是在安慰抚爱。”

前方的海上悬了一座长桥，气势雄伟。那是正在兴建的海沧铁索吊桥，将厦门岛系向陆地。

突然，我看到前方四五百米处，雨帘中的海面涌起水花，呈条状，面积不小：“教授，看那边。在海沧大桥那个方向。”

“全速前进！”

不知黄教授是否也看到了，但给船长下达的命令使船上立即一阵忙乱，纷纷将照相机端起，选取了最有利的角度。

“白海豚每年四五月交配，怀胎 10 个月分娩。初生的幼仔身长只有 90 多厘米，浑身灰色。成年后，浑身乳白色，布满了大块小块的深灰色斑块。皮肤呈红色和粉红色，那就是壮年和老年的白海豚了。你们观察时可注意这些。刚刚船长说的那只小白海豚，可能还在吃奶，它用嘴撞母兽的乳房，母兽就喷出乳汁。在水下哺乳，难得一见。”

黄教授不失时机地提醒大家。

大片的水纹还在涌动。

或许是因为雨帘太密，或是风浪较大，我们没见到白海豚出水呼吸的身影。

小木船全身颤动，船长已将它开到最大的航速。可是，我们却感到它慢得出奇。我把眼睛瞪得大大的，眨也不敢眨一下，生怕转眼之间那涌动的水纹顷刻消失。

希望在前进，失望也迎面而来，等我们快要追上那片涌动的水纹时，一个大浪掀起，层浪紧紧相随。

但我相信，那确实是一群正在嬉戏的白海豚！

后记：海洋生物的种类，应以海量计。

据说生命诞生于海洋，由海洋向陆地繁衍。但有些生物后来又返回了大海。白海豚就是再返回大海的哺乳动物。它为何要第二次下海呢？是陆地太狭窄、食物匮乏，还是要求得更好的发展？

生物在追求生存环境中进化，永无止境。这是否也就是它们不断进化的原因？

2008 年 8 月 11 日

高原上青色水鸟家园

初探青藏高原

从舷窗俯视,西北黄土高原在8月的骄阳下,光辉炫目,那起伏的山峦,似是火山喷发、熔岩奔流,掀波涌浪。

“看,右前方的山像不像雕塑?”

李老师将我的思绪拉回到从西安飞往西宁的航班上。

放眼望去,天宇展出浮雕,山顶酷似花蕊,射出的条条山岭如菊花盛开。

山原顷刻之间有了生气,山坡上闪烁着油菜花的金黄,黄色的峡谷中流淌着绿的色彩,似在暗示,那里曾是一条河流。

7月下旬,从国外回到合肥,我和李老师就紧张地做着探索长江、黄河、澜沧江三江源的准备工作,只十多天就踏上了行程。

水是生命的甘泉,一条大河就是澎湃的生命流,繁衍着万千生命,滋养着众多的民族、多彩的文化。可是大江的源头在何处,水从哪里来?

有一种说法是地球两极的大气环流造成了万千的气象,冷暖空气的交汇形成了雨雪,雨汇成河,河汇成海;太阳的照射又使水面的蒸气升腾成云,往返轮回,生命更新。

生命的本身就是谜,充满了无穷的奥妙,不仅是文学的永恒的主题,也应该是科学的永恒的主题。

我们首选青海,并没有复杂的理性思考,只是因为它是青藏高原的组成部分,有着祁连山、昆仑山、巴颜喀拉山、唐古拉山;有着几百条冰川、几百条河流;是长江、黄河、澜沧江的源头所在。当时的愿望很单纯,只是要去朝拜,只是要去亲历养育着我们的河流的源头,朝圣、礼拜生命之源。其实,单纯中隐含了很多的朦胧,那是因为雪域高原、三江源头本身的神秘,神秘产生了无穷的魅力。

从酷暑8月的合肥到了西宁,顿感凉爽。

自然保护区的主管郑杰,在听完我准备去三江源头的计划之后说,那里海拔四五千米,空气中的含氧量只有你们那里的百分之六七十,路途险峻,现在又是多雨季节。我赶紧说曾去过川西的横断山、大雪山,翻越过新疆的天山……滔滔不绝,当然是想打消他的顾虑。

郑杰笑了笑说:"这样吧,你们先去青海湖、孟达,然后再说。"

我从他的笑容中,感觉到了复杂。再说,青海湖也是我们要去的地方。

金银滩上的情歌

我们从西宁出发,沿着湟水,穿行于青稞、油菜的农作区。湟源县为分岔路口,至青海湖有西北、西南两条路,我们选择了西北线。湟水渐渐离去,逐步盘桓向台地、高原。羊群和牛群渐渐出现,已从农作区到达牧区了。褐色的山、黄黄的土,蓝天也显得格外深邃。漫长的路途,单调的景色,犹显跋涉时的孤独,不知不觉昏昏然……李老师突然惊呼,我们眼前突然一亮:

雪白的羊群,浮在无际的绿草、金黄花朵上,原野斜斜地与蓝天相连,色彩明快,景色舒缓悠远。

李老师已跳下了车,照相机发出连连的"咔嚓"声,奏起欢畅的乐曲。我却一直沉浸在陶醉之中。直到李老师停止了拍摄,向导才说:

"这就是金银滩!是给予王洛宾创作《在那遥远的地方》灵感的地方。"

“你怎么不早说?”

“真正的美是用不着先介绍的。如果你到了这地方,还认不出是金银滩,那它就不是真正的金银滩!说破嘴皮你也不会信。”

话中的哲理,耐人寻味。这段话也就一直陪伴着我们在青藏高原探寻。

她那美丽的小脸,
好像红太阳;
她那活泼动人的眼睛,
好像晚上明媚的月亮。

没想到向导还有着一副美妙的男高音。

是的,我们没有看到牧羊女,但又何必去寻找呢?情歌王子当年流连此处,或许确有一位悠闲放牧的美丽姑娘,但那歌,应是对大自然与人的颂扬。如果没有了大自然造化出的这金色的、银色的草滩,即使美神维纳斯再现,也会顿然失色。对大自然的爱情才是最为崇高和永恒的,失却了大自然,人类连生存的空间都不复存在,爱情又于何处萌动、甜蜜?

过了刚察县之后,高原上多了养蜂人,彩色的草原上,排列着一溜溜蜂箱。

探寻鸟岛

天,青青的。突然,眼前的青天倾斜了,像是巨浪正在掀起,那流畅的弧,特别耀眼,迸射出强大的震撼力,羊群、草原、养蜂人都消失了。我不知所以,像是置身在青色、蓝色之中,又像是在冥冥的宇宙中飘荡。直到登上山顶,一座山峰从湛蓝中挺出,才陡然灵感一闪。

用不着任何的提示,大自然已把自己的杰作——蓝宝石般的青海湖呈现在灿烂的阳光中。

面对着她，你感叹着那句“青出于蓝而胜于蓝”的精辟，它应是源自色彩的深刻感知，创造灵感的或许就是这大湖；她构成了独特的世界，这个世界的丰富却是难以想象的。

有谁在身后拱动？当我从梦幻中惊醒，回头看，哈哈！一只美丽的花牦牛，正伸出舌头在我背上憨舐；五步之外，还有一只通体雪白，但额头正中有块黑斑的牦牛，却饶有兴味地观赏着同伴的杰作。我乐了，连忙向李老师招手，她心领神会地交了一包饼干给我，我又转身跑向那只白牦牛。我们用食物答谢了它们的友好，它们也让我们尽情地抚摸、端详。

青海湖如魔如幻的形象、光与彩的世界迎接了我们对她的第一次拜访。

盛夏时节的草原，从绿色中跳出黄色的、紫色的、红色的花朵，特别妖艳。装扮得高原洋溢着无限的魅力，犹如青春少女明媚的红唇。

青海湖的出名，并不是由于她罕有的色彩，更不是因为它是中国第一大湖（面积达到4300平方公里）。在一定的意义上说，她是以十几万只水鸟在湖边构筑的仅0.27平方公里的鸟岛，令世人瞩目的。这让人感到不平，倒也值得寻味。

然而，鸟岛是有季节性的，每年的3～6月最美。显然，我们已错过了那万鸟齐飞、百鸟争鸣的季节，但仍然向鸟岛奔去。

四周巍峨的高山，围成了数百公里的大盆地，无数的小溪和泉水，汇聚成河。甘泉滋润了草原，河水流向青海湖。彩色的、丰美的草原铺展在斜斜的盆缘，犹如花环簇拥着一颗蓝晶晶、青茵茵的宝石。

我们从布哈河大桥，迎着东升的太阳，向鸟岛进发。刚踏入草地，立即进入古人所描绘的“乱花渐欲迷人眼，浅草才可没马蹄”的境界。羊群如云浮在绿茵中，云雀冲天而起，在碧蓝的天空中欢快地鸣唱，但我们急切的心，只是系在湖边的鸟岛上，脚步也特别轻快。直到湖边，那水散发出青蓝青蓝的光闪得我们有些目眩。一切都不存在了,只有那水的亮光,微波浅浪上闪起的摇曳的银星,我们也幻化成了蓝色与青色的一片。

一只鱼鸥俯冲掠过水面,溅起一朵大大的水花;潜水鸟却从水花中冒出,嘴中横衔的小鱼正在摇尾,眼神中充满了胜利的喜悦。这样一场空中、水底竞猎的争斗,才使我们挣脱了色彩的魔力,回到湖边现实的世界。

脚下是湖边的西北岸,万顷碧波中赫然屹立的是海心山,再北是隐约于水中的号称“三块石”的小岛。

多年前我在川西高原时,第一次听到“海子”时很诧异。我生长在巢湖边,那无边无际的水天一色大湖泊,才被列为中国五大淡水湖之一。而小小的一个水泊,有的只有一口水塘大的面积,却如何能被称为海子?是否因为他们远离大海而不识海之浩瀚?

看得多了,我才慢慢悟出,那是因为高原湖泊上空强烈的紫外线使水色湛蓝、湛青。那确是宝石般的海的颜色。面对着这湛蓝泛青的湖水,我想“青海湖”的“湖”字,应是多余的。后来翻阅地方志,果然,古代称青海湖为“西海”或“鲜海”;当地蒙古族兄弟称其为“库之诺尔”,意为“蓝色的海”;藏族同胞称之为“错温波”,意为“青色的海”。青与蓝原本就有着师承的关系,我们在海边观察,在风平浪静时,蓝光弥漫,而当风起云涌之时,顿为深沉的青色。

两只棕头鸥在空中的厮打搏击声,引起我的兴趣,谁知它们却一斜翅,前后追逐向远天;虽然湖面上的鸟星星点点,但见不到群鸟翱翔的壮丽。等到我们想起鸟岛时,却没有发现那处可称为“鸟岛”的地方。不知何时,向导也不知了去向。

茫茫的海边,只剩下我们俩。李老师有些着急。我说先观察吧,也许有意想不到的收获,这是在野外探险考察中常有的事。比较起来,我更喜欢在没有向导的情况下,凭着自己的感知去发现新的世界,其中自有难以言明的乐趣。

长时间的观察,终于有了发现,间隔不长,总有一只或两只黑色的大鸟,行色匆匆,从我们来路的方向飞来,在面前沿弧形飞过,直向北面,不久就被一高崖遮去身影。这时,我才看到我们身后是一陡峭的崖岸,总有六七十米高。用不着望远镜,从黑鸟飞行的姿态,带钩的嘴,可准确判断出是鸬鹚。渔民称鸬鹚为“黑鬼”“鱼鹰”,它们极善捕鱼,因而也被渔夫捕来驯养,作为渔猎工具。儿时,我对它那潜水捕鱼的本领十分好奇,曾跟随一头挑着小船,一头挑着鱼篓,船沿上站了七八只鸬鹚的渔夫走失;直到妈妈追来,才把我强行拖回家。发现的喜悦和童年生活的温馨,使我专注于它的行踪,如能再看一场它在湖中捕猎,那是多开心的事!

它的来路方向应是布哈河流域,只是我们站在湖边,看不清河流的流向,但从南边隐约的沼泽地判断,那里应是河流注入青海湖的入海口。可那高崖后是什么?它为什么要往那边飞去?难道是受到了鸟王的召集,急忙赶去参加盛会?

我催促李老师赶快收起摄影设备,急忙转向那边。

海上鸬鹚堡

到了崖下,我们才发现石岩掩蔽处,有几位工人正在盖房,估计向导是去那边了,但这时我们已无意再去找他。有石级,很好,快步向上。没多久,李老师喘息的沉重声,才让我想起这是海拔 3300 多米的地方,空气中的含氧量只有正常的百分之七八十,于是赶快停下,抢过她的摄影包,要她休息。她有些无奈:“走,慢点就行了,你先上去。”

多年来共同在山野的探索,使她非常了解我的心情。我也感到胸闷,但还是快速攀登。到达崖顶,是块台地,青草萋萋,野花灿烂。刚到达崖边,右侧海中迎面的景象,惊得我屏息停步。

海中突兀矗立一座黑褐色巨崖,不规则的圆柱形,似一城堡,与湖崖隔绝

100多米,中间为海。最令我惊喜的是堡上站满了鸬鹚。在它们的脚下和身旁的岩宕以及整个崖堡,都布满了一个个馒头般的物体,没有一只其他的鸟。这些鸬鹚依据地形,参差排列,队形整齐,且全部昂头向东北方向注目,神情严肃,屹立不动,俨然如一行行仪仗队员,正盼望着、等待着检阅。那金色眼圈闪耀着光芒,黑缎般的礼服金光闪烁,只有嗉囊在不停地颤动,似是按捺不住内心的激动。

我连忙端起照相机抢镜头,生怕风吹草动时,它们骤然飞起。听到身后沉重的呼吸声,知道李老师来了。她的眼里满溢惊喜,陶醉在这从未见过的奇异景象中。

“这是童话吧?鸬鹚王国在迎接哪位伟人?”

“等着瞧吧!”

风从湖上吹来,带着咸味和清凉。时间已近中午,高原的烈日特别灼人,几朵白云耀眼。环顾崖顶平地,只有几百平方米,却是湖边难得的高地。极目望去,南面是连绵的白色沙滩,湖边挤满了棕头鸥,总共有上千只,在水面嬉戏,飞起飞落。

鸬鹚堡之后的海心山,已并不显得高耸,但林木葱茏。你可别小看了这海中的绿色小山,它可是著名的神马产地。古称海心山为龙驹岛,史载“每冬冰合后,以良牝马置此山,来春移之,马皆有孕,是为龙种,必多聪异”。誉称此马为青海骢。王莽当政时,曾获此神马,可日行千里。

古籍中曾有记载:“见海中有物,牛身豹首,白质黑文,毛杂赤绿,跃浪腾波,迅如惊鹘。近岸见人,即潜入水中,不知何兽。”高原深湖多有怪兽传说,闹得沸沸扬扬的“尼斯湖水怪”,也在苏格兰高地湖泊。我们曾去探访,那湖并没有青海湖美,更没看到怪兽,却见探索的人群纷至沓来。悬念仍然存留。这倒是一种很具刺激的旅游宣传。理智告诉我们青海湖没有怪兽,但心头却希冀有奇遇出现。

西北天水一色之间,有几块岩石露出水面,那就是三块石小岛了。因为人迹罕至,这几年也是水鸟的王国。

北边是金色的油菜花、青青的麦苗织成的锦缎,牛羊成群的牧场。是的,现在看清了,明亮的布哈河正是从西边注入青海湖,河口一带闪着繁星般的水沼,北面有一稍高的坡地。

还是没有找到可以称为鸟岛的地方。

“快看!”

李老师指着从东边转过高崖飞来的一只黑鸟,是鸬鹚。它飞得不高,我们难得地能俯视到它的飞翔姿势,如蓝底上的一幅黑色剪影,完全不像在水里那般灵巧、活泼。堡上的鸬鹚稍稍有些躁动,似乎还有几声叽咕,但没有大的变化。正在纳闷时,却见那鸬鹚径直飞向了堡的背面。等了很长时间,再也未见到它的身影。这时,却见两只鸬鹚从堡后飞出,往刚才那只的来路飞去。不知其中是否有刚才飞来的,缘何又多了一只呢?

更为奇怪的是,别说堡上没有一只其他的鸟,即使在它的附近上空,也没有一只别的鸟飞过。

来青海湖繁殖的鸟主要有棕头鸥、斑头雁、鱼鸥、鸬鹚。虽然现在集中在鸟岛繁殖的季节已经过去,但雏鸟仍要跟在父母的后面,紧张地学习猎食、飞翔的本领,否则秋风一起,它们就无法担当长途跋涉的重任。我们在高崖那边看到了鱼鸥,北面沙滩群集的水鸟也都说明有其他的鸟类存在。难道,鸬鹚堡附近的空域是鸬鹚们设立的禁飞区?

虽然鸟类在繁殖季节多有巢区,但连空域也控制得这么严格?那么,它的天敌是谁呢?鸬鹚选择兀立水中的巨崖作巢区,其用意无疑是深壑高垒,使狐狸、狗獾等等天敌无法涉水偷袭,但仍挡不了猛禽如海雕之类从空中袭击。如能建立起禁飞区,那倒挺有意思的,但它凭借什么威慑力量呢?这更引起了我们的兴趣。

一前一后飞来了两只鸬鹚,刚转过南边的高崖,立即往高处去,接着又飞来两只,再后又是两只,堡上响起一阵聒噪,它们没有挪动脚步,更没有作飞起之状,依然保持着严明的队形和行注目礼的姿势,但从羽毛的颤抖中,能看出它们抑制不住的激动。

最先的两只鸬鹚对准堡头滑翔,降落在一队鸬鹚的身边。这队鸬鹚有6只,与飞来的鸬鹚相比体格显然较小,全站立在崖坎处。这时它们叫着、蹒跚着向落下的大鸟扑去。这只鸬鹚金色的眼圈特别大,像是一轮金环,我们姑且称它为“金环”。离大鸟最近的鸬鹚已将长长的嘴伸向金环的口中,直顶得金环不断扑翅,以求得平衡。其他的鸟也纷纷做出同样的动作。两只大鸟要应付这6只小鸟,实在有些不堪,但它俩没有显出任何焦躁情绪,反而温柔地、亲切地对待争先恐后地挤过来的小鸟。

看清了,当一只小鸟从大鸟的嘴里(嗉囊)啄出东西时,立即退后、昂头。看清了,是条小鱼。它运用脖子上的肌肉,颠了几下,将小鱼顺直,只见喉头一鼓,又拥向前,去争夺金环口边的位置。

啊!是它们的父母来哺食!

确是在等待最伟大的父母。在世界上,什么伟大和深挚的爱能超过父爱和母爱!

在鸟类世界中,有些鸟是把孵化、育雏的重任全部交给母鸟的,但鸬鹚中的父亲却是责任感非常强烈的。根据动物行为学专家研究的结果,毛色基本一致的鸟儿,其夫妻关系是稳定的,而雌雄羽色差异大的,则多是一夫多妻制。如家禽中的鸡,或各种野雉。因为鸬鹚雌雄的羽色差异不大,我们还无法从这样的远距离鉴别出性别,但却可以肯定它们是小鸟们的父母。而从对孩子的态度判断,我感到金环应是母亲。

原来堡上一队队的鸬鹚是今年才出生的雏鸟,都是在等待父母狩猎的归来!原先我们只是沉浸在发现的喜悦中,忽略了堡上的鸬鹚嘴丫的颜色。其实那淡淡的黄色已表明它们是雏鸟的身份。再看其他几只大鸟，也都在表演着同样的节目。这更证实了我们的发现。

是的，那兀立海中如堡巨崖上，密密麻麻的馒头般的物体，原来是鸬鹚们筑的巢。以这些巢的密集度粗略地计算一下，在这堡上繁殖的鸬鹚应在10000 只以上！这是多么庞大的群体！

奇特的哺育方式

来到青海湖繁殖的水鸟，最先到达的是斑头雁，每年 3 月初就出现在湖边；接着是棕头鸥、鱼鸥和鸬鹚。它们来后，先是忙于爱情生活。一旦爱情有了结果，随即开始筑巢、产卵，经过 20 多天的孵化，雏鸟出生了。棕头鸥、斑头雁、鱼鸥的雏鸟都是早成鸟，出壳不久就可随着父母一同活动。鸥鸟的雏鸟，要靠亲鸟哺育，它们在亲鸟嘴边啄食亲鸟吐出的消化物，如吃奶一般。斑头雁却是由父母带领学游泳和觅食。唯有鸬鹚是晚成鸟，出壳后要靠双亲喂养。双亲捕获小鱼，储存在口袋式的嗉囊中带回，再哺育幼鸟一个多月。

从鸬鹚堡上鸟巢的情况来看，这批雏鸟应是最后一批。它们的父母从越冬地东南亚回归，克服重重险阻来到青海湖时，已是错过了繁殖的季节，但仍是格外努力，抓紧时间完成繁衍生命的重任。

珍贵的燕窝制造者金丝燕，第一次用唾液筑起雏燕的摇篮，被贪婪者攫走之后，它们会再筑，再被攫取，再筑。频繁的劳作已使它们的唾液腺破裂，那第三次的窝是用鲜血垒起的。

动物在完成孕育生命的重任时，那种顽强不屈、至死不渝的品格能使日月无光！

金环被雏鸟顶得连连向后踉跄，雏鸟缩回空空的长嘴，但只停顿一会，又伸嘴向金环的口中，在嗉囊中探索，直至失望地缩回嘴，哀怨地哼唧着。金环无奈，又充满歉意地摆了摆空袋子似的嗉囊。金环特别宠爱一只小鸟，用带钩的喙为它梳理着羽毛。另一只亲鸟的嗉囊也被子女们掏空了。

金环又深情地看了一遍它的子女,然后一蹬脚,拍闪着翅膀,离开了崖堡,循着来路飞走了。它的伴侣紧随其后。

这时,或两两一队,或单只的鸬鹚,多是从北面转过高崖飞来,也有循着原路飞走的,堡上呈现一片繁忙的哺育景象。看样子,这个时刻,亲鸟们已成功地进行了狩猎,将鱼贮存在嗉囊中。小型鸟多是用嘴衔来食物,而鸬鹚体形大,食量也就大了,所以才较集中地飞回堡上喂养它们的儿女。或者,它们对子女也是进行定时饲育?

它们的猎场在哪里?青海湖渔产丰富,盛产一种名贵的湟鱼,才引来了这么多的水鸟在此繁殖,附近的藏民尊鱼为神,所以不食鱼。它们为什么不就近捕猎?是因为近年来青海湖建立了渔场,大量捕获使得鱼群数量锐减?不,很可能是另有原因。

还是没看到其他的水鸟从鸬鹚堡空域飞过。堡上几乎已没有了亲鸟的身影,那些雏鸟又恢复了我们刚来时看到的那种姿态,像是饱后的安宁,但又似乎还有着隐约的躁动。我总觉得它们有着另一种渴望——是没有吃饱,还是觉得父母给的爱抚太少?

我们等待着,等待着观赏生命进行曲的下一章。

是的,终于等到了金环的身影,它还是按照原来的航线飞回来了,在它的侧翼是它的伴侣。它们速度并不快,似是承受着负载,显得有些滞涩。

金环放下收缩在腹部的双脚,就像飞机放下起落架一样,展开翅膀滑翔。这时它的孩子们欢呼雀跃,一片动人心魄的情景具有无限的感染力。金环微微地调整了一下双翅的角度,缓缓而又准确地降落在列队等候的孩子们面前。

最先抢到金环面前的,还是它最喜爱的那个机灵鬼,它准确地将长嘴又伸入了母亲的嗉囊,贪婪地停留在那里。有两只拥向父亲的身边。金环直将长脖颈向后仰,机灵鬼只好退出。奇怪,机灵鬼嘴里并没有鱼,但它的表现显然是得意和满足的。我们赶紧将视线集中到正在母亲嗉囊中搜寻的雏鸟,它也是贪婪地停在那里。

其实,我们刚才就应注意到,它们不像前次那样,掏到了鱼就赶快缩回长嘴,将叼住的鱼吞咽下去,但是,它们的嗉囊有着东西自上而下地流动。再看金环的姿势也异样,喂鱼时,它将颈脖仰起,嘴向上,呈10点钟角度;而此时,嘴向下,呈8点钟角度。

我恍然大悟,这是在喂水,是父母们从远处,装了满满一嗉囊的水来喂它们的儿女。

它们的城堡就在水中,何故舍近求远呢?对了,它们运来的是淡水,青海湖的水是咸水,只能有这一种解释了。新的发现总是和欢乐同时到来的。这个全身乌黑的高贵的大鸟,竟然不喝咸水!它们的猎场和水源在哪里?

生物种类的繁多,生命形态的万千变化,每种生命生存习性的多样性,真是令人难以想象!

鸬鹚们不断飞来,崖堡成了繁忙的航空港,汲取淡水比狩猎总是要容易得多,所以金环夫妇这次来回的时间较短。我想,它们也应该稍稍休息了,谁知,它们无暇多作停留,又立即飞走了。

寻找猎场

我请李老师收拾摄影架,起脚就向它们飞行的方向追去,还没跑一段路,顿时感到头疼、气闷、喘得不行。我又忘了这是在海拔3000多米的缺氧高原,起步又急了,不放慢脚步也不行,但仍然穷追不舍,直到两眼冒金花,喘得腰也直不起来。终于我到了高崖台地的北端,看到了金环夫妇的身影。

我累得只好坐下,目光紧紧追随它们越过繁星般闪耀的沼泽地,是的,它们的确是向布哈河飞去,我的猜想被证实了:名贵的湟鱼虽在青海湖生活,但每年却要从湖中逆流而上,到布哈河产卵。鱼类学家曾说,有些鱼类,如大马哈鱼、鲑鱼、鳗鱼……从咸水的大海到淡水中去产卵,那是对于祖居的怀念,因为它们原本是生活在淡水河流中的。生存竞争的法则使它们迁居到大海。繁殖季节一到,完成生命繁衍的神圣使命,那种成群结队、争先恐后逆游而上,飞跃腾跳险滩、瀑布的场面,真是惊心动魄!

眼下正是湟鱼们的繁殖季节,鸬鹚们的猎场在布哈河!鸥鸟、海雕在空中巡视,一旦发现猎物立即俯冲而下,从水中将鱼抓走。鸬鹚的狩猎方式却完全不同。

迷恋鱼鹰抓鱼的种种情思涨满了胸腔,我要去它们的狩猎场,去看不受渔翁控制、驱使的鸬鹚们狩猎的精彩。

我想站起来,可是两腿软软的,高山缺氧反应并未消失,心想急不得,索性躺到了草地上,一股青气令人神清,野花的芬芳直沁肺腑。我感到大地的抚慰、关爱,力量又在血液中流淌。

李老师背着摄影器材快步走来了,我立即挺身坐起。

"真吓我一跳,以为你昏倒了。我们得放慢节奏,得适应这缺氧的环境。"

"你也坐下歇一会儿。我们去布哈河看鸬鹚捕鱼!"

"当然,这样的好机会还能放过?"

我们都会心地笑了。她和我多年来在天南海北探险,非常默契。

不知什么时候,湖边出现一艘小快艇。向导刚好站在那里和艇上的人说话。我请他载我们去看看鸬鹚堡的另一面,向导面有难色。快艇的主人倒是答应得很爽快。

湖上风浪不大,快艇的声音也不大,但在这片宁静的乐土上,显得很刺耳;犁出的水波却无比优美,波浪像蓝缎子般起伏。是的,近看这一湖水色,又是另样的色彩。我请驾艇人放慢速度。

在湖中仰望鸬鹚堡,它格外峻拔、直矗,在嶙峋的石棱上,布满了鸬鹚的圆形窝巢,站着一行行雏鸟。不知什么原因,却比东边的少多了。有只大鸟飞来,却不降落,只是在巢区附近盘旋。它的孩子们却粗莽地叫起,可能是快艇和我们的出现引起的。看那嗷嗷待哺的情景,我们赶快离开,以免惊扰了它们宁静、温馨的生活。

围 猎

赶到布哈河,已是傍晚的时分。我们沿着大桥向西,寻找鸬鹚的身影。河岸两旁是丰美的草场,牛群、羊群如灿烂的山花,开放在夕阳下。悠扬的牧歌不时从这里、那里飞起,回荡在霞光迸射的天宇。

高原河流的岸边,虽然没有稠密的灌丛,但犬牙般的崖岸,布满了沼泽、水凼。我们只好舍弃循岸的路线,从没有人迹的草地上缓缓地向前。但很长时间,都只是看到鸬鹚在河流上空向下游飞行。时光已经不早,它们要赶回家园,孩子们在等待着父母的归来。

我们很失望。天色近晚,也不敢两个人就深入河谷的深处。这里虽然没有熊,但成群的草原狼还是非常可怕的。正计划着明天再来时,突然听到前面河湾处有泼水声,我示意李老师注意隐蔽。

河湾的水面不小,岸边长满了碧绿的菖蒲,如精心制作的栅栏。我只顾盯着河湾中的水面,谁知一脚踏空,“扑通”一声跌到了坑里,是那样响亮。顾不得察看哪里受伤,只是寻找丢掉的摄影包。这个坑很大,长形,又是向河斜切。摄影包早已滚了下去,只在蒲草中露出了一角。我几次想下去拿,但斜坡上的沙太滑,差点滚了下去;而水泊里的响声,却愈来愈激烈。管不得那么多了,反正摄影包就在那里。我扒着坑边的石崖,使劲一纵,才上来了。

这时,李老师满脸惊喜地向我招手。我快捷地向她赶去。看清了,菖蒲又将河湾围成了几个小水泊。两只鸬鹚正在水面游弋。太巧了,正是金环夫妇。金环的特征非常明显、独特。

刚认出是它们,那夫妻俩就一低头,尾巴一翘,潜入了水里。只一会儿,水面冒出一个大花,银光一闪,就见金环叼住一条鱼从水中露出,娴熟地挺脖子将鱼一掂,顺直,鱼就异常滑溜地进入它的嗉囊了。但没看到嗉囊的鼓突。

渔夫架鹰捕鱼时,撑的是一条尖尖长长的小船,用竹篙将鱼鹰赶下水,在船的两侧捕鱼,那阵势很入画,美术作品和摄影作品多取这一景。渔夫要鱼鹰为他捕鱼,总是在鱼鹰嗉囊的下部,用草筋作适度的结扎,使得它只能吞下小鱼,而将大鱼留在嗉囊中,看到鱼鹰有了收获,立即用篙将它钩起拉回,拿住鱼鹰的嘴,只一捏,鱼就从它口中掉进了鱼篓。现在这条鱼是它自己享用了,还是贮存在巨大的皮袋子中?

另一只鸬鹚出水了,嘴里空空的;但见它向妻子使了个眼色,就见金环也迅速下潜。我们看到水面上有几条大的波纹在游动,忽而这里,忽而那里。正当那水纹纠结在一起时,泼剌剌一声,银光晃动,金环夫妻从水中抬出一条大鱼;一个叼头,一个叼尾。那鱼真大,它不甘心束手就擒,只见腰身一扭,就跃到了空中,脱离了两把钳子的束缚,"吧嗒"一声落到水中。金环夫妇愣子也没打,低头又潜入水中。

我是在巢湖边长大的,儿时成天摸鱼抓虾。我要李老师紧紧盯着水纹的变化,看来这个水泊不是太深。

"快看,它们在前堵后截哩!"李老师也发现了窍门。

是的,前后的水纹波动很有变化,那鱼只顾东奔西闪,企图突围逃逸。几个回合,又是泼剌剌一声;然而刚见鱼身一闪,又是泼剌剌连天响,鱼又挣脱了。只见黑羽闪动,它们又去进行激烈地追捕了。这次,水纹的变化舒缓了些,但只那么一小会儿,水纹又快速地激起,眼看几次就要越出这水泊,窜入河流,可是又被截了回来。反复已有多次,可是仍不见结果。李老师很为它们焦急,我心里却涌起丝丝的甜蜜,对它们的聪明机智充满钦佩。

泼剌剌的声响中,金环夫妻又终于将大鱼抬出了水面,并连续挺脖子掂了几次。我以为是要将它顺直,好吞咽,谁知却是在调整叼鱼的位置;直到金环的长嘴紧紧钳住鱼鳃的后部,它亲爱的丈夫紧紧地钳住了鱼腹后端,才停歇下来。那鱼这时却像死了一样,任它们摆布,偶尔才摆动一下尾巴。

“好聪明的鸬鹚,它们用的原来是疲劳战术,尽量在水里利用自己的优势,将大鱼追得筋疲力尽才下手。真是个机灵鬼!”

我乐得哈哈大笑,这时已无须顾虑它们害怕惊扰,因为它们正沉浸在胜利的喜悦中,战利品正衔在嘴里,儿女们正在等待着它们的收获。

“它们抬着鱼飞?”李老师为它们担忧。

“等着瞧吧!”

它俩你看着我,我看着你,四只带着金晕的眼珠时而滴溜溜直转,时而只是倏忽一闪,似是茫然无奈,不知如何将这丰硕的收获带走,又像是在商量。

结果有了,只见金环一挺脖子,将鱼往上一抛,然后迅速钳住鱼身。它的丈夫立即松口,游到前面,张开大嘴。好大的口腔,难怪它们嘴边老是有皮在晃荡,大约是平时用不着就折叠在那里。只见它一口咬住鱼头,往下吞咽。金环用优雅的游姿,配合着丈夫的一举一动。眼看丈夫已吞下将近一半,那鱼却不老实起来,使劲摆尾、扭动,它只得暂时停下吞咽的动作,脖子却被带得晃动,身子也不由歪斜。

金环早已放开了鱼,这时急得在丈夫身边打圈圈。金环突然停下,双眼紧紧盯住丈夫,又很威严地哼了一声。丈夫立即全身一震,一伸脖子,将大鱼吞了下去;但我看那鱼尾,好像还在嘴角。这时,它们在水面慢慢地游起,向河流游去,只游了一小段路,突然跃起,离开水面,缓缓地起飞。

金环跟在后面。载着一条大鱼的丈夫,飞行速度较慢,两翼滞重,失去了秀逸,但却坚强有力地扇动翅膀,不时回头看一眼亲爱的妻子。是感谢它的护航,还是在欣喜地互相庆贺,孩子们今天有顿丰盛的晚餐?不得而知。

我和李老师共同努力,虽费了周折,但还是找回了摄影包,赶快追着它们的身影,踏上归途。李老师遗憾没有拍到那精彩的场面,我说那已深深印在心里,将用笔把它画出。

晚霞满天,映照着天宇、大地,高原的霞光霓色尤其迷人。布哈河上空,飞翔着晚归的鸬鹚们,它们两两一队在霞光中穿行,那全身的黑羽,放射着耀眼的光芒。

明天,我们将再去寻找鸟岛。

鸟岛趣闻

午后的阳光,将沿湖的草原渲染得灿烂辉煌。大片大片的红紫色的野葱花、蓝色的鸢尾花、白色的马奶子花,铺展出千奇百怪的图案。

左前方一望无际的绛红色的草地特别惹眼。向导说,那是一种早熟的禾草,花穗绛红,牧草的质量高,是畜群过冬的冬窝子。

接近青海湖时,路左出现一个缓缓的土墩子。向导领我们向上走出,到达土墩上,青海湖蓝得耀目。墩下斜坡五六十米处,裸露着石滩,有生着矮草的慢坡,再远处是布哈河,河口一片沼泽,闪着繁星般的光亮。

“这就是鸟岛!”

我们很愕然,因为它只是湖边的一个土墩子,最多也只不过十几米高,哪有一丝一毫岛的形态!怎么可能想象几万只的水鸟,在这只有零点几平方公里的地方筑巢、孵化、育雏?

“奇怪吧?说清楚了,也就是很自然的事了。”向导像是位满腹经纶的哲人。

“青海湖大约形成于100万年之前。在1万年之前它比现在要大三分之一,水面比现在要高出100米。那时它还是外泄湖,与黄河相通。后来由于青藏高原的上升,日月山抬升加强,堵塞了河道,迫使河水倒流。你们回程时,就能看到由东向西流的著名的倒淌河。成了内陆湖之后,这里的蒸发量高于补水量,因而水位不断下降,湖水中盐分逐渐增高,湖面逐渐缩小。据统计,30 多年来,水位每年下降 10 厘米。

“鸟岛原来确实是湖中的一个小岛,但建立保护区时,这里已经只是个半岛了。水位继续下降,现在却连半岛也不是了。可算作是沧海桑田吧!”

但水鸟却依旧迷恋故土。有趣的是,湖水退落,滩头面积增大,来此繁殖的鸟的数量也随之增加。

每年 3 月初,棕头鸥、斑头雁、鱼鸥、鸬鹚经过长途跋涉,从越冬地相继来到了鸟岛,开始了谈情说爱、筑巢。那时,鸟影遮天蔽日、鸟鸣声震耳。鸟在恋爱时,雌雄都是特技飞行高手,一会儿翩翩起舞,一会儿上下翻飞、直冲云霄或飞掠水面,以炫耀才能表达如痴如醉的爱情。

说来有趣,棕头鸥选择沙砾地筑巢,斑头雁喜欢长草的滩头,鱼鸥却选布哈河入海口的泥泽地。真是各得其所。棕头鸥晃动身体在沙地上压出窝,垫些草和羽毛就成了。斑头雁的巢筑得要考究些,雌鸟将胸脯前柔软的羽毛扯下垫在巢中,雌雄轮流孵蛋;而棕头鸥却只有雌鸟独自孵化。

鸟类学家研究了千姿百态的鸟巢之后,认为鸟巢的形状简单与复杂,反映了它们在进化树上的位置以及分类学上的意义。

来青海湖繁殖的水鸟,除了斑头雁、棕头鸥、鱼鸥、鸬鹚四大家族之外,还有野鸭、海燕等等,除鸟岛之外,三块石、海中山、沙屿也都是它们的繁殖地。

鸟岛是最为集中之处,有一年的统计是:仅斑头雁就有 2350 个巢,棕头鸥有 7000 多个巢。在这弹丸之地,简直是一个窝挨着一个窝。保护区的科技人员去观察时,常常连下脚的空地也找不到。

那么,在如此拥挤的地方,为了争夺一块筑巢地,不是要打得头破血流?总的来讲,还是平和的,但从别的巢里偷来一点建筑材料,那是时有发生的,然而并未引起战争。

但对外来的入侵者,那就是另外一回事了。动物世界的生存竞争,无时不在轰轰烈烈、残酷地进行着。

来自空中的天敌,当然是鹰、隼、雕这类猛禽。只要有这些家伙的身影出现,巢区的鸟们无论是斑头雁还是棕头鸥、鱼鸥,都立即起飞,组建立体式的集群,将来犯之敌紧紧包围,发起攻击。想想看吧,几百只、几千只的鸟去搏击一只雕,任凭它怎么凶猛,也只能落荒而逃。

向导说:“我就遭遇一次。那天有急事,也自恃和它们一直友好,没等天黑就观察棕头鸥的孵化情况。开头还算顺利,正在孵蛋的雌鸥专心致志,只是两只小眼一刻也不放过我。也怪我粗心,被一个石头绊倒,压了五六个巢。棕头鸥‘嘎嘎’惊叫、飞起。我想坏事了。可不是吗,几百只鸟们突然从巢中冲天而起,随即是一阵暴风骤雨——粪雨,又臭又腥的鸟粪劈头盖脸。我当然是抱头鼠窜,不,不是鼠窜。还算我没犯糊涂,没有拔腿就跑,而是双手护住了头,小心翼翼地从鸟巢的空隙退了出来。大家都笑话我是鸟粪雕塑。不瞒你说,尽管我洗了四五遍澡,使劲擦香皂,那半个月内我都能闻到身上的鸟粪臭!

“还说一件奇事。那天,牧场上的一匹黑马不知怎么溜到鸟岛来了。那马只顾吃草,不知不觉闯进了巢区。开头只有几十只斑头雁惊起。雁平时很温驯,这时却无比凶猛地叫起。黑马哪里会理它们的大吵大闹,头都不抬只顾边吃草,边向前走。成群的大雁疾速升空,立即轮番俯冲,用嘴啄,用翅膀扎,黑马也只当是有人给它挠痒痒,很高兴,只是对动作过分的甩甩尾巴。有只雁被马尾击中,差点跌落下来,那雁挣扎着飞起,绕着巢区猛烈地吼叫,时时还向下俯冲。整个巢区的鸟都被唤来了,几千只鸟铺天盖地向马儿发起最凶狠的进攻,啄头的啄头,啄眼的啄眼,啄耳的啄耳。马这时才感到不对劲,摇头摆尾,立起身子,张开大嘴,抡起两只前蹄击打。鸟群太密集,竟也打落几只。但鸟们无比的英武,展开更强烈的攻击,黑马浑身是血,只得落荒而逃;鸟们一直将它追到几里路外。

“正应了一句‘明枪好躲，暗箭难防’，对于偷窃者，鸟们就束手无策了。鸟岛还未发现像巴音布鲁克天鹅保护区的麝鼠，它们在沼泽地中用土建起高高的城堡，挖掘地道直达天鹅的巢下，偷取天鹅蛋。但这里有狗獾、沙狐、赤狐，专在夜晚对斑头雁、棕鸥进行偷袭。牧羊犬也很凶残，你们看到了，我们已在鸟岛周围筑了围栏，但牧羊犬、野狗都能将围栏掏开。我们曾在一只狗的胃里，发现了十几只幼鸟。”

向导的精彩描绘，更激发了我们的想象力，几万只鸟紧紧挤在这只零点几平方公里的地方，那不简直成了巢滩、蛋岛（它真的也叫蛋岛）吗？岂不真正是一片鸟的世界？回过头来，一条沙梁横卧在眼前，我很惊讶。看来，湖水水位的下降对鸟岛的影响不大，风沙的肆虐，却完全可以将鸟岛吞没！

向导证实了这样的担心，说过度放牧、降雨量的减少，已使草场加速退化。这里的沙丘都是从沙岛那边吹来的。保护区已在前几年就开始种草固沙，你看，沙梁子上已长起草了，那种特别高的是冰草。

我们去那边，在没膝的深草中一直爬上沙梁。起伏的沙丘一直绵延到湖边，治理的工程艰巨。

大自然已经发出了严重的警告。

保护鸟岛的各种措施，人与自然的和谐相处，一直是我们归途中的话题。

泉湾海市

泉湾在青海湖的北岸。过了布哈河桥，我们沿着东岸走，艰难地爬上一个陡坡。满目红色的、白色的、淡黄色的马奶子花，将台地铺得鲜艳灿烂，惊得大家停步注目，屏声息气。我是第一次看到这么多各呈异彩的马奶子花，以后，再也没寻找到如此大片的马奶子花群落了。

高崖上其实无路，我们只是信步在绿草杂花中穿行。崖下平缓的湖滩的茵茵绿草直铺向远方。一排排的水鸟，在湖边水面浮浮沉沉。斑头雁是早成鸟,出壳后就能跟着妈妈下水讨生活。棕头鸥和鸬鹚都是晚成鸟,父母哺育一两个月后,才能跟父母觅食,飞翔。繁殖期过后,鸟岛虽然空了,但湖边却成了育雏场。

高崖上有座寺庙,一位老人带着孙子放牧羊群。这是岸边的制高点,忽见湖滩上绿草中一片金黄,美极了!我正在思忖是不是油菜花时,看到左边也有一大片金黄,还有着零零落落的几小片,从那自然的形状看来,显然不是油菜花。

我按捺不住,立即撒腿往崖下跑去,直到大口喘气,才想起这儿是3400多米的高海拔地区,但仍是艰难地下崖。崖很陡,找不到落脚处,我干脆往下一坐,任其滑溜。

谁知这不是滑雪场,结局可想而知,我踉踉跄跄滚到了崖下,吓得李老师和向导大声惊呼。

爬起来后,幸而腿脚都无大碍;我也就大口喘息,大步向前,往金黄耀眼的地方走去。

这片草场丰美,显然是牧民们的冬营地,因而没有一只牛羊。

一根肉质的茎上,顶着四五片花瓣。花瓣似心形,很有质感。花色金黄,无比鲜亮。它们成片地盛开,没有一根杂草,没有一丝杂色,更不见一片绿叶!

它为何不长叶子,无论是红叶或紫叶?生命的形态真是千变万化!

它究竟是一棵植物或是花?是花,肯定是花,我看到了深藏在其中的花蕊。

李老师忙着拍照片。向导说这里的藏族同胞叫它"金花",我却在记忆中搜索,似乎在哪里曾经见过。后来,终于想起了,它的学名叫马先蒿。

花,都只有六七厘米高,李老师想拍一张特写,几经调换角度都不能如愿。我拿过照相机,趴到地上,勉强拍了几张;等我站起来时,胸前的衣服已经湿了。

向导说,这里地下水丰富,所以才叫泉湾,那边还有几处大泉。往那边走吧,要不然,天黑了回不去。

沿着湖面的平地,绕过几个小湾,再斜插过去,忽见湖滩绿草丛中冒出几只鸟头,还挺出一段脖子。画面很美,很远。我说像黑颈鹤,向导只是沉吟不语。

李老师已端起照相机,迅速向那边走去。还没走出20来米,那鸟已经起飞,黄褐色的翅膀被绿草衬得鲜亮,掠过草尖,缓缓升空,姿态优雅极了。

面对眼前如诗如画的美景,我的心灵被震撼,也想起了为何世界上有那么多喜爱观鸟的人! 这是人类追求与自然的沟通,是人类在享受自然的赐予。

“斑头雁! 那几只偏灰色的,是今年才出生的。”

向导这时说话了。

泉湾实际上是上方一个山谷的延续,前两天下了场夜雨,一条小溪潺潺地流进湾中,汇入碧蓝碧蓝的湖水中。我在湾中搜索,却没见到大泉涌突。向导说,这是泉眼密布。冬季,青海湖结冰,冰上行人,唯有泉湾不结冰,因有泉水涌动,所以天鹅、黑颈鹤都来这里越冬,构成一幅奇景,吸引爱鸟者前来观鸟。今天要看运气了。近处未见到鸟的踪影,远处,总有几千只的鸟在湖面上,多是一列一列横陈,随着水波波动,犹如在嬉戏、闲游。棕头鸥体形较小,斑头雁身躯较大,羽色华丽的是各种野鸭,我们努力搜寻黑鹤、黑鹳和其他的小鸟,望远镜的倍数小了,瞅得眼都疼。

李老师指了指百米开外的草滩,我只见到深密的荒草、乱石。仔细观察,发现挺水植物下闪着亮点。啊,是沼泽地!

“就在那一簇高草偏左方向,对了,还有棵蓼子哩!”

看到了,有晃动的影子。是的,头上的斑纹暴露它们是斑头雁,总有十多只,在一个小水沼中觅食,只有一只将头停留在空中,似乎是在窥视这边。

这时的斑头雁以家族为单元,雁爸爸雁妈妈带领着儿女觅食,教它们生存的本领。

这是个充满希望,也充满艰辛和危险的时期,父母还肩负着保护子女的责任。残酷的生存竞争,使斑头雁的群体性较强,成年的雁会同时照顾别人的孩子,小斑头雁也乐意跟随叔叔、阿姨出游。因而,在育雏期间,见到几个家族的斑头雁生活在一起是不足为奇的。

我正想了解这群斑头雁有几个家族时,眼睛的余光却遭到一个黑影的侵扰,它肩羽雪白,这是只素以凶猛著称的白肩雕。

水沼内影影绰绰的斑头雁们,急匆匆往苔草稠密处游去,草丛晃动。肯定是放哨的雁发出了警报。

白肩雕潇洒地划了个弧线,向我们这边飞来,锐利的目光却在扫视那片沼泽,到达我们头顶时,却慢慢地升高,变换了方向,似是失望地向远处湖心的高空飞去。

李老师一直为没能拍到大雁家族而烦恼。见雕已远去,就急切地提脚往湖边走去。我一把拉住她:"等等,别急!我们都稍稍避一下。"

她很茫然,但还是跟我走到旁边的一块大岩石后。

我趁机吃了点干粮,还时不时去观察一下这片天空,很蓝,几朵奶子云悠悠飘动,映在水中颜色晶莹。背后的山上,时时有一股风扬起沙尘。

李老师等得焦急:"你在等它回来?"

"当然!"

"斑头雁不是都藏起来了?"

"别急!"

其实,我心里也挺急的,这家伙在玩什么把戏?但它最后一瞥沼泽地的眼神,很犀利,充满欲望,我坚信它肯定不会放过已选中的猎物。

我也窥视起那片沼泽，根据影影绰绰的形象、草的动静，判断出斑头雁们又恢复了常态，在水沼中游动、觅食。

背后山上高远的蓝天映出一个黑点，那黑点迅速扩大，像是开足马力高速飞行。从飞翔的姿势看，肯定是猛禽，显出雪白肩羽时，它已到达我们头顶。

只见白肩雕猛然低头、敛翅，似是流星一般向沼泽中击来。

“小雁们要遭殃了！这家伙太鬼！借着山势，从这边偷袭。”

李老师也看出白肩雕的伎俩了。

真是说时迟，那时快，就在白肩雕眼看要得手时，“嘎嘎”声骤起，沼泽里一片忙乱。五六只斑头雁突然飞起，它们的起飞速度虽然无法与白肩雕相比，但那雕还是明显地一愣。

起飞的斑头雁们不是惊慌失措地逃窜，而是迎着白肩雕冲击。这些温驯的雁们已满腔愤怒、英勇无比。

白肩雕一斜膀子，想穿过雁阵，直取正在惊慌逃窜、惊叫的小雁。雁们却勇猛地叫着，毫无惧色地拦截白肩雕。只听“扑”的一声，一只斑头雁被撞翻，但只翻了个跟头，又挣扎着向雕冲去。空中飘着几片羽毛。这时，其他的雁也都奋不顾身，对雕展开攻击。

两军相搏时，白肩雕已失去了速度上的优势；只得大展翅膀，掠过湖面，突出重围，向一旁飞去。

雁们仍然穷追不舍，雕也一会儿滑翔，一会儿绕圈，但就是不肯离去。

附近水域的鸟们也都一片惊恐，纷纷靠拢过来，游向湖中。

有两只雁离开了雁阵，往湖中的鸟群飞去，叫声不断。奇迹发生了，湖上的斑头雁们起飞了，只一小会儿，竟然有五六十只往这边飞来，参加驱逐白肩雕的战斗。

直到这时，白肩雕才悻悻地升高、远去。

“简直是篇童话!”李老师非常感慨。

这场精彩的空战让我明白了:青海湖方圆4400多平方公里,湖岸长达360多公里,哪里不能安家,为何几万只鸟要争着集中在那一小片地方筑巢、孵卵?亲鸟为何在育雏期间,仍要几个家族在一起?

动物行为学家已经揭示了动物营群的本质动机——集体防御天敌,分散天敌的目标是其中重要的一条。

放眼望去,湛蓝的青海湖上水鸟们继续着牧歌式的生活。大自然就是如此造化着世界。

远方朦胧中的鸟岛,怎么突然变长了,一直向湖中伸展,湛蓝的湖面上,还多了几幢房屋,隐隐约约的树林,似是还有两艘大船,和升腾、晃动的水汽……

“不对呀!在这地方看,鸟岛像是伸出的半岛,但怎么着,那边的湖岸也没那么长呀,怪事,啥时还盖起这么多房子?”

向导的喃喃自语,像是电光火石,我激动得大声高喊:

“海市!海市蜃楼!”

“我来青海湖也五六年了,还是头次看到海市蜃楼。真是托你们的福了。”

后记:五年后,我再去青海湖。那里生态的变化令我喜忧参半,我在《走进帕米尔高原——穿越柴达木盆地》中已有记述。

其实,西部地区是水鸟的家园,并非只有鸟岛一处。如我们经历过的鄂陵湖、札陵湖、可鲁克湖,以及动物学家说的藏北高原的很多湖泊,可可西里的湖泊……每到春夏都云集成千上万的水鸟,在那里生儿育女。只是那里都远离尘世,人迹罕至。青海湖的鸟岛还是离人类太近了。

当新疆的袁研究员告诉我,他在阿尔金山考察时,目睹了沙漠中的湖泊上空,飞舞着成群结队的水鸟时,我异常惊奇,因为那是咸水湖,鸟儿们以什么为食?老袁说,那里的湖中生活着一种卤蝇,卤蝇的幼虫(蛆)即是水鸟们的美味。

生物链总是那么自然而又神奇。

2008年8月11日

登油婆记，探华南虎

对福建省主管自然保护区的阮云秋来说，“谈虎色变”的意思，已由恐惧变为兴奋、喜悦。

他曾在新疆寻找野马数年，大漠的风沙并未吹去他脸庞的白净。那次行程以未找到野马而结束。历史重新给了他机遇，他谈起在山野中发现华南虎虎踪，以及它们现存的状况时，低声慢语，滔滔不绝，两眼兴奋得只剩下一条线。

华南虎牵动着我们这次行程的脚步。在去龙栖山主峰垭口，一片纯黄山松林中，工作人员开辟了宽近 20 米的防火道。松林树干不高，林缘野花灿烂，空地是稀疏的小灌木、杂草，陪同的老俞说，这也是华南虎喜爱的地方，曾发现过它来去的足迹和爬挂。

1999 年 4 月 23 日，我们到达了被誉为“华南虎天堂”的梅花山国家级自然保护区。还没将行李安顿好，书记罗明锡就告诉我们，前几天华南虎出现在玑头坳，过了一天，还是这只虎，又出现在马坑埂。在以后几天相处的日子里，他对虎踪的熟悉，对自然保护事业的热爱和献身精神，给我们留下了深刻的印象。后来，又得知在一次考察中，出了事故，他失去了心爱的儿子。他的事迹更是令人肃然起敬！

第二天，我们在云山一带观看甜槠和米槠不同的树冠、细柄阿丁枫扁圆的树干，了解中亚热带中低山阔叶林的特点。沿着一条山谷的上缘前行，快

到石燕坑时,王洪高指着右边山脊坡下几棵稍高的杉木,说起难忘的奇遇:

“那是春节前的一天晚上,我们四人开了部吉普车考察夜行动物。回程时,已近11点。行到这里时,探照灯突然发现一只大型动物,正从七八百米远处那个山脊上下来。那时,那里是一片采伐后迹地,杉树苗和茅草茂盛。灯光下,野兽身上的斑纹撩眼,猛然让我们激动得想大喊。

“天哪！是一只华南虎！是我们吃尽千辛万苦寻找多少年的华南虎！好美丽、好矫健的身段！它从从容容地迈着轻快的脚步走向深草处,连看也不向这边看一下。等到我们停下车来,它已不知去向。天很黑,又冷,在这样的深山,无法去追踪。

“第二天一早,我们爬上了昨晚看到老虎的地方。在几只麂子、山羊足迹的附近,终于发现了虎的足印,赶快用石膏模拓下了。经过专家鉴定,确确实实是华南虎留下的足迹。喜讯传遍四方。太让人高兴了！几年来关于虎踪的报告很多,但这次是我们亲眼所见!”

虎在中华民族文化中,其地位大约仅次于龙,龙虎常常并列。虎为威、为猛、为武、为阳刚,可以信手拈来有虎字的成语一串串。中国原有数种虎:新疆虎、东北虎、印支虎、华南虎等。新疆虎早已灭绝。严格地说,只有华南虎是中国特有的。人类很怪,崇拜、歌颂虎的同时,又歌颂“打虎英雄”。景阳冈武松打虎的故事家喻户晓,直到20世纪70年代初,还在奖励“打虎英雄”。斗转星移,虎踪消失了,大面积的森林也消失了,喧嚣的野生动物世界寂静了。水土大量流失、自然灾害不断,人们终于发现,虎的消失表明了它的生存环境恶化了,而人和虎同是生存在一个环境中。

国外的动物学家甚至断言:作为一个物种,华南虎如今只存在于动物园。

华南虎的命运,引起世人的关心。20世纪90年代,林业部保护司组织了广东、湖南、江西、福建等省的动物学家进行考察。

严禁打猎和帮助考察的通知和布告都发出了,来报告虎踪、虎迹的也不算少,但科学是以事实为根据的。然而要在这样层峦叠嶂、荒无人烟的大山中找到虎,谈何容易?

像是幽默大师的杰作,保护者在无奈之下,找到了当年的猎虎者、四代打虎传人黄老汉。不过他已不愿再谈虎了。罗明锡发挥了专业特长,从关心老人、融洽感情入手,再晓以现在寻找华南虎的意义,黄老汉终于同意出山。

时值冬季,他没有去别的地方,而是直奔梅花山。

梅花山号称"梅花十八洞,洞洞十八洋,洋洋十八里,里里桂花香",如谜语般笼罩着无限的神秘。我们曾听过对它的纷纭解释,但较为接近的理解,却是在登临油婆记高峰之后。简单一点,是说梅花山的地形非常复杂、物藏丰富。从景观和环境说来,黄老汉将它作为寻找虎踪的首选地。

他在梅花山转悠了几天后,选了一处山脊,在山脊处选了几个地段,每隔50米,将土刨碎、松细。然后是每隔两天,去巡视一番。奇迹终于出现了,虎的足印和爬挂果然留在松土段上,其中有一个足印特别正,特别清楚。

世界野生动物保护组织派来的珂勒先生看到后,又趴到爬挂上,细细闻嗅,一股虎尿骚使他激动得跳起来,他学着老虎的模样大叫:"虎!虎!"

黄老汉的秘密武器在哪里?他给大家上了一堂华南虎的生态课:

虎走山脊,从这山到那山选择山梁,即所谓"野猪不上山,老虎不过盘"。在冬季,虎的行动有一定的路线,十天半月要来回一次。爬挂,是虎的生态特性,它喜欢走一段路后,用爪刨地,或刨树干,留下痕迹,并尿小便,以此标记此处是它的领地。

虎分坐山虎、行山虎,它们在划分领地中有异。猫科家族中的云豹也有这种习性,但云豹的爬挂只有三十厘米左右长,而虎的爬挂却有四五十厘米长,也较宽。过去猎虎,正是根据虎的这种生态特点设弓埋箭的。考察队以后也是根据这一特点来寻找虎踪的。

大源村有位老人喜欢打猎,在黄麂出没的路上下了个夹子。两天后发现,夹子被挣断了。最奇怪的是树上新钉了一颗野兽的牙齿。夹子上留下的兽毛,显然不是黄麂的,再说黄麂也没能耐挣断或咬断夹子。那颗钉在树干上的牙,更不是黄麂的。

兽牙是谁的?为何要将牙齿钉在树上?

经过辨认和鉴定,是虎牙!是它误中夹子后,怒不可遏,拼命咬断支夹子的树干留下的。可见虎威、虎猛!

地质队员在白眉山考察,挖有两米深的剖面。坑中一片狼藉的野兽尸骸,让大家惊诧不已。被吃的是苏门羚,当地老乡又叫山羊或四不像,它是大型食草动物,善于在悬崖陡壁中奔跑。谁敢把它追杀呢?只有豹子和老虎。形如井的坑壁上留有杀手爪印、爬挂。经过鉴定,确是华南虎所为。这个事件发现的意义在于,说明这片地区有着华南虎赖以生存的丰富食源。

阮云秋和保护区的罗明锡,各带了一支考察队在梅花山中数年风餐露宿,几年来共发现华南虎爬挂八九十处,收集了足迹石膏印模近 20 个。还是那位珂勒先生在看到这一切后,兴高采烈地说:

“梅花山是我看到的四省最好的华南虎栖息地。梅花山不愧是华南虎的故乡!”他情不自禁地在自然保护区的科学馆中题词:“罗明锡先生,你所从事的事业非常有意义,对人类做出重大贡献!在你们的努力下,中国华南虎一定会保存下来。”

保存了华南虎是“对人类做出重大贡献”,并非夸大其词。世界的繁荣和多彩是以物种的繁荣和多彩为基础的。保护华南虎,是保存了华南虎的生境:森林、繁荣的食草动物和一整串的生物链!这是整个环境没被破坏的标志。

明天去攀登油婆记,它在梅花山的核心区。晚上,罗明锡、老王和小黄,说了梅花十八洞流传的民间神话故事。

故事一:夫妻俩守护这块宝地,密藏着打开宝藏的诀窍,但夫妻俩性格奇拗，老公说东，老婆说西，老公说打狗，老婆去抓鸡，无人能同时说服两人，所以至今宝藏仍在。

故事二：有一奇特动物守护，这个动物形如晒谷篾席，伸缩自如，卷起是长圆形，放开呈长方形，他物触及就随意伸缩，会飞。

故事三：有一怪异动物“山人狨”，头发很长，毛为棕褐色。它遇到人时，紧紧抓住你的两臂狂笑不止。人们在进山时，手臂上必须套有竹筒，若被它抓住时，可抽出手臂脱身，或者往山下跑，因为它的头发长，下山时眼睛就会被遮住。

也有当代的，小黄就听他一位同学说过，20 世纪 80 年代有一支 12 人组成的打猎队，带了 8 只狗进梅花山，两天不到，只剩下 2 只狗，打猎队吓得赶快撤出。

4 月 25 日，云遮雾裹。前一天还是晴空万里。

我们还是按考察日程行动，和保护区王洪高、黄肥峰一道，去探访神秘的梅花山核心区——华南虎的天堂。这两人的名字与体型名副其实。王洪高瘦长，喜欢说笑话；黄肥峰矮胖，眼镜后的两眼特别有神。

吉普车在林区公路上下蹦跳，左右摇晃。终端在竹坪，也是攀登海拔 1778 米油婆记高峰的起点。“油婆记”很怪，不像是座山峰的名字，倒像是个商店的名号。问了几个人，谁也回答不出原因，只说是上代就传下的名字。

刚下车，飘起小雨，一位小伙子热情邀我们进屋躲雨。竹坪是蘑菇之乡，小小的盆地中立满了菇棚。我们饶有兴趣地看着主人正在忙着接菌种、制营养钵。

少顷，雨略小，准备出发。村民们都来相劝，说是今天的雨不会太小，一时半晌停不下来，在这样的天气上山无疑是玩命。但多年的野外经历，坚定了我们风雨无阻的决心；因为考察行程安排得很满，今天不去就失去了一个重要的机会。再说天气变化，也常常能得到意外的收获！我用眼神征求李老师的意见,她是位女同胞,也上了年岁。她的答复是热烈的、坚定的。

突然不见了小黄。老王说,他去菇棚了,请一位朋友留点花菇,没事,他会撵上来的。刚上到山路,雨大起来了。王洪高停步瞅着我,可我只顾大步向前走。在雨中行路,雾来云去,倾听着枝叶上时疏时密的雨滴声、起伏的松涛声,真是种特殊的享受。

刚爬到一小坡顶,已赶上来的小黄,停下打量路旁的两棵竹笋。老王说拔下吧,是白笋。回程时带上,让老刘和李老师尝尝花菇炖白笋。

眼下正是采笋季节。在山野中这么多年,我见过春笋、秋笋、冬笋以及水笋……自认对笋还有所了解。但这次在号称竹乡的闽北、闽西却大开了眼界。比如老王刚刚说的白笋吧,是一片山野也难得挑到一棵的。这里老乡吃笋特别讲究,总是挑肥拣瘦,绝不轻易将就。想到登山归来还有如此的美味,心里顿生温馨。

路在苦竹、灌木丛中蜿蜒,忽上忽下,雨中的青苔特别滑溜。苦竹太茂密的地方,路成了穹窿,弯腰钻过去吧,太低,挤过去吧,那水淋淋的竹上攀附的刺藤条总是拉拉扯扯。

更有黄麂、野猪、黑熊的足迹在小道上出现,还得提防着令人胆战心惊的不期而遇。

在小溪边察看野兽足迹时,我摔倒了,大伙都笑我中了头彩。黄肥峰跟前跟后照顾李老师,她却走得很沉稳。外面是雨,内里是汗水,全身已经湿透。

忽见一古柳杉群落,在山谷六七百平方米的面积中,竟有21棵!胸径多在1米之上。树干笔直,挺拔苍郁,气势非凡。有棵在两三米处,突分成两支,如剑直插云霄。四处都湿漉漉的,我们只好站在树下,听着石鸡雄浑带有共鸣音的叫声,匆匆吃了些干粮。

如蜈蚣形的藤蔓植物,匍匐曲折于石上。老黄说是岗松,它的花粉可作香料。

有种叫声,像鬼嘶一样,都辨别不出是鸟还是哪种野兽发出的,但它跟前随后,就像是藏在密林中,窥视着我们的一举一动。

陡坡,很滑,爬几步就得停下喘口气,在雨中已行进几小时了,体力消耗较大。虽然云压得很低,四周都是雾蒙蒙的一片,但从山势、从时间推算,现在可能是接近主峰的最陡险处了。

咬咬牙,上!一片灿烂如火的杜鹃在垭口迎接我们。

狂风将云摧来拥去,像位魔术大师似的渐次展出短松、茅草、槭树,以及各色杜鹃组成的山地灌丛带。老王说,这个垭口是野兽南来北往、东行西去的必经之地。近几年,多次在这里发现华南虎的踪迹,已成了判断保护区内现存华南虎数量的重要根据之一。这里是华南虎的典型生境——具有高山稀树、灌木丛、草甸。

这个垭口处于环山之中,即猎人常说的"哨口"。行猎时,猎人必去"哨口"寻查追踪的兽迹,或继续周旋,或埋伏狩猎。在这样的雨天,不可能企盼看到华南虎的踪影,但这片多种植物组成的高山稀树灌丛草甸,却告诉了我们很多信息。李老师明知光线很差,还是连忙拍了几张照片。我却尽量在灌丛中察看,东瞅瞅西瞧瞧,希望能发现一点什么;其实,我也不知道在找什么。

垭口风狂,雨更大,老王指着前方高空云霄,问:"上不上主峰?"

当然!我们一行5人又冲入雨中雾中。这段路因山林防火修了石级。看似好走,其实正因为两旁陡险才修石级。老黄一再警告,云雾容易使人失足,大家需格外谨慎。似乎已到主峰,然而只有五六步平地,又得再登石级。无法言明的飘飘欲仙的陶醉驱走了疲乏。

"到了!"小马喜悦的呼声刚落,瞭望塔已矗立在面前。这是一座两层简陋的建筑物,因为是雨季,里面也是湿漉漉的。登平台瞭望,云翻雨狂,四顾茫茫。

寒气逼人，寻来找去，我们也未发现一块干柴。正在愁急之际，屋角有个湿漉漉的竹扫帚落入眼中。以山野的生存经验，竹枝最易燃起。我赶快从摄影包的内层找了几张纸引火，费了九牛二虎之力，浓浓的烟雾中终于燃起火焰。

李老师说："落汤鸡成了熏鸡了！"

在嬉笑声中，围火烤衣，喝水吃饼干。那份甜美是没有徒步登山经历的人绝对享受不到的。

感到屋外雨声小了，我悄悄地再次登上了平台：

云潮低落、山峰点点、云海变幻，骤然，峰如梅花，开放在辽阔无际的海上，其间洞开，现出山谷、湖泊。

心中轻轻一颤，油然升起疑问："梅花十八洞是怎样得名的？"

梅花源于此？"洞"为盆地？

这个谜语，实际上说的是梅花山特殊的生态环境，再联系垭口华南虎典型栖息地，"梅花十八洞"为华南虎天堂已毫无夸张之意。

破译了谜语，我兴奋不已。

天色已晚，下山时，李老师也摔了一跤，后背硌在树桩上。杯口大的瘀血，半个月后才消失。年轻的小黄摔了两跤。只有老王很不够意思，还在随意调侃。

考察研究的结果是令人兴奋的，梅花山确有华南虎生存、繁衍，但也令人担忧，虎的家族的数量却并不大。龙岩市的领导非常关心对华南虎的保护。市委书记张燮飞、市长黄坤明亲自到保护区办公，一次就投入150万元，兴建华南虎繁育、野化中心。科研基地已经建起来了，目的是将人工繁育的华南虎再放回山野，壮大野生虎群，增加新的遗传基因。

就在我们离开保护区时，有人来报告说，前天，外洋村李下坑农民马心妹在山上采水笋时，看到了一只华南虎。老王、小黄已背起登山包，正动身赶去,只好匆匆告别。

后记:“油婆记”应是一个商店的名号,可它却是一个海拔1000多米山头的地名。我问了向导,他无法回答。难道当年那山头上确有一小店?它地处几条山道的“哨口”,可小店哪里去了?华南虎曾有过繁荣昌盛的时期?据向导说,那一带曾出现过好几位打虎英雄。

2008年8月11日

东海有飞蟹

茫茫东海，连天碧波托起一朵小白花。

小白花上有飞蟹。

蟹会飞？会在海面飞行？

我询问过很多海洋生物学家，他们先是惊讶，后是试图说明那是错觉。可那确实是我亲眼所见。谜一般的未知更是引起我们长久的回忆，有欢乐，有迷惑，说不清、道不明的情思，一直无法淡化。

无数的岛屿，明珠般闪耀在大海上，构成了我国著名的舟山群岛。几百座海岛涵养了丰富的海生动物，是天然的海上牧场。

我第一次去探访是8月从上海乘船前往。傍晚起航，在两岸高楼云立的黄浦江中徐徐前进。天地忽然开朗，惊涛陡起，黄浦汇入长江。两江相拥，激水拥浪。

船头对着低悬水面的落日，夕阳红艳如圆玉，海水炽燃，大河流彩，无数的金星在水面跳动，晚霞光辉笼罩着长河，江水映着彩霞，一片迷幻。

自从上船后，一刻也不安稳的我的两个孩子，现在也立在甲板上凝视，只听小早喃喃地说："我们正在驶向童话世界！"

新月如钩，海上观月，另有一番情趣。夜深了，小早和他哥哥还赖在甲板上。妈妈怎么劝说他们也不愿进舱；直到远离了海岸，夜风骤紧，浪声如雷，他们才在海的摇晃中，沉沉睡去。

早晨，风浪渐平，已能见到远处的岛屿。

小早说："岛就是海里的山，对吧？"

哥哥小君毕竟大了4岁，他说是露出海面的山。

不久，船像是在小岛拦成的水道中穿行，两个孩子都急不可待地问：

"小白花在哪儿？在哪儿？"

我要他们自己去观察，去找出我们第一个目的地——沈家门。谁说对有奖，因为我已简单向他们介绍过这次旅行。

船刚拐过海峡，一排排、一列列的小船成群结队地出现在港口，船上晾着渔网，一股鱼腥味扑面而来。

"沈家门！"小早第一个宣布。

"舟山群岛的最大渔港！"小君较为沉稳。

妻从包中拿出奖品，每人一条游泳短裤。

"我们能到大海游泳？"

"当然！"

朋友已在码头等候。等到我们商量好了行程，我和妻子却怎么也找不到孩子。妻子自责不该早早将游泳裤给他们。朋友说，附近没有适合游泳的海滩。正在焦急之际，他们却从海堤下冒出来，举着贝壳炫耀着收获。

舟山渔场素以出产四大鱼种——大黄鱼、小黄鱼、带鱼、乌贼而闻名，但鱼市上已很难见到大黄鱼了，整个的鱼产量日减，主要是海水污染和滥捕的后果。但琳琅满目的鱼虾，还是使两个孩子欣喜若狂。这里转转，那里看看，缠着我的朋友问长道短，连这位祖居海岛的作家也招架不住。对着只有虾子般大小的鲨鱼，两个孩子更是不依不饶，一个说鲨鱼长着尖利的长牙，一个说鲨鱼有十几米长，体重好几吨，说这么一个小不点儿的鱼就是鲨鱼，是成心糊弄人。直到在远洋公司的冷库中，看到他们所说的大鲨鱼，比较一下两者的嘴，他们才勉强同意那小鱼似乎也有资格叫鲨鱼，但一定要加个"小"字。

在对虾养殖池边,听说对虾一生要蜕几十次皮,每当要长大一圈,就要蜕一次皮,他们更是感到奇妙无比。令他们最为神往的,还是将对虾苗放到大海,根据洄游规律和海潮运动,再去捕捞的计划。那天,他们久久不愿离去,直要那位研究对虾的阿姨同意,有机会时一定带着他们去放虾,他们才露出了微笑。

小白花令他们牵肠挂肚,总是催促着要去寻找在舟山群岛中的小白花。

在沈家门的考察计划刚完,早晨,我们登上了去普陀山的小船。船驶出港口没一会儿,就见对面白浪簇拥着一座小岛,岛上林木葱茏,蜃气缭绕,在霞光中,满溢着秀丽,深藏着神秘。

"普陀!"

原来它和沈家门隔海相望,只是它在沈家门的东侧,大山阻隔了视线。

普陀山号称"海天佛国",在这个南北长约 8.8 公里,东西宽约 3.5 公里,全部面积只有 20.5 平方公里的小岛上,密布着无数的寺院。古人曾用"山当曲处皆藏寺,路欲穷时又遇僧"来描绘。

最宏伟的是普济寺,坐落在梅岭山东麓灵鹫峰下,供奉着高达 8.8 米的毗卢观音塑像,雄伟壮观。寺内"五步一楼,十步一阁",总建筑面积在 10000 多平方米。

两个孩子只是看热闹,在寺院中穿行。我不时提醒他们注意佛教文化和艺术。又要登山了,要去白华顶。正是炎热的 8 月,到达山顶慧慈禅寺时,满头大汗的孩子以为又要进寺,我却领着他们向西走去。

"我们去看一棵神树奇木! 在外形上很不一样。别急,先观察。谁先找到,有奖。"

应该算是小君先发现的,他站在一棵树下仔细打量;小早却只顾找最高最粗的树。

普陀山的每座寺庙,都为参天的古树环绕。应该说,在古树群中,乍一看，这棵树没有特殊的地方，并不太高，10 多米吧！胸径也只不过六七十厘米；树冠稀稀落落，树叶为卵形，但阔大；比之那些繁枝浓荫、挺拔粗壮的大树要逊色多了。

小早甚至发出这样的感叹："这有什么了不起的，我还以为要我们找'树爷爷、树奶奶'哩！"

我劝他们耐心观察，并和周围的树作比较。不久，果然有了发现：

"它的树干长得很特殊。"

"对了，你看，还没长到有我高就开始分叉了。"

"一分杈，就分出两枝。再往上长，又分杈，一分，又是两枝。"

"有意思，它们的枝干就像是用数字算好的，到一定的长度就分，一分就两枝。"

"哈哈，是棵几何树！对，就是几何树！"

"是数学树！"

这种特点，使它具有一种很别致的风韵！

发现带来了喜悦，兴奋的争论，使他们手舞足蹈。

这就是普陀鹅耳枥！它是我国著名的植物学家钟观光 1930 年在这里发现的。这一发现惊动了植物学界。

根据科学家的测算，它已有 200 多岁了。

"它不结种子？不能再长小的树？"

"据植物学家说，它是落叶乔木，属桦木科。当春天来临时，花比叶子还要急，也就是说没长叶子就先开花了。花期大概是 5 月份。花很像杨柳花，但这是雄花。雌花像油菜花，一大串子，长长的。雌花结果。然而这种树非常怪，虽然雌雄花开在同一棵树上，却不是同时开。授粉率很低，再加上海岛的特殊生境，所以至今只有这一棵。"

1981 年在云南植物研究所，谈到保护珍贵植物时，著名的植物学家冯国楣先生告诉我:截至目前,不仅在我国,而且在全世界,只发现了这一棵鹅耳枥,也就用普陀鹅耳枥命名,弥足珍贵。同时还说近年在浙江低海拔地区发现了一种冷杉(冷杉生长在高海拔地区),只有4棵,去年被人砍了一棵;如果剩下的3棵再不加以保护,被砍去,这个树种在地球上就消失了。他的沉重的心,至今依然感染着我。

深山古刹总有古木名树相伴,这是我多年野外考察生活中积累的经验。

朝阳洞下,一片绵延数里的金色海滩,闪着诱人的光彩展现在面前,这就是胜景千步沙了。海浪为它戴了一圈白花。

小兄弟俩早已一溜烟扑向大海,他们对大海的亲热、深情令人想到人类和生命。据说生命诞生于大海,人类的始祖是从海洋中逐渐走向陆地的。生命在水中孕育,婴儿在水的包裹中成长。人类特别亲近大海。

只有9岁的小早,在海水中扑腾着,被海水呛得一把鼻涕一把泪的,可他却咂着嘴,像是品赏美味似的:“哈!海水真咸,真苦!”

小君至今只会捏着鼻子、埋着头打扑通,随着海浪沉浮。

不一会,两人都趴到妈妈的肩上,三人搅成一团。我则在深水处,充当警戒标杆。

游累了,往沙滩上一躺,垫着灼热的细沙,晒着灿烂的阳光,听着海的涛声浪语,天悠悠,心空灵,人和大地、海洋融为一体,这是心灵的感应,还是大海的召唤?小早起身,躺到了海边,半边枕着沙滩,半边在海浪的触及处,于是,他的身躯就随着海浪起伏,陶醉于大地的摇篮、海的晃动。

晚上,我们在千步沙海滩散步,欣赏着海浪拥月,享受着海风轻拂,朦胧中寥廓无比的大海轻轻波动;虽然谁也没有说话,但心里却涌动着大自然的启示、无尽的思绪。小早突然碰了碰我的手:

“大海是活的,它呼吸,我睡在浪边听到了。”

“当然。一位研究微血管循环的医学专家,就曾用海浪来比喻微血管的流动,说明血液在微血管中是那样坚强有力。你感到海浪拍打时,什么时候最有力?来时和去时,有什么不一样?"

他沉默了一会,回忆当时的感受:

"好像是往回一抽时最有力气!我好几次被它拽到海里,明天我再试试。"

"早早不简单了,学会了体验。那位医学专家正是这样说的,以此比喻说明微血管循环的特征,破译了人体的密码。"

大海给孩子灵气。他们对大自然的感悟,往往比成人更为灵敏。

沙滩尽头,巨崖笔立,迎着海浪声声的冲击,轰然雷鸣,水花四溅。它如一位沉思的长者,岿然不动。借着月光,看到石上刻有"师石"两个大字。

小君很庄重地对它鞠躬,行礼。小早想了会,然后学哥哥的模样,深深一鞠躬,还说了声:"老师,你好!"

扛得住摔打,坚忍不拔,这不正是我们所需要的品质吗?

自此,我们每天下午都去千步沙享受海水、阳光的沐浴。

听说幸运者能看到海市蜃楼,清早两个孩子就催促我们快去梵音洞。

据新华社曾报道:"1981 年 4 月 28 日下午,海上风平浪静,在风景胜地千步沙一带的游览者,突然看到普陀山东面的梵音洞上空,云海茫茫,从中涌现出朵朵五色瑞云。彩云中,缓缓现出一座璃璃黄墙、巍峨雄壮的千年古刹。"海市蜃楼是可遇而不可求的。

梵音洞在青鼓垒东,高悬的陡峭有近百米。当海涛滚来,空穴来声,如雷轰鸣,水珠飞溅,在东升的旭日照耀下,虹彩时现。从不同的角度观看,光彩产生了不同的效应,于是形成了灵光笼罩。虽然并没遇到海市蜃楼的奇景,但霞雾虹彩的神幻,还是令人流连。

"小白花比这还要美吗?"

似乎是直到这时,他们才想起了小白花。这几天他们一直沉溺在普陀迷人的大海。

“这就是小白花呀!”

“你骗人!”小早第一个抗议。

“是的,这儿就是古人诗词中的小白花。”

“这儿明明是普陀山呀!”

“普陀是梵语的音译。佛教《华严经》中有‘普陀洛迦’。‘普陀’的意译,是‘美丽的小花’。所以古人以‘万顷风云浮碧玉,孤插苍溟小白花’来赞美普陀。你们看,普陀像不像开放在东海上的一朵小白花?”

孩子们放下了悬念,满心扑在普陀。每天都有新的发现、新的欢乐。在岩礁上,采到了很多的海藻、海菜、贝类的淡菜。长长的黝黑的贝壳中深藏的美味,是他们每天在餐厅都要饱尝的。

最具吸引力的,还是海边的沙滩,五角形状的海星、海螺的鸣声,都能引起无限的遐想。不久,他们又有了新的发现。

只有一眨眼的工夫,沙滩上出现了一个个小洞,洞外是那小生命扒出的沙。它是谁? 是大海的住客,还是岛上的居民?

很快有了结果,是一种小小的沙蟹,它们随着海浪而来,上岸后飞快地横着身子跑动,快得像是一个灰白色的光斑。我们还没看清它是怎样停下,只见沙滩上已有了小小的沙丘,它们已遁入了沙中。

小早捉蟹最起劲,他用手掏开沙,扒着扒着,就不见了沙蟹的踪迹,再扩大面积,蟹还是无影无踪,像是有意和他捉迷藏。接连的失败,使他动起了心思。

这次,他小心翼翼地扒沙了,尽量保护蟹道不至于被塌下的沙掩埋,终于,小蟹向他转起顶在头上黑眼珠,似是无可奈何,又挺不服气。小早已伸手捉住它了,正在胜利的欢欣中,蟹钳却一下就钳住他的手指,一护疼,蟹已摔到河滩上;醒过神来追赶时,它神速横行,已随着波浪潜入大海。

兄弟俩共同努力,竟然捉到了3只小沙蟹。它们和在河沟里捉到的小溪蟹并没有多大的区别,除了个体较小,不同之处就是那尖利的爪子了。

我问他们怎么处置这3只小沙蟹。

放回大海!

小早在这方面特别有灵气,他向妈妈要了一根蓝线,拴到蟹的第一个爪子上:“明天再见!”

第二天,他们不再追逐沙蟹了,探索的魅力失去之后,又投身在海中游泳。但小早总是有点异样,常常停下,歪着头看海面的波浪。原以为是耳朵里灌了水,看来也不像,还能真是在寻找那只拴了蓝线的朋友?孩子的心思猜不透。

“真的,不吹牛!今天游水,突然有个亮影在晃我的眼,先没在意。又有两次,亮点很特殊,仔细看,你猜怎么着?我看到一条小鱼在海面上飞。不,不是小鱼,是只蟹。脚踩在水上,在浪上飞。快极了,就像电视上看到的气垫船。奇怪极了,还以为是昨天的小沙蟹来找我,它很特别。好难找,不想找,它又在耀眼。”

没有一小会工夫。

“爸爸,快来看!”

惊喜得变了腔的呼声,连妻子也忙不迭地跑去。他只顾往沙滩上跑,我们在后面紧追。

小早双手捧着,生怕那宝物突然逃走,只是露出一点小缝:“看到了吧?看到了吧?蟹,飞蟹!”

好漂亮的一只蟹!比捉到的沙蟹大。背上的斑纹,如云般流畅;底色如淡淡的晚霞,纹路如云豹的花纹。两旁的八只爪尖,都长着圆形斑纹。它乖乖地趴在小早的手掌中,宛如一块晶莹的玉石。

这块晶莹的玉,吸引了很多的游人围观。

飞蟹?

这样珍贵的发现,让我们早早地离开了沙滩。到了住处,赶快用面盆装了水,就要将蟹放进去的刹那,小君一把拉住弟弟的手:“这是淡水!”

一句话提醒了我们。小君得意地提来了放在走廊的塑料袋。

“这是海水。”

我们看不够海水映出的各种光彩,它带给我们一家的欢乐,是难以言尽的。

那4对挠足,使它游水时速度很快;然而,总也见不到它在水面上飞行的雄姿。我们也没有勇气去冒失去它的危险,把它放到海面上试试,一睹它在波涛浪尖上飞行的雄姿。

我叫它豹纹蟹,小早叫它飞蟹。这是他发现的,他有命名权。我们只好都叫它飞蟹。

到吃晚饭时,小早还蹲在盆边不愿离去:“它为什么不飞呢?”

“它的4对足像桨片,应该能啊,你还记得电视片《动物世界》片头上,那个用足踩在水面上,行动时如在水面滑行的昆虫吗?我们家乡就有,叫它‘剃头匠’。或许是面盆太小了,它飞不起来。”我安慰他。

“真的,我看得清清楚楚,它在浪尖上飞,从这个浪尖,一下就飞到那个浪尖上。像艘飞艇,不吹牛,真真确确。”

“我相信你看得很准确。”

明天我们就要离开普陀了。小君说,一定要带回去,先给小朋友欣赏,再送给学校标本室。我们讨论怎样才能把它带走,既安全又可靠。装多少海水,用茶杯还是塑料袋,它怕不怕热?要不要太阳晒……小早一言不发,心事重重。

我以为因为它在面盆中没有表演飞行和持技,伤了发现者的自尊心,想着法儿安慰他。他听着,但神情很茫然,似乎还沉浸在海浪飞溅的沙滩。后来,像是恍然大悟似的,高兴地一拍手,嚷着:“瞌睡来了!”就回到他的房间。

要赶船,我们早早起身,忙着整理行李、退房间。可小早还懒在床上,直到把他拉起来,他还在揉着惺忪的眼睛、迷迷糊糊。

“爸爸,快来!”小君急叫。

“怎么了?”

“你快来看!”

装蟹的面盆中,空空如也,飞蟹不见了,连海水也没有了。我和妻都很愕然。小君急得乱窜,说肯定是被野物吃掉了,又说是被人偷走了。因为野兽不会连养蟹的海水也喝掉!

真是越急越添乱。

小君问小早,小早却仍然揉着眼,似醒非醒。我也急得四处去找。

小早很反常,仍是坐在那里不动!

我向妻示意问问他。妻刚到他面前,他却一下蹿上来,抱住妈妈脖子,小嘴对着她的耳朵说:“它可能是跑回大海了。”

“为什么?”

“大海是它家,没有了汹涌的海浪,它就不会飞了。”

难道是他把蟹放回了大海?不太可能。住地离海边至少有一里多路。我习惯在午夜才睡,睡前还过去看过他们是否踢开了帐子。漆黑的深夜中要走那么长的距离,这对9岁的孩子说来,是不可能的。

但他今天的反常,那几乎是藏不住的得意,又使我迷惑。

儿子,我猜不透你。

〔注〕一位植物学家告诉我,1979年普陀鹅耳枥突然开花结果,终于采到了少量的种子。在杭州植物园的科学家们辛勤努力下,培育出十几株小苗。1984年,又用扦插法,繁殖出一批小苗。科学家已将其引种到兰溪、广州。但

在我第一次去普陀时,还不知道这一重大的科研成果。

后记:《东海有飞蟹》记叙的是1983年第一次到普陀山的故事。2005年7月,为了满足孙子天初看海的愿望,再次来到普陀山。作为旅游景点来说,普陀山各种设施都有了较大的进步,游客也络绎不绝。但千步沙的海滩上,当年金黄的沙粒中已有了黑沙、淤土,海水也失去了蓝晶。整整两个下午,虽然我和李老师全力寻找,但天初仍然没能看到一只沙蟹,更别说他爸爸曾捉到过的飞蟹。他有权利一直嚷着:"爷爷骗人!"

面对他的失望与愤怒,我很惭愧!

2008年2月

大象学校

大象是泰国的骄傲。泰国被世人称为佛教之国。在泰国随处可见到大象的图画、雕刻的形象，特别是在金碧辉煌的寺庙，大象总是和佛在一起。佛和大象之间就有着很多的融合、渗透、涵盖，大象被赋予神圣、庄严的意义，在佛经中，屡屡出现。尤其是白象更显尊贵和神秘。

由大象，衍生出了繁多的大象文化。

去泰国观看佛教建筑和去崇山峻岭寻觅大象的踪迹，具有同样的魅力。

到达清迈，顿感清凉，空气也特别纯净。中国作家代表团是11月17日从北京到曼谷的。温差陡然相距20多摄氏度，再加上从机场出来长时间塞车的焦急，更是觉得热得难耐。曼谷交通拥挤，拥堵率在世界的排名，大概也是名列前茅。

清迈是泰国北部最大的城市。群山环绕、森林茂密、街道整洁、繁花如云。瑰丽的佛教建筑，给这个城市增添了庄严、宁静、安详、神秘的气氛。

车出清迈城之后转向西北的群山，今天我们要去探寻兰花王国和大象学校。

车行十多千米后停下，随风拂来淡淡的幽香，令人神清气爽。一踏进兰花植物园，顿觉进入了色彩的世界，五彩缤纷的花朵开放在空中——简直如飞鸟一般。整个世界似是飘荡的、浮动的，还在微微地呼吸起伏。

植物园上面笼罩着一张巨大的黑网，网下的架子上吊满了花盆，树上寄生着婆娑碧绿的秀丽长叶的热带兰,挺出一支支花箭。花盆也非常特殊,它不是陶瓷盆,而是用只有三四厘米高的木条做成的空框、空格,浅浅的,没有一粒土。同行者以为那张巨大的渔网是为了防止鸟类啄食花朵的。其实,这里的全称应是热带兰植物园。热带兰的品种比我们温带地区的繁多,以艳丽多姿著称,它在森林中多寄生于大树上,生存地方空气湿润,环境幽深。热带兰主要是从大树的根部吸取养分,不需要土壤,不需要我们通常所说的肥料,它依存的是大自然的灵气,也就洋溢着大自然的灵秀。

那黑网是为了减少阳光的强度,原以为黑网上垂下的无数绿褐色的线条,也是人工制作的。我仔细观察才发现,那是一种植物生长出的根,足见园艺师巧夺天工的智慧。几只蝴蝶在花丛中飞舞,更增添了热带植物园的温馨、宁静。

我们惊奇大自然中千姿百态的生存方式,它充满着生命的顽强,充满着哲理,充满着大自然的智慧。

车载着我们继续飞驰,终于到达一个山口。下车徒步进发,山径在高大的凤竹、巨人般的参天古树中蜿蜒。

山谷豁然开朗,前面是盆地,只见大象庞大的身躯,黑褐色的皮肤,弯弯的白得耀眼的象牙在丛林中忽隐忽现。

再往前走去。十几只大象忙忙碌碌,有几头正在搬运一根根圆木,运到堆木场后,工人解下环扣,它转身往山崖边走去。堆木场的大象,则用长鼻子卷起散落的圆木,按次序堆成木垛。圆木是等长的,稍有参差,大象就一定要重新码置。两米多高的木垛上,有根圆木就是调皮,堆上了又滚了下来,大象用鼻子灵巧地卷起再放上去,可它不是伸头就是缩腿,那只象就异常执着地一遍遍将它卷起放下,直到木垛两头齐整得如刀切的一般,才满意地去卷起另一根木头。

再转过一个山嘴,看到竟有三个人骑在大象背上,大象迈着从容的步伐,载着他们向森林中的小路走去。直到这时，我们才明白，这个山谷盆地显然是大象学校的礼堂，舞台就在山坡上，具有泰式民居特色的大棚下，梯形排列着的座位，比剧院更别有风趣。参观的游客已快将座位占满。

大象已向舞台走来，准备列队。

好像是学校的总务主任，扛来了一筐筐芭蕉。芭蕉比香蕉个头要小，有小籽，吃起来常常在牙齿中叽叽咕咕的。自然成熟的芭蕉很香，味道挺好，我在云南西双版纳曾吃过。傣族的老乡说，香蕉是滑肠的，肠胃不好的应少吃；芭蕉是涩肠的，不会引起肚子不适。在山野里，芭蕉长得高大、挺拔，适应性强。

正当大家纷纷购买芭蕉，为大象准备礼物时，泰国香味扑鼻的芭蕉，已令几位观众忍不住先食为快，正在列队的大象看到这种情形，立即乱了阵脚，有两只迫不及待地奔出队伍，伸出长鼻子，对着观众手里的芭蕉。但驯象师只是喊了声，那两只越轨的大象就非常不情愿，但又无可奈何地回到了队列。直到按照口令，整齐地点头，高卷的象鼻风趣十足地向观众致礼三次后，才急切切地奔来，从大家手中卷走芭蕉。不管是多大的一把，都能灵巧地送入嘴中。

长长的象鼻子具有多种功能，在森林中，大象用它觅食，从树上卷起枝叶，从地上卷起青草，还将土甩干净。非洲象象鼻前端，还有如两个手指的突出物，可以拈起较小的物品。大象用它吸水，然后再喷入嘴中。若是洗澡，吸水喷洒到背上，那是惬意极了的淋浴，就连抓耳挠腮也是它。它还和象牙一样，是有力的自卫武器。你看，它现在就将一位金发女郎拦腰卷起，上下、左右悠晃，引起一串串银铃般的笑声。象鼻的肌肉可以收缩放松，若是遇到仇敌，则可以用鼻子将它勒死，或甩到空中，让它跌死。必要时，大象能将柔软的鼻子，收缩成如一根橡皮棒的形状，打在仇敌身上，使其毙命。鼻尖是大象最敏感处之一，若是遭到毒蛇咬伤，就要死亡。它用鼻子谈恋爱，相互的鼻子绕在一起抚慰对方;用鼻子相互亲吻,它有着长长的獠牙,嘴巴又藏在大鼻子的后面,不用鼻子你真想不出来它们怎样才能亲吻。象还可用鼻子吸起石头,再喷出去,就如几十架弹弓同时发射。

下个节目是攀象牙,观众踊跃向前。大象温顺地站在那里,伸出漂亮的白得灿烂的长象牙。观众双手抓紧象牙,可以像体操运动员在单杠上一样,做各种动作。有时,两只象牙上竟攀了四五个人,大象依屹立不动,轻松自如。同行的朋友问,为什么有的象没有象牙,驯象师回答说那是母象。非洲象,公、母都有象牙;而亚洲象,却只有公象才挺出威武而漂亮的象牙!非洲象的象牙,要比亚洲象的象牙长两倍。据记载,收藏在英国博物馆里的最长的一根非洲象牙是十一英尺五英寸半,它的重量达到220磅。

说到非洲象和亚洲象,又引起了朋友的追问。比较起来,非洲象比亚洲象高大,要高出一米的样子,体格大约是亚洲象的两倍;特别是耳朵,非洲象的耳朵比亚洲象的要大三倍左右。前面已经说过,非洲象的长鼻子尖端,有两个凸出块,和人的大拇指和食指差不多,可以捡起东西,亚洲象却只有一个突出小块。再说走路时的姿态,非洲象如一只大公鸡,总是高昂着头,挺胸凸肚向前;而亚洲象却像是患了忧郁症,总是低着头,满腹心事地走路。

自从恐龙绝迹之后,大象是陆地上最庞大的哺乳动物,体重有好几吨。就是这庞然大物,现在却表演起"拿大顶",以头鼻抵地,竖起那浑圆肥硕的臀部,显得格外短粗的两只腿,还示威似的蹬了两下。憨态可掬,令人忍俊不禁。

最令人捧腹的,是它坐在那里,竟然跷起了二郎腿,让三四名观众坐到跷起的腿上,它晃着头,悠着鼻子,一副怡然自得的神情。

只听一声哨令,大象列队横阵,骑士执戈。哨声再响,大象个个奋勇向前冲去,平地卷起狂风,腾起尘雾,骤起一阵排山倒海的冲击。这情景将人们的思绪拉向古代,仿佛看到象军冲锋陷阵的壮观场面。

我国清代就有吴三桂统率象军的记载。

大象比老虎、狮子要庞大得多，但它并未被人们称为兽中之王，这是因为它从不侵犯别的动物，应该说它是森林的和平之神，被人们崇拜，放射着吉祥、神圣的光芒！

大象在动物中属于感情丰富型的。它有时非常温柔，严如一位慈母；有时暴躁，似是一位怒目金刚；有时宽宏大度，像是极具风度的长者；有时心窄气短，如宵小之辈；有时风趣十足，如顽童淘气；有时壮重自律，如不拘言笑的菩萨；有时胆小害羞，如小女孩初见世面；有时勇敢刚强，如英雄无敌……这种独特的个性，似是感情矛盾的复合体，何时表现出哪一面，完全取决于人类的态度！

十几年前，我去西双版纳热带雨林考察。那里有野生的象群，我多次提出去密林中拜访，向导先是装聋作哑，后来则是谈象变色："去不得，去不得！我这身子是血肉的可不是铜铸铁打的。连那片林子都没人敢进。"再问，才知道两三个月前，他曾经历过一场惊心动魄的遭遇。

他说："那次我陪电视台的人去拍摄大象。从小我就爱打猎，胆子又大，熟悉这片森林中的道路。热带雨林中别说有沼泽地、毒蛇、猛兽这些可怕的东西，就是那些树呀、花呀，藤藤蔓蔓的，你不知他们的脾性，惹了它，也会叫你吃尽苦头。你一定听说有种树叫见血封喉的，过去我们用它的树浆制造毒箭；还有种草的叶子，只要你碰了它，疼得你像无数根针扎的一样痛，熟悉这片森林是他们选我做向导的主要原因。

"有一次，我从山上跌下来，昏死过去。不知过了多少时间，突然感到脸上身上有凉水洒来，睁开眼一看，似是躺在一个黑乎乎的崖宕里。不对，上方树缝里有阳光筛下来，那雨水是什么？又是一阵雨淋下，是个黑管子洒的，我一下惊得坐了起来，原来是象鼻。

"三四头大象正静静地围在我的身边，有只母象还正在为我洒水。啊，是它们救了我！我心里不禁想起了'瞎子摸象'的故事，它们实在太大太大了，站在你面前就像是一堵墙、一座山。

"在森林里，我从来没找过大象的麻烦，但听说它们也不太愿意与别人打交道，所以尽管见过几次大象，我都是敬而远之。说实话，我打猎可从来没有打过象的主意。乡亲们都说大象非常有灵气，好远就能猜出你的心思，感觉到你是好人、坏人。也不能说我一点坏事没做过，打猎杀生，对大象说来就是头等坏事。听说它们对死人很同情，总是要把他埋得好好的。刚才是不是为了试试我是死是活才愿意救我吧？即便是这样，我仍然一动也不敢动，它们毕竟是森林中的大人物！说实话，当时眼前围的是大象，脑子里也被大象塞得满满的，连伤痛都没感觉到，不知它们将怎样处置我。

"有头幼象挺着刚长出不到半尺的象牙，走到我的眼前，用鼻子好奇地在我脸上、手上摸来摸去。那两只尖牙像两把利剑在我面前晃动。看我一动不动，小象更是不安生，挪动着脚步。天哪，即使是不用牙戳我，只要脚踩到我身上，不是皮开肉裂，也要骨头粉碎。急中生智，我知道动物都喜欢挠痒的。幸好，我的胳膊还没摔断，只是给划开了一个大口子，血已干了。我只得胆战心惊地抬起手来在它伸来的鼻子上抚摸。奇迹出现了，它立即安静下来，还有意地上卷鼻子，露出鼻根处，向我凑近。原来那里有伤，已经结痂。我用手指在那周围轻轻地挠挠，它舒服得直哼哼。直到这时，我才敢用另一只手摸摸它的腿和身子。

"为我洒水的那只母象，叫了一声，显然是小声，却很尖厉。大象们挪步走了，小象依然不愿放弃挠痒的机会，赖着不走。那头母象又叫了一声，那大概是它的母亲，小象才极不情愿地离开。

"我像做了一场梦，全身都火烧火燎地疼起来，是的，是大象救了我的命。

"就是因为这个故事。他们选中我，我也才敢应承带电视台的两个小伙子去找象。

“前三天都没找到大象的踪迹。这群大象有二三十只，国界对它们没影响，经常在我国和邻国之间走来走去，有时十天半月一个来回，有时几个月才往返一趟。每只大象平均一天要吃四五百斤食物，任何一个固定地方的植物世界，都难以承受它们的大肚皮。大象必须过着游走的生活。我正担心它去邻国走亲戚了，却在山谷的溪边发现了成堆的象粪，根据粪便的新鲜程度和数量推测就是那群象，昨天还来过这里。乐得摄制组的两个棒小伙子把镜头一个劲地对准一堆堆象粪。

“第二天一早，我们就带着干粮进入森林。但是很不顺利，直到下午 2 点多种，还没找到象群。我很奇怪。平常，大象虽然每天能走五六十公里，但按它们的生活习性，这里的草还比较丰茂，它们不应跑得很远。已决定返回了，突然有个念头在脑里闪了一下，我们又向昨天发现象粪的山谷走去。

“左上方隐约中传来‘哗哗啦啦’的声音，我要两个小伙子停下，自己悄悄地往那边走去。攀折树枝树叶的声音愈来愈响，是一群猴子？猴子采食的声音没这样大。好家伙，是大象，满满一山坡的大象，还有几只小象。它们正忙于黑夜前的采食。

“地形对我们很不利，它们在上方，我试了下风向，幸好，风不大，阵阵从山谷往上吹。时间也不允许多考虑了。我领来了两个小伙子，要他们抓紧时间拍摄。

“两个小伙子兴奋、紧张得透不过气来，连打开镜盖的手都在颤抖。看大象们进食，真让人大开眼界，它们卷起树叶、树枝、地上的青草就往嘴里送，杯口粗的树枝，在它嘴里，就像竹笋那样脆嫩。听说，它的臼齿一个就有七八斤重。有人把它挖空了当碗用，但它们长得并不牢。因为每天要长时间使用，大象一生中要换牙五六次。这群 20 来头大象的晚餐，就像是个伐木场那样热闹。

“‘哎哟！’矮个小伙子不小心摔倒。这声不打紧，象群刹那间毫无声息，一切动作都停了。那些象鼻,有的停在树梢,有的停在半空,有的正含在嘴里……它们扭动着巨大的耳朵倾听。那小伙子爬起来的声音,足以让大象判明方向,有头公象立即转身过来。

“我害怕了,因为它们和我见到的象群完全不一样,神情怪异,凭着猎人的经验,我感到可能要出事,连忙要他们收机子,撤离。

“哪知已经迟了。那头公象尖叫了一声,就向我们冲来。其他的大象,也都迈开了脚步,这些庞大的躯体、粗壮的象脚,立即敲得山摇地动、翻江倒海,像一阵排雷向我们压来,我只来得及喊一声:‘分开,往两旁跑。往树密的地方跑。千万别往山下跑!’

“那两个小伙子跑起来还真不赖,不要命的样子。

“象群一个个昂起鼻子,挺着长牙,愤怒地往下冲,真是所向披靡,挡路的树,被它们一撞,就倒了。在‘轰轰隆隆’的声音中,树的断裂声、倒地声,使人格外毛骨悚然。

“冲锋陷阵的象群离开了。我正想松口气,没想到它们又折回,往右边的山坡奔去,像是在寻找往那边跑的大个子。

“待山野又寂静下来之后,我才发现——不怕你笑话,裤子都尿湿了。我在哪里?我因为要照顾他们,没来得及跑,蹿到一棵大树上去了。

“黄昏中,我终于找到了那两个瘫在地上的棒小伙子。摄像机也丢了,再慢慢去找,直到天黑,才离开了那片恐怖的森林。

“这群大象怎么变得这样凶猛?

“事后打听才知道。不久前,有七八个偷猎的人围攻了一头公象。这七八个人几乎打完了全部子弹,才将那头大象打死。大象有两个致命的地方,一是大脑,一是心脏。大脑藏在厚厚的坚硬的头骨下面,很难打中,普通的子弹很难穿透。大象的皮很厚,子弹只能嵌在皮肉里。这个惨案,使象群对人类产生了不信任,变得猜忌、多疑。

“前不久,有位医生上山打猎,被象群撞上了。大象用鼻子卷走了猎枪,甩上半空,摔得稀巴烂。那医生就更惨了,被大象踩成了肉饼。听说大象非常记仇,有很强的记忆力,很远就能闻到火药味。听觉特别发达,它们采食时的喧哗声,一点也不影响对异样声音的感觉。别看它们身躯庞大,走起路来却一点没有声音。它们的脚,不像牛羊有硬蹄子,倒像猫和老虎一样,是肉垫子。最奇妙的是它的脚掌。前面说了鼻子是它最敏感的地方,再就是它的脚掌也和鼻子一样敏感,它的脚掌肌肉可以收缩,踩上尖硬的东西,可以吸成窝窝,躲过去。”

在泰国清迈的大象学校,这些温驯、可爱的大象,再次勾起了我记忆中的往事,是的,人类对于大自然的其他生物,总是采取极端的利己主义的态度。对大象也是如此,一面顶礼膜拜,一面又贪图它珍贵的象牙而大肆残杀。不错,人类的原始时期,正是靠着狩猎和采集才得以生存和发展,直到自然界无法忍受,开始惩罚人类的残酷时,人类才意识到是大自然养育了人类,人类有责任保护自然。

我国汉代曾在黄河流域发掘出古象的化石,在中原还有曹冲称象的故事。可现在,我们只有在西南的一小片土地上,才有着大象的踪迹。

大象在动物中,智商高,聪明,据大象学校的老师介绍,它可以模仿人类20多个动作。后来在侬律公园,大象表演踢足球射门,虽然并不能百发百中,但那种一丝不苟、庄重的神情,引起人们一阵阵的欢笑。

这所大象学校也算是文明的标志。泰国盛产珍贵的柚木,早期,大象作为驭役之用,其中最重要的任务,即是从莽莽的林海中,经过崇山峻岭、崎岖小道,将柚木运出,然后输送到世界各地。大象对泰国早期的经济发展作出了不可磨灭的贡献。

大象学校的教学处所还在深山。历史发展到了今天,运木头已不是大象的主要任务。学校的主要任务是培养大象的表演才能,为世界各地动物园和马戏团输送演员。为人类,尤其是为那些可爱的孩子带来笑声,带来无穷的欢乐!当然,没有一头大象会自动走出丛林,到学校报名参加学习。大象学校招生,最初的学生当然是捕获来的。

历史上,捕象的生涯充满了惊心动魄的故事。以平常狩猎的方法,人类当然无法织出那样庞大、那样结实的网,也无法用栅栏将它们围困。挖陷阱吗?可是当它掉到陷阱之后,又有什么办法能够将它取出运走呢?用脚扣?是个不坏的主意,猎人想,只有用铁打的锁链才行。在焦急的等待中,终于扣住了大象,猎人还没来得及高兴,就惊恐万状地四处逃窜了。大象只是一使劲,铁链就被挣断了,连拴铁链的大树也被拉得歪到一边。聪明的猎人,终于想出了办法:

在大象必经之路,挖好了比象脚大的陷阱。象群来了,到达陷阱区之后,涂满大象脂肪、埋伏在大树上的猎人开始喊叫,大象匆忙之中也顾不得那么多,只好疾步奔走。终于有一只大象的脚落入陷阱,当它再提起脚时,发现已被一根绳索拴住,它可满不在乎!但不久它就发现有了麻烦——绳子后面拴了根又重又长的圆木,它只好拖着圆木走。在丛林中,这根圆木一会被树木绊住,一会又卡到石缝,大象怒不可遏;可是,挣又挣不断那种绳索,因为它有一定的弹性。象群已经走远,它落伍了,被弄得筋疲力尽。这时,猎人才出来,像是赶牛一样把它带走。那绳索是用兽皮编织的,经过捶打后,兽皮绳具有了柔韧,也算是以柔克刚吧!

这种柔韧坚实的兽皮绳和圆木,充满了猎人的智慧和对大象性格的了解。大象有理由异常骄傲,并觉得高贵无比。铁链子锁住它后,极大地伤害了它的自尊心,因而它要拼死挣断铁索。可这次不一样了,兽皮绳并没有拦住它的脚步,它仍然可以走动,那种圆木又算什么?不是乖乖地被拖着走吗?它依然是胜利者,是森林中最高贵者。大象正是在胜利的迷醉中,一步步落入猎人的圈套。

大象学校最初的一课，也是最重要的一课，是驯象师接近大象，并与之培养较深的感情。只有上好感情课，其他的课程才能得以进行。

在泰国期间，泰国的作家还向我讲起白象的故事。实际上白象的皮肤并不是白色，严格地说，它只是灰色，是种白化，就如白虎一样，是变异的白化。是因为皮肤缺乏一种颜色的色素，患了白化病。在世界上，白象最为神圣。据说历史上，泰国的皇宫曾有一只白象，它住在金碧辉煌的房子里，象牙上镶着各种纯金的饰物，身上披着华丽的绸子。出门时，有人为它擎着华盖遮阳，两旁跪满了佛的信徒，专有人用珍贵的羽毛扇子为它扇凉，有人为它驱赶蚊蝇，有人专门喂它稀奇的水果。它的所有一切用器，都是镶满珍宝的金银器具。若是去河里洗澡，那场面更是恢宏壮观，贵族们为它擦背、洗脚，浴后还要洒上香水。可是已很多年没有见到一只白象了。

那天夜里，我却高兴地坐在一头大白象的背上，从大象学校走出，我们在密密的热带森林中走着，绕过一座座山崖，啊，象群！满山遍野都是大象们的身影。它们卷起长鼻，发出惊天动地的尖锐的嘶鸣。

不知这是梦，还是大象学校留给我的无限思念。

后记：在泰国，我并没有看到野象群。第一次见到热带雨林的野象群是在云南的西双版纳。之后，2001 年在南非看到了庞大的野象群。那是夕阳西下、晚霞迷漫的时候，雄伟的气势，震撼着大地。

在恐龙灭绝之后，大象是陆地上最大的动物，它们热爱和平，谦恭有礼，从不欺凌弱小，又极富智慧。它的粗壮的四肢要负荷着庞大、沉重的身躯，因而它将鼻子发展得很长，并赋予它各种特殊的功用：采集食物、谈情说爱……

2008 年 8 月 16 日

巧遇戴帽叶猴

偶然所得，才能体味到“喜出望外”的含义。

从贡山回到福贡的晚上又下起雨了。

早晨出发时，天阴沉沉的。过怒江大桥后从一山谷进入高黎贡山的东坡，车在山崖上盘旋，不断爬高。山谷两边陡峭的山坡上，出现一块块的梯田，梯田旁立着怒族同胞的房舍。房舍不连片，多是独立的一幢，面积只有二三十平方米，茅草盖顶、篾席围墙。同行的卢局长说，这些屋子多是耕作或收获时才用。怒族同胞秋收时，将庄稼存于屋内，在以后的日月，随着需要再来这里住下，吃完了粮食，再转移。过的是一种带有游耕色彩的生活。

不巧碰到了塌方，垮下的山坡将路堵得只剩下一米来宽。正在我们一筹莫展时，听到山下有汽车爬山的沉重声。不久，一辆站满了人的卡车出现了，我的心里浮上一线希望。

卡车停下后，只听有人说了句话，车上的人纷纷拿了锹铲、锄头下来了，非常有序地清除起沙石泥块。原以为是养路的道班，谁知却是去边贸口岸的民工。巧极了！

以后的路途，只要是碰到塌方或冲垮的路断，都是这一辆车的民工“逢山开路，遇水架桥”。否则，我们早已打道回府了。

正在庆幸农田渐少，前面出现一片茂密的森林，就在右前方，整片的山坡焦煳一片，焚烧后留下的树桩漆黑地戳在那里。树桩很粗，原应是很不错的一片林子。地里已种有土豆。卢局长说,这是保护区外面。为了保证少数民族的生活,现在每年还得划出一定的面积烧荒种地。由此引出了很多的忧虑、讨论。所幸,当地政府正在筹划将山上的居民往下迁移,我们也确曾看到怒江边建有多处移民新村,然而,心里仍是泛着苦涩。

森林茂密处是边贸口岸所在地,有一个小的集市。再往前,翻过山口,就是缅甸了。

刚拐个弯,林缘处盛开着淡黄的、紫色的杜鹃,这些杜鹃都是 10 多米高的乔木,花朵硕大,不愧为木本花卉之王。边防站所在处,古树遮天蔽日,阔叶树上挂满了藤蔓植物,盛开的含笑树的胸径总有一米多,有棵秃杉立在崖上,林间这里那里都闪着各色的杜鹃。从林相看,带有典型的亚热带特点。

雨随云到,淅淅沥沥下起。李师傅担心回程的路况,卢局长问我意见。我说:“往前!”

车又不断向高处爬去,不多远,山变了,林相变了。针叶树铁杉特有的苍劲,与陡峭的山崖相映,云片在山垄脊上缓缓地上移,显出另一种风韵。这里的海拔应在 2500 米之上。

远处,一棵老树兀立在山谷中,没有一丝绿意,枝干如铁,满目沧桑。但就在靠近顶端的一束斜枝上,花朵簇拥,银亮耀眼。啊,那是一丛附生的银杜鹃,枯木新花——这是一首壮美的生命之歌!

车沿着山口右侧盘绕。铁杉、冷杉林消失了。左边雪山林立,峡谷中游动着一条条的冰川,冰川下是大片的草甸、沼泽。

卢局长指着一片梯形的水沼,说这就是传说中的“神田”,它确有梯田的形象,但却是大自然的杰作。

草甸中有几处花甸,那是烂烂的杜鹃花织就的。太美了,美得我们齐声喊停车,接着是顾不得风雨,蜂拥而下,伫立在山崖上,凝视着大自然的造化!

经不住右边崖上紫色杜鹃的引诱,我们在雨中向上爬去。到达上面。

啊！是片竹海，全是一人多高的箭竹！密得我们费了很大的劲才挤了进去。

突然，只听得竹海里响起一片“噼里啪啦”声，下冰雹了！大家顿感寒气逼人。

李师傅说，这里的海拔是3200米！

冰雹毫无松懈之意，尽情地敲打着山野。卢局长说：“赶紧回吧！”

卢局长和老天爷如此有默契，让我们在数小时内，就领略了鲜活生动的高黎贡山植物世界垂直分布的神奇！

正是在这种兴奋之中，我突然想起了这是戴帽叶猴的分布区，也是我国唯一的分布区，于是问他能不能看到灰叶猴、戴帽叶猴。因为高黎贡山有这两种叶猴的分布，而我们在丛林中已奔波了20多天，却一直无缘见到它们的身影。哪怕是听到一声似是它们的啼叫，也多少能慰藉一下想见它们的渴望的心。

在昆明动物园，我们曾观看到灰叶猴。它在体形、外貌上，与白头叶猴、黑叶猴无多大区别，也有尖尖的高耸的冠毛，只是全身是银灰色的，闪着丝绸般的光泽，柔软、蓬松。听说戴帽叶猴形态很奇异，也就更增添了向往。

“戴帽叶猴和灰叶猴，我也有几年没见到了。巧了，前不久，我们从偷猎者那里截获了一只戴帽叶猴。”

“在哪里？”我问得非常急切。

“送到六库公园了。不知还在不在那儿？”

“为什么送到那里？”

“它的一只前肢被夹子夹伤了，只好送到那里医治。”

可以想见我那时喜悦的心情。

到了怒江州的首府六库已是夜晚了，而第二天一早，又要去片马。我想去看，一直充当向导的小郑是位很聪明、能干的小伙子。他却有另一种说法，“有人告诉我，那是一只灰叶猴，哪里是什么戴帽叶猴，大概是想看到它想疯了。别听他们瞎说。”

我也疑窦顿生。是的,戴帽叶猴太珍贵了,以至于一些研究灵长类的动物学家也没见过它。我见过一份画报上曾有它的肖像,但那是画的。如此珍贵动物的发现,竟然没有引起轰动?又想,也不至于空穴来风吧?卢主任是自然保护区的主任,总不至于指鹿为马吧?

“你见过?”

“没有。再说公园早关门了,我到哪里帮你找到人?”

第三天的行程安排得很紧,要赶到保山乘飞机回昆明,但我坚持要去公园。

李老师进了公园大门就乐得大喊:“戴帽叶猴。肯定是戴帽叶猴!”

我惊慌失措地往里跑。

啊,好漂亮的一只戴帽叶猴!

银灰色的精灵。

它的特征在于头部的冠毛,真的如一顶银狐制作的帽子,宽宽的帽边,银灰色的光泽,猛然有种似曾相识的感觉。想起来了,是电影中巴黎美女头上的帽子,高雅、美丽的银灰色的帽子!

它的眼珠,也闪耀着一圈虹光。

小郑眨巴着眼睛说:“看样子,还真的是戴了顶帽子哩!”

我和李老师忙着拍照片。它很配合,并没有惊慌逃窜的意思,只是好奇地看着相机的镜头,闪光灯亮起时,眨了眨眼睛。

主任说,它刚来时,左手臂伤口化脓,只好截掉肘弯的下部。那时,天天有人看着它,给予特殊照顾。

它像是明白了主任在说什么,突然跃起,趴到对面的栏栅上,将左前肢露出。那里已没有手了,也少了一截,但伤口愈合得很好!

公园主人说,还是想把它放回山野,但担心它的伤残会使它无法生活。

有一种可能，希望能发现戴帽叶猴的猴群，让它回到它的群体中，可能会好些。

主任有一颗仁爱的心！

小郑说："全国还没有任何动物园展出过这种叶猴。李老师，我敢担保，你的照片，是全国唯一的戴帽叶猴的照片。赶快把它发表出来，让人们观赏到这美丽、可爱的动物，让大家都来为保护它出力！"

后记：经过前后三次的努力，我们终于在2006年10月进入了独龙江，那里生活着我国人口最少的少数民族——独龙族。

独龙江也在高黎贡山区域，其生物种类繁多，令人目不暇接。我正是在这里得到了戴帽叶猴的确切消息。

巴坡的一位独龙族青年，描述了数次见到戴帽叶猴的情景。一位老猎人（现在是独龙牛等特种产业养殖户）对它的生态描述更加证明了今天的独龙江，依然是戴帽叶猴的家园。它们和其他叶猴一样，以家族式营群生活，每群在10只左右。

戴帽叶猴是至今我们了解得最少的一种叶猴。同行的保护区的小郑欣喜若狂，正计划着进行科学考察。

2008年8月13日

鸵鸟小骑士

8月的香港，湿热，浸在汗水中。到处都是鳞次栉比的高楼大厦，更显得闷。但我们的心灵在狂舞，喜悦与渴望相激相拥，因为我们即将乘机飞往南非，去拜访一片神奇的土地，并非因为她是钻石、黄金的王国，而是因为她是千姿百态的动物世界——

那里有陆地上最高的动物长颈鹿、体型最大的动物大象。

别看长颈鹿是动物界著名的“哑巴”，可它会用长脖子说话。别看大象的四肢粗壮如柱，可它有着神奇的长鼻子。

那里有兽中之王狮子；

那里有犀牛、斑马和奔走如飞的鸵鸟；

那里有成千上万只集群迁徙的角马；

那里有令狮子都退避三舍的野牛；

那里有冷面杀手鳄鱼、肥胖的河马；

那里是羚羊的家园，奔跑着千姿百态的羚羊；

那里有会织布的小鸟；

那里有沙漠、森林、一望无际的干旱稀树草原；

……

对我说来，那是我即将走进的童话王国。

花的王冠

我和李老师是午夜登上飞机的。飞机向南向西飞行10多个小时后，炫目的阳光将我唤醒。舷窗外，红色的原野上，铺展着绿绿的树、银光闪亮的河——

啊！南非，难怪你被誉为“彩虹之国”！

在约翰内斯堡稍事休息后，又转乘飞机2小时，到达了蔚蓝大海环抱的一座城市——开普敦。

开普敦是南非的立法首都，第二大城市。南非的行政首都是比勒陀利亚(2005年3月7日改名茨瓦内)。它位于著名的好望角北端的狭长地带，西郊濒临大西洋的特布尔湾；南郊插入印度洋，挟两大洋于腋间。它也是西方殖民者来到南非的最早的落脚点，建立于1652年。

开普敦是座别具韵味的海港城市。它像一颗璀璨的钻石，镶嵌在蔚蓝的大海边。它背靠大山，面临海湾而建。近海挤满各色游艇，远海有庞大的海轮点缀。

它背靠的大山，如一硕大的石头桌子，号称“上帝的餐桌”。

刚下飞机，我们感到凉爽、惬意，神情一振，像是换了个人。8月，应是南半球南非的旱季。我们的住地在小河的边上。

鼓乐声将我们唤醒。看表，时间是下午4点。窗外广场上有两支黑人兄弟的小乐队，正确地说，应是鼓乐队，因为唯一的乐器就是鼓。不同肤色的游客们已闻鼓而舞。中国也是鼓乐之乡，华北的威风锣鼓，云南的象脚鼓，贵州苗家、侗家的铜鼓，维吾尔族的手鼓，都是各具特色。但非洲的鼓声自有特殊的奥妙，当它传入你的耳膜时，你的腰身就会自然地动起来，舞起来，跳起来……

我们信步走向广场，正待走近时，“扑喇”的水声响起。

怎么,有大鱼?我在巢湖边长大,这是很熟悉的鱼跳声,应是一条不小的鱼。

这才看到,左边是条小河。我快步走去。

嗨!一只乌黑的海兽正在翻腾,嘴边的胡须油亮,是海狮。别小看了这些刚鬣的胡须,它可是海狮的重要器官,它能感应到几十海里之外的声音,是名副其实的"千里耳"。

扑喇!又一条大鱼跳出水面时,从水中蹿出的海狮足有七八十厘米高,张嘴就把鱼衔到嘴里……三只海狮全都拱出了水面。

哈哈!它们正在围猎。

在海洋馆里,海狮的表演是最受孩子们欢迎的节目。它们可以编队、顶球、投篮、跳高、跨栏……可这儿不是水族馆,是海湾中的一条小河,没有栅栏,更没有驯兽员。

我怎么也没想到,在这样闹市的小河中,居然有这样的风景!

岸边稀落的行路人,只是对海狮的精彩表演偶尔瞥来一眼,是司空见惯?

只有河湾处几个孩子扎堆注视着河岸。我们紧走几步过去,那是一个伸出水面的缓坡,像个微型的海岬,原来有四五只小海狮,正围在妈妈的身边争着、抢着吃鱼。

又一只海狮从水中跃出,用前肢爬上岸,将嘴中衔的食物往小海狮嘴里递去。那小家伙却不情愿地一摆头,它的妈妈口中的食物掉下了——是个灰色的小石子,掉下的声音很脆!

是在逗孩子玩?

岸上围观的孩子瞪着惊奇的大眼。

它的妈妈用前肢爬着,拖着后肢,追着那小家伙,经过几个回合,最后终于将小石子塞到小海狮的嘴里,让它吞下。

孩子们鼓起了掌,他们的议论我听不懂,但他们笑得咧开了嘴,露出了雪白的牙齿。

怎么？海狮也像鸡一样吞食小石头帮助消化？真是长了知识。

海狮们又在水中低头拱背地游起，刚在这里冒出一个水花，转眼已在一二十米开外露头。

小海狮们突然奋勇向河岸上爬——小乐队已转移到这边，鼓声激越欢快——它们是想看看那声音是从哪里来的，还是要驱赶鼓声带来的烦躁不安？它们胡须的听觉太灵敏了。

它们的妈妈连忙爬去，虽然行动憨拙，但还是拦到了小家伙的前面，用身体拦截了它们，把它们向水里推拱。小家伙们顽强向上，妈妈们也就不屈不挠……

一阵水鸟拍翅声响起，左前方的海湾中腾起了黑麻麻的鸟，几千只鸟组成的鸟阵如云，拥向夕阳落霞，织成美丽无比的画面。

那灰白的是海鸥，那黑黑的是鸬鹚——海鸬鹚——我还从来没有见过如此庞大的鸬鹚群！

鸬鹚俗称“黑鬼”“鱼鹰”，是捕鱼的能手。我们曾在青海湖探访过鸬鹚堡——它兀立于湖中的山崖上，是鸬鹚们的繁殖地，几百个鸟巢如馒头般遍布在山石中——但没见到这样群起群落的壮观。

“在这样繁华的大城市，竟有如此的景象，这就是人与自然，最美的人间境界！”李老师如痴如醉，伫立在暮色渐浓、华灯初放中。

我们漫步向住处走去。突然，馨香拂动，一丝彩光撩眼：

花店，插花瓶中一朵硕大的花，是那样富丽堂皇、高雅。形似莲花的半球形的花蕊泛着淡黄，好几层的花瓣和苞片挺拔、厚实，色泽由浅至深，直到粉红、水红、大红……其直径最少有20多厘米。

真像一顶闪闪发光的皇冠！抑或皇冠就是模仿它制作的。

我看了半天也不愿离去，痴迷的样子引来了老板。她很优雅地指着花儿说了一大串话。我们一句也听不懂她的介绍,只好连连点头,但心里都很急,只是巡视着街上往来的人群。

幸好,看到了貌似同胞的人。我急忙上前拦住,用汉语招呼。算是幸运,他会汉语:“这是南非的国花,花名叫帝王花,很名贵。”

再问,他就说不出所以然了。我们还是无限感激。

这朵帝王花,引发了我的很多遐想,更促使我时隔3年后再去开普敦植物园探访。

植物园在一座山下,建筑物都在红花绿叶的掩映中。由于时间关系,我们直奔主题——寻找帝王花。

帝王花又称“普提花”“帝王龙眼”,据说还有“木百合花”之称。

植物园区域很大,我们不懂英语,无法询问,只能凭着感觉走,走得头上都沁出汗了。右前方山坡上彩霞飞虹,引得我们飞奔而去。

是的,紫的、黄的、红的、蓝色的花儿织成了云锦,杯形、钟形、爆竹形、喇叭形的花朵更是千姿百态,高高的望鹤兰如引颈长鸣,难怪有“天堂鸟”之称……

帝王花的茎秆粗壮、碧绿,高高地顶着灿烂、炫目的皇冠。

花圃中的帝王花鲜活,洋溢着勃发的生命的光彩,看似一个五彩缤纷的大花球,色彩艳丽、端庄,雍容华贵。

是的,看清了,它是灌木,碧绿的叶片大而厚实,一棵植株上盛开着三四朵硕大的花球,散发着淡淡的幽香,几只蜜蜂翩翩其间,嘤嘤吟唱……

正巧,一群花枝招展的黑人妇女从园旁经过,那大红、大绿、大紫的服饰,竟然与花圃中的色彩是那样天然地协调,相互辉映,平添了一道风景。

我想,她们服饰的色彩肯定是受到了她们生活的土地——南非大地上的艳丽鲜花的启迪。

“太美了!难怪有‘花季少年’‘笑得像朵花’‘花样的年华’……这些词,

它是生命最美好的象征，是上苍赐给芸芸众生的礼物，它让你觉悟、感悟，体验生命的真谛……”

我很惊讶于李老师的感慨、感悟。

可是，它对于我们还有着太多的奥妙，更何况有位朋友曾说过，开普敦植物区系非常有特色。学问学问，找人问吧。

可找谁呢？我们不具备语言搭建的桥梁，别说南非的方言有好几种，就说英语吧，我们今天虽然邀了一位略懂英语的朋友同行，可其中牵涉植物学，而植物学并不是游园的每个人都具备的知识。

正在愁急之时，李老师指了指不远处六七个正在翻整好的土地上忙碌的人，有黑人和白人。

我恍然大悟，快步向那里走去。

那些人有的单腿或双腿跪在地上工作，从衣着上看，不像是工人；从他们所使用的特殊工具和一丝不苟地挖土、播种的虔诚的神态看，应是技术人员。

朋友上前问询，果然是教授、研究员们。一位黑人教授热情地随着我们来到了帝王花圃。

他对我们提出的问题一一做了回答，声音浑厚，语调适中。从朋友结结巴巴的翻译看，也不知译意准确率有多高，姑且记下吧。

帝王花，造型优雅，色彩华丽，被誉为“花中之王”。

常绿小灌木，可长到 1 米左右。多年生，可活 100 多年。

花茎多，常有七八枝，也即是说一棵植株可开出八九朵花，最多的可开出三四十朵花。花球大，直径一般在 12 厘米至 30 厘米之间。每朵花都可开放很长时间不凋谢。

花期很长，每年的 5 月到 10 月，在南非各地都可看到它艳丽的花朵。

尽管心里还有着各种疑问，但看到充当翻译的朋友满脸的窘迫，也只好作罢，何况领队给的一小时自由活动时间也早已到了。我们依然心满意足。

几年后，我才从资料上查到，那个植物园很大，未能去观赏它的药用植物区、芳香植物区，留下了深深的遗憾。

在好望角寻找蓝鲸

从开普敦去好望角，车程近两小时。

途中见一个松树林，树干挺拔，多在二三十米高处才发枝，生出树冠。树冠不大，且平顶，犹如整齐的片片绿云，与我在国内看到的马尾松、云南松、红松相比，有着另一种风韵。

车驶过一片片原野之后，左前方显现出山坡、草地，和渐渐拔高的山头。

“狒狒，流氓狒狒！”

车窗外传来又惊又喜的叫声。司机立即放慢了车速。

几只毛色黑褐的狒狒从草地上的羊群后跑出，往游人处赶。

我们索性下车，司机立即警告：

“背好自己的包！最好别对着它的眼睛看！”

我知道，如果对着猕猴眼睛看，它就会攻击你。狒狒也是灵长类家族的。

李老师直往我身边靠，大概是在广西龙虎山遭到猕猴围攻后心有余悸。

这些家伙胆子也太大了。你看，车上的人还没下来，它们已跳到车顶上，有只淘气包竟然往下车的人群中尿尿，淋得一位穿西服打领带的人一头一脸。他一边躲闪，一边大喊：“OK！OK！”

还有坐在车盖上透过挡风玻璃往车里窥视的，随手玩着雨刮器，大概还嫌不过瘾，竟然又摇又拔，吓得车主大声吆喝。它玩得更欢。直到扔去一块面包，它才饶了刮雨器，但那神情似在说：识相点，早给吃的不就完了吗？

是够流氓的！

笑声四起，游客们一边躲着狒狒们的恶作剧，一边欣赏着这只有在非洲才能见到的灵长类动物。

好望角的山头是一个冲向大洋的巨崖。它那地势和我国最美海岸之一山东威海的成山头非常相似——巨崖从海边向大海猛冲数百米。

乘轨道缆车到山顶,坡度渐渐陡峭。下车后再徒步登山到顶。

啊!大洋,无边无际的大洋,碧蓝碧蓝的大洋!

著名海岬的山头面积不大,惊涛骇浪从脚下涌起,白浪翻雪,尤显得山头兀立、陡峭。

右为浩瀚的大西洋。左为茫茫的印度洋。

两大洋就这样平平和和地相拥?两大洋的灵魂铸就了它无比壮阔的气魄!

后来我们登临帕米尔高原时,面对着群山的摧波涌浪的纠结,脑海中却不时浮现两大洋相交相汇的景象!

“杀人浪!”

顺着惊呼人的手指方向——只见右边,大西洋100多米处,一排巨浪如万丈峭壁矗立奔腾,突然喷起千仞寒光迸射的水花,好一会儿才传来与礁石相击的轰然一声!

我和李老师都不禁一震!

待到回过神来,仍然尚在惊心动魄之中,这种“杀人浪”是我从未见识过的浪。是的,我是在巢湖边长大的,在所有关于湖水的游戏中,我最喜爱的是跳浪——风暴来临时,湖中会涌起一排排高浪,它的浪峰向前卷起,以至浪体形成一个优美的弧形,形成一个半穹隆状的水中隧道。最为奇特的是它打到沙滩时,往回的抽力很强。孩子们称它为“卷浪”,纷纷以跳浪表现勇敢。

所谓跳浪,即是当排浪来时往上一跳,探头波峰浪谷中,然后再稳稳落下。考验意志、力量的是落地的瞬间,需要稳稳站住。若是脚下一个疏忽,站立不稳,就会被回浪抽走,卷到深水处。我就是在一次被回浪抽走后,差点淹死。

我在英国海边的大西洋沙滩也游过水,观看过它的浪花翻涌,但从来没有见过这样高的浪。

这样的浪,使我想到了沙漠、戈壁中的沙尘暴。一点儿不错,大漠中突然矗立起连天接地的黑墙,黑墙中白的、黄的浪翻涌飞旋,天昏地暗……

大西洋以西风急流著称,疾风巨浪令人望而生畏。但好望角是往来于东西方的必经之地。当年的达·伽马就是绕过好望角,经由印度洋到达印度。我国明代的郑和船队到达非洲时不知是否也经过这里。那是需要何等的勇气、顽强的精神,才能实现对未知世界的探索!

当他们看到好望角时,那该是何等欣喜若狂! 所以好望角的意思,是"美好希望的海角"。

又一个"杀人浪"在大西洋中腾起。

朋友说"杀人浪"可涌起20米高的浪头,古代帆船若是遇到,真是险象环生,很难死里逃生。在冬季,更有可怕的从南极刮来的极地风引起的旋转浪。若是两者同时出现,说大洋如火山沸腾一点儿也不为过。

大自然就是如此显示它的力量。

回程时,我们去印度洋寻觅蓝鲸的身影,好在虽然它身处另一大洋,却在身边,这样的好机遇实在难得。听说在好望角和开普敦的海湾中,常有蓝鲸嬉戏。

天蓝蓝的,阳光在印度洋上闪耀,时时飘来的白云在洋面上留下一片片暗色的水域,为蓝天大洋一色的风景平添了色彩。

"打赌吧,看看谁能先发现蓝鲸。"

我一向不如李老师眼尖,她好像有特异功能,在野外常是她首先发现目标物。

"要是你看不到呢?"

"算你赢。"

“彩头呢?”

“下一站到野生动物园时,我有权否决你的一次行动计划,不准讨价还价!”

“中!”

两个老顽童击掌为信。她这招很厉害,是为了制约我在野外的胆大妄为。南非的野生动物世界生活着大型的食肉动物,狮子、花豹、猎豹、鳄鱼全都有。临行前她已多次警告我,到了那里别看得得意忘形,遭到攻击,出了事那可不是玩的。

我们从印度洋这边边下山,边注视着洋面上的变化。海岬这边的印度洋比大西洋要平静得多,近处有波有浪,稍远处只看到银光闪闪。

我发现异样了,看见了黑色的影子。真是时来运转,我连忙指给她看:“像不像蓝鲸的脊背?”

她看了半天:“它在那儿干吗?晒太阳?一动不动?”

我心里虽也起了疑惑,但从洋面似是轻浪激波看,它还是有些沉沉浮浮的样子。

“你怎么知道它没动?远着哩,最少是在2000米之外,你看那水波……”

“你是在考我?是没法看得很清,找个参照物吧,我觉得它不像。”

“大洋水面万里无波,你找个参照物给我看看?故意出难题。”

“蓝鲸是鲸类中最大的吧?距离是不近,也不能总是露出那一小块的脊背吧?”

是的,蓝鲸是现今最大的哺乳动物。大得难以想象——身长30多米,仅它的舌头已重2000多千克,体重一百七八十吨,相当于30多只大象、一百五六十只野牛的重量。它刚生下的孩子,身长就达到8米,体重达6吨!

只有大洋才能容纳它庞大的身躯,也只有大洋才是它生活的家园!

想想看吧,若是陆地上30多头的一群象,那是多大的目标!

她推着我的后背,闪着狡黠的眼神,乐滋滋地说:“快看,快看,蓝鲸呼吸喷水了!”

谁说她不幽默哩!

蓝鲸的“脊背”上溅起了水花,银亮银亮的,还真有点像是烟花燃放哩!可惜它太小了,高度太低了——

是的,那浪花证明它是一块礁石,哪里是什么蓝鲸哩!

“快看,快看,看那边!”

她高兴得跳了起来。

在礁石左后方,一条巨大的身影在游动。啊!它身后不远处还有一条。那脊背像是山冈,连划出的水纹都看到了!

“蓝鲸!真的是蓝鲸!”

它像是听到了我欣喜若狂的呼唤,巨大的头颅浮出了水面,一股喷泉冲向了蓝天,银亮的水柱有10多米高!

它旁边的那只蓝鲸也喷出了水柱,似是相互比赛,看谁的肺活量更大,更英武!

在我们的狂呼高叫声中,游人们纷纷拥来,各种语言叽里呱啦欣喜响起,竟然有人喊起:“哥们,再来一个!

可蓝鲸一低头,巨尾一摆,已潜入大洋……人们久久没有离去,盼望的眼神紧紧地盯着洋面,渴望两位深居大洋的朋友能再露面……

青铜像——呼唤生态道德

今天从约翰内斯堡启程去南非克鲁格国家公园。

南非有很多野生动物园。小的动物园是农场主经营。

大的国家公园有18座,克鲁格国家公园是南非最大的野生动物园。它紧邻津巴布韦和莫桑比克两国,位于德兰士瓦省东北部,勒邦博山脉以西地区。

公园长约320千米，宽64千米，共有2万多平方千米，面积大致相当于我国的柴达木盆地。

克鲁格国家公园具有两大特点：其一，它是世界上自然环境保护最好的公园；其二，这里有世界上生活着最多野生动植物的保护区。

不信？请看看它的野生动物户籍册吧：

哺乳类动物147种，爬行类动物114种，鸟类507种，鱼类49种，植物336种。

其中，羚羊约14万只，种类繁多，有大角羚羊、小角羚羊、草羚、瞪羚……几乎集中了非洲所有的各式各样的羚羊。

非洲象7000头，非洲狮1200只，犀牛2500头，野牛2万头，还有长颈鹿、河马、斑马、鸵鸟、鳄鱼……

这个最为令人崇敬的野生动植物自然保护区，早在1898年就已建立。100多年前，世界上有多少人已意识到即使人类为了自己，也必须保护这些山野朋友，必须保护人类赖以生存的自然环境呢？可以说，寥若晨星。

我国的自然保护事业，从立法的角度说只是起始于20世纪50年代，比他们整整晚了半个多世纪。

为了瞻仰一位伟大的自然保护者，途中我们特意赶到了一个小镇。镇上挤满从世界各地来的游客，他们有着不同的肤色。

无须询问路径，我们只是跟着人群走。

中心广场上一群鸽子迈着悠闲的脚步寻食，花圃中屹立着一尊雕像，身材魁伟，凝神、慈祥的目光注视着大地，注视着每一个仰望者，似乎是在说：

“你来寻找什么？你为保护自然野生动物做些什么？”

他就是当时布尔共和国最后一位总督：保尔·克鲁格。

人们为了纪念他保护自然野生动物的功勋，将世界上最大、最有特色的野生动物园以他的名字命名！

人们为了使他保护自然的思想能够发扬光大，为他建立了雕像，警醒着人们。

我和李老师走过的国家不算太少，但为纪念保护自然的伟人建雕像，克鲁格是第一位，我们站在他的前面，久久地仰视着，思绪绵绵。

南非长期沦为白人的殖民地，也曾是世界上实行种族隔离制度的最后一个国家。几天前，我们还站在开普敦的桌山上，凝视着囚禁黑人领袖曼德拉的小岛。他为争取种族平等奋斗终身。毫无疑问，总督保尔·克鲁格是个白人。但在19世纪末期，面对人们对野生动物的残酷猎杀，他的睿智、他的人文关怀、他对人与自然的关注，使他决定，为生活在这一地区的大象、狮子……野生动物建立保护区，制定、公布了强行约束人类贪婪的制度！

克鲁格的丰功伟绩，并不仅仅在于为野生动物们建立了一座自然保护区，还在于倡导了一种思想——保护自然，制定了一部规范人与自然相处时应该遵循的行为准则，也可以说是树立了一种人类从未有过的生态道德。法律和道德是一切文明的两大支柱。法律是强制性的，道德是自然的约束，是一个人终生努力要具备的修养和品质。

难道不是吗？克鲁格国家公园关于野生动物保护、生态旅游保护和相关技术的研究、措施，在世界上是名列前茅的！

车在南非的原野奔驰，眼下正是旱季，山冈、丘陵，黄色、红色的土地，枯黄的草原，显得疲惫，只有片片的森林，以耀眼的绿色，散发着生机。

最有趣的是路边荒野中的鸵鸟，只要一听到车声，立即伸长脖子，泛着黄色虹光的眼睛就紧紧盯着车子，一步不挪，像是行着隆重的注目礼。

天边出现了一座大山的轮廓，以车程计算，我想那山前一望无际的大草原，应该就是克鲁格国家公园了。

到了近处，才看清它并非“一望无际”，而是有着丘陵、山冈、河流、草地、湖泊、一片一片的森林。自然环境的多样性,才有可能孕育出生物的多样性!

这样大的公园,入口处应该不止一两个,但我们无法知道这是第几个,太阳虽未落山,但只能大致判别它的方向。

营地是一幢幢圆形的草屋,是南非黑人村落的典型民居,里面的设备却是现代的。草屋不算宽敞,但生活起居用品几乎是应有尽有,让人感到舒适、惬意。

我做的第一件事,是赶紧烧开水,泡上黄山毛峰茶,然后喝上两杯醇香的浓茶,涤除了四五个小时车程带来的疲惫。

李老师新奇兴奋的眼神中,隐隐有种不安——这只有我能读得懂。她刚一进屋就把门关起来了。

"走,我们出去散散步,熟悉熟悉环境吧!"

跳舞的孩子救了我们

我们在野外考察的几十年中,如果是支帐篷,总是要先将环境看清,再选择营地。营地的选择直接关系到我们的安危。如是在山上,就要注意山形、崖势,若是流石区,一块大石落下就是灾难。紧临河边也不安全,大雨后可能有洪水……

但李老师对散步的提议并未积极响应。

"没事,天还没黑哩!不看清了环境,你夜里能睡着?我也不想与狮子共舞!"

对面草屋前,一对白人夫妇正在忙着烧烤,我不习惯这种油烟味,走得很快。那边还有着几个白人的孩子在玩耍。

李老师用肘碰碰我,示意左前方有状况……

"你别太紧张,不可能有猛兽跑到这边。"

"你扯到哪去了,看那花——"

真的,一树红花很惹眼,花朵很整齐,都是一般大小,都是五角形,都是红花中显出白纹,尤其是那红色,并不十分鲜艳。树干很粗实,没有半片绿叶。

我正想说那是塑料工艺花时,又一想不至于吧?在这样世界首屈一指的野生动物园门前,还需要用假花来装点,岂不是大煞风景?

到了近前,李老师说:“不是塑料工艺花!”

当然不是。虽然它的枝干很不相称,不成比例,但树干的确是真的树干,直径不会小于40厘米。灰绿色的树皮很薄,无比光滑,像是一块玉石,晶莹,透出绿色,肉乎乎的——

肉质茎很像一个圆筒。树头上冒出的树枝,也是短粗短粗,肉乎乎的。

“像不像我们家的大玉树?”

难怪刚才就有种似曾相识的感觉,经她这么一说,还真像哩。

我们家曾栽过一盆景天。景天俗名叫落地生长,以旺盛的生命力著称,只要插下它的一片树叶,不多时就能生根长大。

树干肉质,在阳光下,闪着莹莹的青光,肉质的枝干上顶着肉乎乎的叶片,叶片肥厚,碧绿滴翠,叶缘时而还映着鲜红。

它耐得干旱,十天半月不浇水也没事,天天浇水也不烂根,一年四季常绿。

它渐渐长大了,四五年中换了几次花盆,俨然成了一棵青玉雕就的小树,闪着莹莹的光彩。朋友们都叫它玉树。

只是有一年冬天大寒,虽已把它搬到了室内,但因没有暖气,它还是枯萎了。

后来,我们在青藏高原海拔四千多米处,看到了在山谷中的红景天,十分感叹生命的顽强!

但眼前的这棵树,只有红花没有一片绿叶,无法断定它是否属于景天科的。

其实,在开普敦,在植物园,都见过似是景天科的植物,它们开着艳丽炫目的各色花朵。

“你不是说过南非有种石头花吗?”

“也只是听朋友说过。”

“在旱季,它们不是也将叶子落完了?”

这句话倒是提醒了我。那位朋友说,南非的多肉植物特别多,特别精彩。有种生长在乱石丛中的石头花,它只露出半个身子在碎石外。它们的形状、植株的大小、叶面的花纹与周围石头的颜色非常相似,是著名的拟态植物。一是在旱季,昼夜温差容易在石块上凝成露水,这就成了极其宝贵、滋养生命的甘泉。二是这季节,干渴的动物们四处找水时,它藏在石头中,也就逃过了被吃掉的一劫。

但朋友说,它的植株很小,而我们眼前的这棵树却很大……

我们一边说着植物世界的神奇,一边向前漫步。转到那边的大路,我说:“喂,看看那边。”

一排栅栏闪闪发光。

她笑了:“就你聪明……知妻莫如夫嘛!”

“有这么多的凶猛野生动物,野营区怎么可能没有隔离带哩!放心吧,他们的安全措施肯定考虑得比我们仔细。时间不早了,回去,养精蓄锐,以后的几天要聚精会神啊!”

傍晚,是鸟类活动的高潮期,鸟儿们在低空飞翔,闪着彩色的光芒,映得晚霞尤为绚丽多彩。

我们不认识这些生活在南非的山野朋友,正在失落、遗憾中,听到了似是斑鸠的叫声,心灵一震,赶忙寻找很可能是他乡遇故知的朋友。

斑鸠是国内常见的一种鸟,外婆说的斑鸠的故事,给了我儿时生活很多乐趣,对它也就有了特殊的感情。1997 年在英国时,还因斑鸠的不同叫声,引发了一连串的故事,回国后写了篇《斑鸠声声》。

似是斑鸠声传来的方向有棵大树,响着鸟儿们叽叽喳喳的叫声,热烈、欢快。

好家伙,树上挂满了鸟巢!

几只鸟儿正急急往树上飞去,闪着金黄的光。

“织布鸟!”

“真的?”

“绝对错不了!”

我惊喜得差点跳了起来!难怪那鸟巢制作得那样精细,严格地说鸟巢不是鸟儿们的家,而是它们生儿育女的摇篮。鸟类学家说,鸟巢的形态、构造,在鸟的分类学上有很大的意义。

织布鸟是以擅长织巢著称,是会织布的小鸟,非洲著名的观赏鸟。

是的,是黄胸织布鸟。据说织布鸟有多个亚种。黄胸织布鸟只是其中之一。黄胸织布鸟在我国云南也有分布,但数量少。在不少于七八次的云南之旅中,我只和它匆匆见过一面。但我从巢型、构造,到它金黄的胸羽、体型,已断定它就是黄胸织布鸟。

到了近处,发现树上至少有五六十个鸟巢挂在树枝上,我指着最近的那个大鸟巢:“看清了吧?”

“有经、有纬,像是用草织出来的。像个葫芦,倒吊着的葫芦。”

“完全正确。不一定是草,像是从哪种植物上撕剥下来的皮,要不然撑不起来。”

“它的脚爪这样灵巧,有这大本事!”

“不一定是用脚爪。你看,那纤维样的东西还绿着哩,有些新鲜。”

“经纬织得有板有眼,一丝儿不乱。”

有两只鸟钻进去了,只露出尾巴在外面。

“先拍照片吧！是哪种植物的茎皮，是用爪还是用什么织的，以后会看到。”

“光线不好。大闪光灯没带。”

“尽量往近处靠吧！”

织布鸟根本不理睬我们，只是沉浸在歌唱表演中。那叫声和麻雀的叫声差不了多少，短促、高频率。

距离还是远了点，我将摄像机交给了李老师，拿过照相机，想利用1.8米多的身高拉近距离。

我眼睛贴着取景框，对着鸟巢和飞来飞去的小鸟，心想广种薄收吧，闪光灯频频闪起……镜头中闪过了一个非常可怕的景象……

突然，我感到有股冲力撞来，直撞得我往后仰去，“叭哒”一声，摔了个仰八叉……接着是有个重物压到我的身上，“遭到攻击了”，我脑子里一闪，随即听到一声大喊：“哎呀！”

惊得李老师目瞪口呆。

哪里是狮子、大象啊！是个黑孩子！雪亮的眼白、雪亮的牙齿，闪着铜釉色的黑脸。明亮的眼珠中满是急切、惊恐。

他已迅速站起，一边伸出肥厚的小手来拉我，一边喊着：“哈曼巴，哈曼巴！”

看我们一脸的茫然，黑孩子又急又恐怖的神情，使我们心里直发毛。他用手又是指着树又是喊：“好曼巴！好曼巴！”

他张开手臂，嘴里说着，像赶小鸡一样，把我们往后赶，赶到退了四五步才罢。

不知道他说的是祖鲁语，还是德语、英语，即使知道，我们仍然不懂其中任何一种语言。

难道树上有豹子？花豹、猎豹都是会上树的，体型也大。旱季树冠稀疏，不粗的树枝倒是有些密,横七竖八的,但也不可能隐藏住豹子这类动物……

如果有大型猛兽,鸟儿们不会是这种叫声。

孩子急不可耐,黑眼珠转了几转,突然举起右手臂将手往下一弯,迅速向我脸上啄来,惊得我本能地往后一闪。

“蛇!他说的可能是蛇!”

李老师的醒悟,吓得我冷汗直出——镜头中那恐怖的一闪被放大了……

“看,快看,那个有些发黑的鸟巢的右上方,树枝很特别……”

有些逆光,虽然隐隐约约,但一条蛇的形象还是从混淆的树枝中,渐渐清晰起来!

它利用保护色潜伏狩猎,躲过了兴奋中的鸟儿们。

“看到了?蛇!乖乖,至少有两米多长!”

那蛇的头、双眼,注视的方向好像还在盯着我们。

李老师不禁打了个寒战。

它的猎物是谁?蛇类都是冷面狙击手。

我指着树上的蛇,对孩子说:“黑曼巴?”

又举起右手上臂,学着他的手势。

“黑曼巴?”

孩子使劲地一边点头,一边说:“OK,OK!”

“剧毒,剧毒蛇!每年都有人死于它的攻击。”

李老师说:“从我们的角度只能看到它的肚皮。这蛇是黄色的,你看肚子还是白色的哩!”

那蛇似乎在缓缓地收着后身。

黑曼巴是音译过来的名字。“黑”,不是说它身子是黑的。它张开大嘴发起攻击时,口腔是乌黑的,像个黑洞,毒牙有几厘米长,特别可怕。

刚才,就在这个孩子撞来的瞬间,我看到了那张黑洞般的嘴正对着镜头!

在所有的毒蛇中,只有它的口腔是黑的,正是这个特点,我才记住了它。

我抱起了那个黑孩子,在他卷曲的头发上、脸蛋上热烈地亲吻着。

“谢谢！谢谢你救了我!”

孩子非常腼腆,在我怀里扭着,想要下来。

“我的天哪,肯定是闪光灯刺激了它。我们还在呆头傻脑只顾拍照、摄像哩!”

一般说来,无论是有毒蛇或无毒蛇,不会主动攻击人,但它在狩猎,这时受到打扰、破坏,会发怒、反击的!

孩子突然不再挣脱我的搂抱,胖胖的小手停留在我的左前胸,正拿着我别在口袋上方的纪念章。

我猛然醒悟——

那是枚大熊猫的纪念章。那还是10多年前,中国野生动物保护协会成立时,送给每个理事的纪念品。

纪念章小巧玲珑,大熊猫的形象生动、可爱。

我连忙将它取下,别到孩子印有鸵鸟的T恤衫上。

黑孩子咧开嘴笑了。雪白的牙齿闪亮,欣喜地捧起徽章,甜甜地吻了三下。

“China.”

我很感动,这位生活在远隔万里之遥、南半球的黑孩子,知道我的祖国——大熊猫架起了友谊的桥梁,拉近了距离。是的,中国何止有大熊猫,还有美丽无比的小熊猫、神兽麋鹿、彩色面孔的金丝猴、乌金般的黑麂、黄腹角雉、梢尾虹雉……这些只生活在我的祖国的珍贵动物。这个孩子使我更加体味到文化所包含的内容。保护野生动植物,其实是在保留传承一个民族应有的文化!

孩子突然跑起来,唱着跳起来了！那些舞蹈的语言充满稚气的刚劲,柔韧的肢体，显然是在表现着鸵鸟的奔跑、观望、扇翅……热烈、欢快！特别是鸵鸟奔驰，真是惟妙惟肖到极点。他似乎生来就是舞蹈家、音乐家、运动员。

啊！难怪刚看到他时，有些面熟的感觉……

“哎，哎，是他！”李老师说。

对了，几天前，我们曾去一处祖鲁人居留地参观。

很别致，门口有位中年黑人妇女拿着彩笔给游客们画脸，色彩并不多，只有红、黄、蓝、白，但只在脸颊或额头上寥寥数笔，人的面孔立即有了惊人的变化，或喜，或怒……充满了神秘……

对着镜子看自己的形象，李老师说那位画脸的是巫师，我心想，真让她说着了。

两年后，我们在川西北考察金丝猴，它们五彩斑斓的面孔，立即使我们俩相视会心一笑！同是灵长类动物，上苍为何要给金丝猴彩色面孔，而只给人类或黄，或黑，或白，或棕的面孔呢？

酋长大厅中的表演开始了，鼓声激越，一队队武士手执长矛、标枪、抛石器出来了……最为动人的是一群孩子表演的鸵鸟舞。

我们到非洲只有几天，还未能在野外欣赏到它们的舞蹈，但我在东北的齐齐哈尔扎龙，看过丹顶鹤的鹤舞，在青海可鲁克湖，看过黑颈鹤的圆舞。

其实你即使是个舞盲，这群黑孩子矫健、奔放的肢体动作，也能感染着你。瞧，舞蹈散发出的魅力将很多游客吸引到大厅中央，学着孩子的动作，跳起来，舞起来了。

其中有个孩子跳得尤其投入、狂热，那举手投足中的灵动，眼睛中的眼白特别亮，卷发像是紧紧缠在一起的小辫子。

是的，真的是他，就是那个可爱的孩子。

他一边跳着，一边时不时还向我们脸上瞄上一眼，似是在询问我的记忆。

我明白，也张起手臂，学着他的样子——鸵鸟奔跑中特有的韵律跳起来，舞起来了。

“OK！OK！”

孩子高兴得大声叫好，跑到我们面前，伸出三个手指向远处指着、点着——那意思是说三天前，在那边，我们就见过面了。

“OK！OK！”我也乐得直点头，喊了起来！

孩子一下跑到面前，将我抱住。李老师也将他搂住。三人乐得扎成一堆。

我们虽然语言不通，但心灵相通啊！

在准备这次南非之行时，李老师一听有那么多的语言（南非的方言）就发晕，我说，权当做一个聋子、哑巴。从另一个角度，寻找人类之间互相交流的方式，不是也挺有意思的吗？譬如说，舞蹈就是不发声的语言。

是的，我们就是通过手势、表情，大致知道他叫曼哈拉。他的家就在这里，爸爸妈妈都在公园工作。那天是去看望外婆，被临时邀请登台表演。因为他是学校里合唱队、舞蹈队的队员。

今天，他正在那边玩，认出了我们——戴着大熊猫的徽章，还背了照相机、摄像机——才跟着走到了这边。

我打开了地图，指着我的祖国。他很惊奇，说着一些话儿，还将南非和中国连成了一条线。

李老师像和孙子玩时一样，模仿着老虎、狮子的形态。

他似乎明白了，我们是来参观这里的野生动物……

曼哈拉突然示意我们看树上。

黄昏中的树冠更显昏暗，但我们还是找到了大蛇，以它潜伏、潜行的状态推测，它已锁定了目标。是的，有两只织布鸟正忘情地唱着，在树枝上跳着。大蛇慢慢地接近，突然，蛇头闪电一击……枝头只飞起一只鸟……

我正想离开时，曼哈拉却攥着我的手不放。

天色愈来愈暗。

那蛇缓缓地往枝头移动，它抬起了头，张开嘴将上方挂着的织布鸟巢——倒挂的葫芦形、朝下的巢口含到嘴里，然后就摇着摆着头……

“是将雏鸟晃下来？要不就是吃鸟蛋？”

我想起一种被皖南山民叫作白猬的小动物。皖南山区中多牛蜂、驴蜂，黑色的，个头大，毒性大，传说九只牛蜂能叮死一条牛，常有山民受害。它的巢特别大，像是稻箩挂在树枝上。巢上只有出口和入口。尽管它很可怕，但却是白猬的美食。我在考察队中，曾在一个月色如水的夜晚，亲眼看到白猬爬到蜂巢上，前肢、后肢轮换着拍打蜂巢，疯狂地拍打，就像是在敲鼓。

蜂巢中响起沉闷的嗡嗡声，可就是看不到一只蜂子飞出来。

正当我们疑疑惑惑时，那小家伙的肚子却像吹气球般鼓起来了！

这个家伙，肯定是张口堵在出口处——请君入瓮！

难道这只冷血动物，也具有白猬一样的智慧？

我和李老师一路说着动物生存的技巧、生命的智慧。生存毕竟是生命的首要。

最高兴的是第一天就结识了小朋友曼哈拉，谁说异国他乡举目无亲哩？我们虽然还不清楚，他将带给我们多少欢乐，但肯定会是精彩的友谊。

追寻麒麟

公园的早晨，弥漫着淡淡的轻雾，太阳从树丛中升起时，胭脂一般。

白头雕展开巨大的翅膀，翱翔在蓝天白云。一种黑背红腹的鸟，站在枝头鸣唱，声音嘹亮，婉转，音节多变。

公园的旅游车上挤满了从世界各地来的游客。准 8 点启动了。导游说的是英语。我听不懂，只能大概揣摩出他在说些什么。依仗着多年在野外的经验，我们自有想法。

但一天下来，却很扫兴。

狮子、斑马、犀牛、大象、长颈鹿都看到了。但对我们说来，从某种意义上说，什么也没看到。

显然，旅游车是按公园中野生动物相对集中或生活习性作的区划，走着规定的路线。

譬如，我们看到的狮子，多是卧在草丛中，一副懒洋洋的状态，有的甚至连到来的旅游车看也不看一眼。

大象更是冷漠，板着呆滞的面孔。

鳄鱼们躺在河边，枯木似的晒着太阳。

就连最为活泼的羚羊，也只是头也不抬地吃草。

窗子不能开。

斑马跑起来了，黑白花纹刚有了景色时，河马吼叫着扑来时——你正想看到它们真实的生活时……

车子已经开动，怎么喊司机也不会停下，因为有着严格的时间表……

一整天就像是坐在电影院里。

我们万里迢迢跑来，不是为了这种浮光掠影地走马观花……

明天大概仍然如此。

我很郁闷，只顾喝着茶，一杯又一杯。李老师一个劲地劝说：

“高兴也是一天，烦闷也是一天。何必呢？想想法子吧，相信你的主意多。”

我何尝没有想过？可这是异国他乡，又是到处都有肉食动物的地方。其实，在国内野外考察时，我并不畏惧大型食肉动物，主要原因是它们已经很少。即使碰到黑熊、豹子这些家伙，在森林中也有足够的和它们周旋的空间。最怕的是那些小家伙，草虱子、毒蜂、蝎子、旱蚂蟥，不知什么时候得罪了它们，不声不响地给你一口，就够你受的。对，还有蛇，一想起来就有种湿漉漉的感觉。昨天黑曼巴就警示,这里有多种剧毒蛇。我们必须加倍小心,李老师胆小,更重要的是保障人身安全,我们都是60岁开外的人……

"哈啰!"

嘿!小曼哈拉来了!他换了一件红色的T恤,大熊猫的徽章更显眼,他真是个欢乐的种子。看着他健美的身材、鲜花般的笑脸,李老师满腹的愁闷顷刻烟消云散。

他带来一支鸵鸟的羽毛,黑白相间,很美。他一会儿将它插在头上,大有小王子的模样。我们明白,那是作为帽饰的:中世纪的骑士们,喜欢用鸵鸟羽翎插在头盔上,显示英武;妇女们酷爱将其作为帽饰,平添了几分俏丽。他一会儿又学着用刀削毛管,做写字状,我们明白羽毛可制作羽毛笔用。最后,他郑重地将这支鸵鸟毛送到李老师面前。

她未反应过来。急得小曼哈拉脸都红了,又做了鸵鸟奔跑状,突然掏出裤袋中的一张纸,随意地扔了下来——明白了。这羽毛是鸵鸟自然脱落的,不是他去硬拔的。

李老师高高兴兴地接受了礼物,小曼哈拉高兴得腾地跃起,翻了个漂亮的空心跟头!

我们热烈鼓掌。

他告诉我,这枚大熊猫的纪念章,在他的朋友们中引起了轰动,他收到了钦羡的目光。他还答应在他们的生日那天借给过生日的人佩戴一天。

我突然想起包中还有一本书,写的是在大熊猫故乡探险的故事,原是带给朋友的,何不送给曼哈拉!

他接到书就看起来了,当然是看书中的照片——大熊猫在森林中的日常生活。当看到它低头翻跟头的那张时,他乐不可支,连连翻了几个空心跟头。

这孩子肢体是那样柔韧,玩得得心应手,引得我童心大发,跳到床上,翻了个跟头又来了一个后滚翻——老胳膊老腿的差点歪到地下,引得他笑眯了眼。

我又费了九牛二虎之力，反反复复做着动作，以告诉他大熊猫天生喜欢一切圆的东西：木桶、球、脸盆……大熊猫是个翻跟头的好手，前滚翻、后滚翻、侧翻等等都拿手。

他看到了黑熊在树上筑的巢、扭角羚、小熊猫……当看到金钱豹时，马上将两手小指勾起左右嘴角，拉大，又用大拇指将下眼睑往下一拉，“哇”的一声——他是在学豹子。又指了指公园的方向，意思是说这里也有。我很惊讶，这个动作和我儿时学虎吓弟弟是那样地相似啊！

突然，他将两臂高举，手指交叉，竖起两个拇指，弯腰，尽量将前身上仰，把脖子伸得长长的——

长颈鹿！整个形态模仿得太相似了，尤其是头上的两只短角，惟妙惟肖，最难为他的是长颈鹿的前腿长，肩胛高！

他的意思是问我们那里有没有。

这个形象在我脑里闪起了火花。是的，今天下午，我看到了两只长颈鹿，尽管只是背影，臀部的斑纹组成的图案十分奇妙，特别是那并排的长颈，似乎蕴藏着难言的韵味……

长颈鹿和中国的神兽麒麟有着深厚的渊源。“麒麟送子”几乎是家喻户晓的故事。龙、凤凰、麒麟在悠久的中华民族的文化中，具有特殊的象征意义。

这三者都是先民们创造出来的神物，并非是生活在地球上的生物。

龙的形象较为复杂，还有着恶龙的存在，麒麟、凤凰纯为神兽、神鸟，象征着祥瑞。“麒麟送子”尤蕴含着丰富的生命意义。

但先民们的创造，其原型是谁呢？就说麒麟吧，它的原型是谁？据说和长颈鹿接近，当然也有麋鹿、犀牛之说。

据历史记载，公元1414年，明朝郑和下属杨敏就带回一只长颈鹿，轰动了朝野。大臣们认定它就是麒麟,是上天降给大明王朝国泰民安的祥瑞。

长颈鹿是非洲动物王国中第一位来到中国的使者。

一个奇妙的计划涌上了我的心间。

我比画着问:"在哪里最容易看到长颈鹿?"

说了半天,他终于明白了,随手从桌上拿了一张纸,画起来。

看样子是这边公园的示意图。最后,他在一片树木中画了个圈,又模仿了长颈鹿的模样,还在树枝上画了刺……

我连连点头。

他说明天可以领我们去。

我连忙说,明天去看河马,不想去看长颈鹿……

李老师拿出从国内带来的小食招待他。在野外,食品和水必须带足。他对花生米、杏仁兴趣一般,但非常喜欢怪味豆、杏干。就像昨晚我们留他吃晚饭——因住处有炊具,我们还是喜欢从超市中买些食品自已做——这孩子就特别喜欢榨菜。榨菜是我们远行中必带的,它有正胃的作用,甚至可治较轻的水土不服。曾有位去南极考察的朋友对我说,在经过大西洋西风带,惊涛骇浪颠簸时,很多人都是吐得翻江倒海,他就是靠榨菜渡过难关的。

曼哈拉走了。

我尽量用漫不经心的口气说:"下午看那两只长颈鹿,好像有故事。明天去看长颈鹿吧,路程不远。"

"不坐旅游车了?"

"你还愿意坐?"

她没有回答,过了一会才说:"有什么妙招?说来听听。"

我当然知道她的策略:

"在这里还能有什么高招?随便走走看看嘛!哪怕就是看蚂蚁打架,也比坐车子干着急还惹气要强!"

“别骗我了。你越是装得平平常常，越是有鬼主意。瞒得了初一，还瞒得了十五？这里光狮子就有上千只！”

“动物的第一本能是安全，丢了命啥事也白搭。我的命就那样不值钱？沿着隔离的栅栏走嘛，狮子、老虎有本事翻过来？你要是累了、怕了，明天让曼哈拉领你在附近走走，我先去探路，中午再接你。”

“别来这套激将法，想甩了我？没门。我提醒你，我有否决权。”

“当然，绝不赖账。”

心里正偷着乐哩！老夫老妻之间的智力游戏，也能妙趣横生嘛！人啊！应该多找乐，越是愁闷的时候，越是要找乐！

早晨，我告诉导游，我们累了，想休息一天，今天不再跟车了。

轻装。但背包中带足了干粮、水，我们兴高采烈地出发了。当然，我尽量注意隐蔽，最好别让公园的保安起疑心。

出了隔离区，心理上得到了解放，原野辽阔、空气清新，微风时时吹来花的幽香、草的清气。

先还是沿着栅栏的外侧信步前行，没有刻意找路，似乎也没有可称为“路”的，荒野中，路就在自己的脚下。

左前方约 100 米开外的草丛有些异样。

有片深草丛，枯黄、碧绿斑杂，好像是种高挺的、细长的草……

“它在向我们这边张望！”

“走，去看看。肯定不是大型野兽。”

鸵鸟政策是计谋

根据多年的野外考察经验，我们已在鞋子、裤脚上都洒了风油精，擦了万金油，以防备昆虫，特别是听说这里还有毒蜘蛛。我们放心大胆地走了一段路后，那片草丛这里那里都起了波动，幅度还挺大的，只是草太深，还无法辨认是谁。

“是在打架？这种生境，也是狮子活动的地方。”

“不可能。狮子体型大，动作起来，不会是这种小波小浪的。”

“还是小心点为好。”

“我好像已估计出它是谁了。”

“说说看，是谁？”

“说不定，难得一见哩！要不，你先在这里寻找。”

我快速悄悄往那边去。好运气，有条干涸的水沟。李老师也跟上来了。

踢踏声，嘎嘎声，错综杂乱。

看到了，我们相视而笑——

鸵鸟！

它那淡淡的肉红色的脖子，足有1米多高，一根毛也不长，头不大，难怪可以混淆在深草丛中。正是这一特征，让我估摸出是它。

鸵鸟是现今生活在世界上最大的鸟类，身高有两米多，脖子几乎占了一半，体重能达到一百四五十千克。

“它们是在嬉戏，还是争偶？”

“羽毛黑色的是男生，短短的翅翼，尾羽雪白。褐色的是女生。”

两个男生正打得不可开交，一会儿用嘴啄击对方，一会儿用翅膀砍杀，一会儿用脚蹬踢……只见黑白两色翻飞，令人眼花缭乱。

“嘿嘿，它的嘴扁扁平平的。鸟类中就它特殊了！”

“忘了？鹅、鸭子也属鸟类。”

“嘻嘻！像不像小曼哈拉？”

当然。你看那两个小男生，一个跑，一个追，眼看打不过了，竟一下跑到妈妈身边，将头插到短短的翅膀中——藏起来了。

“嗨！这就是鸵鸟政策，顾头不顾腚！”

那个小男生还会放过这样的好机会？追过去用嘴就啄露出的光腚！

只听“砰”的一声闷响，追来的男生的脖子就甩向了一边——

哈哈！原来是顾头不顾腚的家伙，来了个闪电般的后蹬，正中伸来的扁嘴，幸而它还躲闪及时，脑袋让开了，只是脖子遭了殃。要不非得被蹬个脑震荡！

“嘿嘿！鸵鸟政策也是种计谋啊！何尝不是迷惑对手、伺机反扑。词典上解释得不全面。”

我也突然明白了曼哈拉的舞蹈中的蹬踢动作，原以为只是为了丰富动作，没想到也是源于生活。

那个受创的倒霉蛋不依不饶，又追了过来。藏头的小男生却一下转到了那边，以妈妈的身子作屏障。

妈妈转着身子护一个，挡一个，眉眼之间溢满了慈祥，伸出嘴去，在它身上摩挲，像是挠痒痒一样……

“好长、好黑的睫毛啊！大眼睛配上长睫毛……它的妈妈，女生们都长着长睫毛！真迷人妩媚。难怪现在的女孩子那么痴情种睫毛哩！像是弥漫起薄雾，平添了楚楚动人……”

李老师这样大谈美学，让我感到惊奇。这就是野生动物世界的美！这就是探险生活的魅力！

其实，我们不止一次在动物园里看过鸵鸟，但绝没有看到生活在它们自己家园中的鸵鸟，审美当然就不在一个层次上！

那边几只“男子汉”，正围着一只睫毛特长的鸵鸟，亮翅，跳着小快步，上下左右舞动长脖子……极尽所能地施展着才能，像是在争宠……那位受到青睐的女士，只是闪动着迷人的眼睛左顾右盼……

其他女士或自顾吃草，或梳理羽毛，或抚慰孩子……

“看，好粗的腿！只有两个脚趾！”

鸸鹋长着三个趾,这是它和非洲鸵鸟的重要区别。

“澳洲鸵鸟叫鸸鹋,体型比鸵鸟要小,体重只有四五十千克,是澳大利亚的国鸟。那年我在澳大利亚见过,它们生活在森林中的草地上,是世界上第二大鸟。它们生活习性差别不大,都是以草、叶子、虫为主要食物。美洲还有鹤鸵,比鸸鹋更小。”

“就这些地方有鸵鸟?”

“在我国的北方,曾经发现过鸵鸟的化石!它是最古老的鸟类之一。我国现在体型较大的鸟,应算是大鸨、松鸡、马鸡……”

突然,真是太突然了——

轰轰的惊叫声中,鸵鸟们骤然跑起,妈妈们迅速收拢了孩子,鸵鸟们的翅膀都退化得很短,失去了飞翔的能力,但还是张开助跑。

鸵鸟的跑动,自有一种韵律,它们就像田径场上的运动员,能够把握奔跑的节奏,才能跑出最快的速度,特别像长跑运动员。

我迅速扫视了一遍战场,不是狮子、狼、鬣狗,是三四只黄色的小动物,蹿出了草丛,向鸵鸟发起闪电般的攻击……

鸵鸟们炸群一般,四散奔去。

看样子,黄色的小兽原先是想利用猎物“灯下黑”的弱点偷袭——长脖子有利于瞭望远方,没想到还是被发现了。已失去了偷袭的隐蔽性,但它们还是利用修长的身材,灵巧而快速地展开追击。

“乖乖,鸵鸟一步总有五六米哩!它的竞走冠军头衔谁也抢不去。”

大地似乎都在颤动,鸵鸟们快速地奔跑,迈动的长腿,组成了奇特的图案。确有羚羊群飞驰的气势。

鸵鸟一分散,黄色小兽很快失去了锁定的目标。

有只小兽不甘心,竟然高高跃起,企图抓住猎物。可等到它落下时,鸵鸟只是一个大步,就将敌人甩在了后面。

失去偷袭的先机,速度和体型的悬殊,已使这场较量毫无悬念。

鸵鸟们犹如羚羊般跑走了,消失在原野的草丛中。

黄色的小兽,悻悻站立,有一只还用右前爪抹了抹嘴,安慰一下馋涎。

“认出它们了?”

“好像应该是鼬科的,身材修长,嘴吻有点黑。看得不是太清楚。”

“跟黄鼠狼是一家?它有这样大的胃口?一只鸵鸟一百多千克重哩!”

“鼬类动物有极强的生存能力,生存的必要是猎食。黄鼠狼偷鸡,是一口就咬住鸡脖子,让它一声都叫不出来。对付老鼠更不在话下,它也会钻洞,瓮中捉鳖。对了,我们从前在黄山考察时,挖过一个黄鼠狼的洞,洞里有很多鱼刺、鱼骨,看样子它还是个捕鱼能手,会游泳……”

“我是说这个家伙,你确定是黄鼠狼?”

“确定不了,但那个家伙跃起去进攻鸵鸟,像是鼬类动物的绝招。”

“怎么绝法?”

“对付大家伙,它们的战法就巧妙极了,很像寓言故事中的蚊子和狮子干架。”

“它不是蚊子!”

“我们黄山地区,生活着一种叫蜜狗的小兽,和黑熊一样,特别喜欢吃蜜。不过比黑熊聪明得多,学名叫青鼬,和黄鼠狼是一个家族的。猎人都说它敢和老虎、豹子干仗。打起来时,它能利用自己的灵巧,一下跳到对手的背上,张口就用锐利的牙齿咬老虎、豹子,它们疼得狂跳,却又无法还击,只得狂奔。”

“蜜狗早将利爪刺进对手的皮肉,这时倒像个娴熟的骑士,任猎物怎么狂奔乱跳,只管在背上啃咬、打洞、吃肉、喝血,直到猎物轰然倒地……”

“天哪!上苍是公平的,真的,它给每种生命都赋予了生存的本领。”

“它就没有敌手?打遍天下无敌手,雄霸一方?”

“当然不是。它怕狗,狗一来常常不是一只,特别是猎人带的狗。它的皮毛值钱。虽然它在危急时能从肛门附近喷出臭液——毒气弹,但猎人会使狗们围上去……说到底,人是最可怕的。”

“别净说国内的,这里是南非。”

“鼬科动物生存能力很强,相信这里会有它们的同类。”

说着话儿,不知不觉已走到一个小丘上。

长长的颈子,薄薄的嘴唇

下面是一片森林,旱季,只有常绿阔叶树上一片碧绿,但树种多是我不认识的,何况还隔着一段距离。

从地形特征看,这里倒是有些像曼哈拉说的长颈鹿出没的地方。何况我们也渴了,喝点水,休息休息也有必要。

还未喝两口水,下面的树冠上晃动起来——

长着一对黑黑的短角的头、棕黄网状斑纹的朋友出来了!

“长颈鹿!”

“还能是谁?”

它伸出了长舌,只那么轻轻地一卷,一束树叶已经到了嘴中。它锉动着牙齿咀嚼。

虽然是从上俯瞰下方森林,但目测树高有四五米。它的脖子还有一截露在树冠上,那它的身高也应不少于四五米。

是的,它是陆地上最高的动物。

“树枝上有刺。看清了没有?长着刺哩!”

从树叶的形状看,似是刺槐一类。这种刺粗大,有毒!但它根本不怕。

“它的舌头真长!总有三四十厘米长,奇了,是雪青色,多鲜艳。看出来了?”

怎么可能没看到哩！她是为了印证自己的发现。

只见长舌一卷，雪青色的光芒一闪，它已卷去了树叶，刺还在树上——

它使我想起了食蚁兽和蟾蜍的舌头。它们都有长长的黏性的舌头。据说食蚁兽可以将长舌伸进蚁穴，粘出满舌的蚂蚁，但我没见过。

蟾蜍捕食苍蝇我不止一次看到。和鳄鱼一样，它是位极具耐心的狩猎者，长时间伏趴着一动不动。但只要猎物一出现，它一张口，舌头一伸一缩，面前的苍蝇就没有了。那速度闪电一般，击中目标是不容置疑的，但实在无法看清它那舌头是怎样动作的——是粘住猎物，还是用舌尖击中猎物呢……

它常在苍蝇云集的地方设伏，一口气能吃掉了几十只苍蝇，连在它面前翩翩起舞的蝴蝶也没有放过。

总之，它的舌头很长，如线，舌尖大，犹如百发百中的飞镖，对！确实是飞镖。

“那样长的刺！它舌头是钢铁级的，还是戴了舌套？”

从那舌头的颜色看，不可能像黑熊的锉刀般的舌头。

我无法回答，确实没有看清。但它确有我们所不知的特异功能。谁叫今天运气好，刚巧在它的上方。若是在平地，仰头看四五米高的它怎样进食，岂不是太难为人了？

我决心要将它看清，不断调换方向。

它那样大口大口地吃着刺槐的叶子，使我突然明白了曼哈拉昨晚画示意图时的动作。长颈鹿最喜欢吃刺槐叶子，这里有一片刺槐林。

林中有了异样，是它的朋友，还是敌人？长颈鹿只顾迈步。

林隙间出现了黑的、白的斑纹——

斑马？是斑马！三四只哩！正游荡到这里吃草。

棕色的光斑亮起来了。

林间焕发出了奇异的色彩，黑的、白的、黄的、红的交映，厚实的色彩犹如油画——

彩色的森林。我从未见过这样浓彩盛装的林间……

只见树冠一动。嗨,又一只长颈鹿——棕色网斑——伸出来了,个头比原先的那只高了一截。

李老师乐了:“是来找它玩?”

大个子紧紧往原先的同伴身边挨。小个子的脸上却毫无表情——

长颈鹿都是这样深沉?两个脸上怎么都这样毫无表情?板着面孔,冷若冰霜,麻木不仁——连肌肉也不动一下。

小个子让开了,大个子的长颈鹿又挨过去。在对方的脖子上碰碰……似是搭讪、打招呼。嗨,它用脖子说话?

小个子的长颈鹿又让开了。

这玩的是哪种喜剧、双簧?

“它们的深棕色的斑块,色彩明丽,好像都差不多嘛!”

我明白她的意思,多年野外考察的经验教给我们,首先是认识这些山野朋友。只有找出它们的各自特点,才能进行有效的观察,不至于混淆不清。

“看到斑纹的特点吗?是不是有些圆?还有些像椭圆?”

“好像是的……也不完全是的。你看,有的还像梯形哩,不是那样规则。”

非洲的长颈鹿有好几个亚种:譬如西非长颈鹿斑块的颜色偏淡,安哥拉的长颈鹿的斑块大、边上有缺口,努比亚长颈鹿的斑块像四方形,马赛长颈鹿的斑块像葡萄叶子,还有的长颈鹿的斑块颜色是栗壳色的……动物学家正是将斑块的颜色、形状作为分类的特征之一……

“看清了,大个子长颈下部有个斑块特别大,有些圆。就叫它‘大斑’吧!小个子的那里斑块小多了,就叫它‘小斑’吧!”

说话间,“大斑”乘“小斑”又用长舌采叶时,迅速将脖子靠了过去。“小斑”一愣,做了个瞬间短暂停——

哈哈！看得有些清楚了：它的嘴唇灵巧地一动，避开了槐刺，长舌闪电般一卷，卷走了树叶。

妙在它的嘴唇薄薄的，非常敏感，就像装有灵敏度极高的电子感应器！

没想到薄嘴唇有如此的妙用啊！

金丝猴以厚嘴唇著称，特别是滇金丝猴，猩红的厚厚的嘴唇，显出无比憨厚、可爱，按西方的说法，充满了性感。

上苍赐给长颈鹿薄薄的、灵巧的嘴唇，仅仅是它的生存之道？

在人类的目光中，灵巧的舌头（如簧之舌）、薄薄的嘴唇是能说会道的象征，最起码是造就了律师和政治家，也是一种生存之道。当然“长舌妇”是另一种意思。

可是，长颈鹿没有声带，是动物界著名的哑巴啊！

上苍究竟是公平还是不公平？

正是千变万化的生命形态，造就了万千气象的世界啊！

长颈鹿原来也就是生活在林间、草地的鹿科动物，和牛、羊……一切草食动物争夺着食物，为了能吃到更多的食物，为了种群的兴旺发展，有种鹿就尽量伸长脖子去采集树冠上的叶子。森林中的植物群落有着分明的层次：草本植物——小灌木——小乔木——大乔木。千万年进化，它的脖子愈来愈长，终于成了今天的模样。

大约是“小斑”不胜“大斑”的干扰，将头缩回树冠，走了。

“大斑”跟着走了。

树冠上又重归鸟类世界，它们在树冠上鸣唱、捉虫，寻找果实……

“小斑”走过“大斑”的身边，沿着林间的兽道，向深处走去，当它们只留下臀部浅棕色的图案时，我相信它们就是我昨天看到的，触动心灵的那两只长颈鹿。

刚才的情景，它们确实有着故事：一个是男生，一个是女生。

故事有魅力。

在进化长长的颈子时,也就进化了眼睛,如用“铜铃”来形容,一点儿也不过分,赋予了长颈鹿无须登高就能望远的优势。在草原,它可一目了然,避开强敌,寻找食物。

我们庆幸它进化成了长颈子,要不然行动受到栅栏限制的我们,怎么能够跟踪?

“大斑”依然穷追不舍,步伐优雅,紧紧跟随,有机会就将脖子突出去触“小斑”的脖子。可对方的脖子很灵巧,总是能及时闪开。

“小斑”时时改变方向,停下,吃几口树叶。待到“大斑”来时,似乎很礼貌,待一会才离开,不急不躁。

一片树冠摇晃了起来,就像绿海中翻起浪花。范围不小哩!

“是风?”

只有那一片,周围风平浪静。

又摇晃了,有节奏。

森林中能窜起旋风?

不可能!旋风应该卷起断枝残叶。

猴群玩耍?我们没有看到那些调皮捣蛋的家伙,群猴更不可能共同抱起大树摇动,树的摆动具有一致性。

“砍树?”

在保护区内更没有这种可能。

又是哪位朋友,做出如此大的声势?

长颈鹿毫无反应,只是自顾用灵巧长舌卷起树叶进餐,吃得津津有味。

我们快步转移,往更接近的方向走去。

大象蹭痒

已近中午了,旱季的太阳还是灼人的。丘陵地带的路,分布得上上下下。

刚转过一个弯,视野竟然开阔了起来。

这儿像是魔术师的万花筒,惊喜不断。

“我以为发生了什么事哩！大象在蹭痒！蹭个痒也山摇地动？真是不费吹灰之力。”

一只大象将左边身子在大树上蹭,不紧不慢,很随意,大树也就摇摆了起来。蹭来蹭去,不就有了节律?

我们怎么就没想到是它?

旁边还有四五只象哩!

斑马、羚羊都在附近。

干吗？是动物们开联欢会,还是自然的邻居聚会？邻居的集合是不需要理由的,因为家园是共同拥有的。

这才是自然的风景。

我们就为这自然风景,不远万里而来的!

“好大的耳朵！比蒲扇还要大!”

其实,对大象我们并不陌生。还是20世纪末,我们曾在云南野象谷追踪过野象。一想起那次的胆大妄为引起野象的发怒,至今还心有余悸!

我还在泰国的清迈,参观过大象学校。

不管怎么说,这里的象牙真漂亮,“象牙色”这个词肯定是因非洲象象牙产生的。象牙长得惊心,向上弯着,那弧形的线条,是画家常用的,不像亚洲象……

“我们看到的亚洲象,似乎有点不太正常……你没听说为了象牙的高额利润,大象曾遭到残酷的猎杀？那群野象就是游走在我国和邻国的山谷中。你仔细看看,我总感到这群象有些异样……”

“没有看出来。你看,除了蹭痒的,一个个都是抬头挺胸,不可一世地走着,铁板着脸,装深沉——对了,和长颈鹿的脸一样——毫无表情。”

大象确实就是这德行,亚洲象走起路来,微微低着头,像得了忧郁症,成天闷闷不乐。眼前的大象虽然骄傲得像只大公鸡,昂首阔步,但不是陷入沉思,就是阴着个脸,既像哲学家,又像阴谋家。

但正因这样,我感到象群有些异样。

"你看,那几头象,不吃不喝,只是迈着步走着,围着圈子,干吗?跳圆舞曲?不像,似乎是烦躁不安……你眼尖,看看四周有没有它的敌人?"

说着我就把望远镜递给了她,我已经搜索了两遍。

"没发现狮子……"

停了会她又说:"你看,斑马、长颈鹿、羚羊都在吃草,要有凶猛的杀手来了,会毫无反应?……你看,那边,靠那个土丘子那边……"

我接过望远镜。土丘那边确有两只黑的褐黄色的家伙伸头缩脑地窥视着这边。虽然距离较远,但它们丑陋的嘴脸还是好认的。

"鬣狗!敢从狮子嘴边抢食的家伙!"

"斑马、羚羊、长颈鹿都没跑。"

"野生动物世界不是想象的那样。忘了?那次在新疆卡拉麦里山,狼就在原羚、鹅喉羚中间走动,它们也没跑。再凶猛的野兽,不是每击必得,有50%的成功率就很不错了。要不然草食动物不早被吃光了?就说这克鲁格公园里,光狮子就有一千多只,还能有羚羊、斑马存在?大象还怕它们?只要挺出象牙,那还不是轻轻松松就将它们挑起来了?"

"你看见过大象用象牙做武器?"

"那它长那样又尖、又长、又大的象牙干吗?"

"动物学家也为这事伤脑筋哩!有种说法,食物、饮水匮乏时,大象可以用象牙挑开树皮,吃树皮。我到城里上初中,才第一次从书上看到大象,象牙给我的第一印象就是它的武器,这种观念在脑子里待了很久,直到……"

大象换班了。旁边的一头大象来蹭痒了,只不过是换了一面。胸径足有七八十厘米粗的大树摇摆起来,幅度好像也大了。

“小斑”还是礼貌地躲闪着“大斑”。

“蹭痒也排队?这棵树就这么好?树皮也不特别粗糙。止痒?难怪说大象是和平之神,谦虚谨慎,蹭痒都这样儒雅、温良恭俭?嘻嘻……”

李老师沉默了一会,又说:“干吗不去泥塘打汪?”

“现在是旱季,刚经过的几个水沟不都干裂张嘴了……”

她的话,猛然在我心里激起了火花。是的,寄生虫们喜爱大象的皮肉,可是它只能用粗壮的脚挠到可够着的地方。它常常是寻到烂泥凼打汪,滚一身烂泥,再到太阳下一晒,硬壳掉了,或者再到水里一洗,既止痒又杀虫。这种蹭痒没有那样痛快。

为什么?是因为旱季缺水吗……

“它最厉害的武器是什么?”

她又回到原来的话题,熄灭了那一闪的火花。

“鼻子,长鼻子!”

大象的长鼻子的功能首先是采集食物,它的四肢为了承受庞大的体重,已向另一方面发展了。再者,它的长鼻子还是武器。

一想到这里,我赶快说:“你看看大象的附近有没有蛇、蝎子、毒蜘蛛……”

“真有‘人心不足蛇吞象’?”

“大象最敏感的部位是鼻端,尤其是非洲象,只要受了伤,就有丧命的危险。”

蹭痒的大象离开了树干,又一头大象来换班了。它从从容容迈着步伐向大树走去,可那形态似乎有些不一样,对着大树直直地走去……

大象们停止了脚步,都看着正走向大树的它。

是羡慕它得到了蹭痒的机会?

换班的大象只是径直走过去,右肩抵着树干……

只听“咔嚓嚓”声响起，接着就是轰然一声……哗啦啦声一片。

大树倒下了！

大象没有停止脚步！

“乖乖隆里咚！推土机？”她一激动，家乡的感叹词就脱口而出。

“自重六七吨的推土机！”

正在等待的大象们快步走去，拥向倒下的树冠，伸出长鼻，卷起各色大果，快速地送到嘴里。

现在看清了：树头上结了果实，原先是被肥厚的大叶遮住了。果实很大，李老师伸手夺去了望远镜：“像柚子。大哩，有绿的、青黄色的。”

“不是柚子，树叶阔大。”

“什么果？”

“像是猴面包树哩！”

“我们在海南兴隆见过。引种来的，像，特别是叶子。你能确定？”

“不能。我对南非的植物世界知道的很少。但它肯定是多汁水的，还有着储水的特殊构造。”

“对，现在是旱季，动物们都在找水。”

羚羊们近在咫尺，轻快地围拢来了，当然极渴望能分到一点多汁的树叶。

“昂——”

大象猛叫一声，犀利，穿透力很强，森林里立即安静了下来。

羚羊们一震，停住了脚步，眼巴巴地看着大象们欢快地享用。

安静只有片刻，树冠响起一阵竦竦声，四五只猴子从天而降——

秘密武器

尾巴很长，额头上有块雪白的斑。虽然它的尾巴很长，但不是黑叶猴。我们在贵州的麻阳河考察过黑叶猴，在广西崇左拜访过白头叶猴，在云南高黎贡山巧遇过灰叶猴和戴帽叶猴,它们全是我国的特产,国家一级保护动物。

猴子们飞快地去抢果实,它们身手不凡,眨眼间每个都抢到一个在手,只是果实太大了,一手拿不住,两手捧了,行动又不便。干脆张嘴就啃,一口下去,汁水喷了它们一头一脸。

大象慌了,伸出长鼻子去拦,猴子放下果实,伸出又长又尖的指甲就去抓象鼻——猴头们精哩,尽找要害处。

象鼻一闪,就势拦腰卷起猴子。

猴子故伎重演,长指甲眼看就要抓到象鼻时,却"叽"的一声,手垂了下来——象鼻收缩、勒紧——象鼻轻轻一悠,猴子被甩到了二十米开外。猴子还算机灵,在空中连翻了两个跟头,跌落到地下。

大象们打发了这群猴子,又专心专意去进大餐。

林中爆发了一片响亮的树枝断裂、破碎声。

"碗口粗的树枝都当甘蔗吃?乖乖隆里咚!"

大象们的长鼻,大概是只卷树叶,速度太慢了——僧多粥少嘛——但也不能扳下整枝往嘴里塞吧!虽然看不清藏在鼻根处的大嘴是如何翕动的,但它真像破碎机的入口,象鼻卷的是树枝的中间,到了嘴里,横枝成了"V"形,接着传出了枝干的破碎声……

我也是第一次见到如此豪放的就餐。人们常用"狼吞虎咽"来形容吃相,但若用在大象的身上,那太不达意了。

不错,第一次在野外见到大熊猫吃竹子——

一只前爪握住竹子往嘴里送,那牙就像铡刀一样"嚓嚓嚓"的,一会儿一根竹子就没了。竹节的长短几乎是相等的。它的粪团做了证明:竹节整齐,只是被压扁了。动物学家也正是根据粪团中竹节的长短,判别大熊猫的年龄……

但箭竹毕竟不粗,直径也不过几厘米。

我也看过亚洲象,伸出长鼻从树上扳树枝,那也只不过杯口粗细。

这要怎样一副铜嘴钢牙啊!

我突然想起,一位动物学家说过,大象的獠牙——长牙——一生不换,更不参与咀嚼,但咀嚼的臼齿,一生要换六次之多啊!

大象猛然叫一声,惊得我一愣,李老师说了一声:“斑马!”

眼前一炫,黑的白的晃眼——二三十匹斑马兴冲冲地跑来了。

我忽有所悟:斑马雪白的身子上一条条黑斑线并不仅仅是体饰,它还是一种保护色,让敌人眼花缭乱,所以它们要营群成几十匹一群的,成百成千的斑马群。在敌人的眼中,那是怎样一种景象?营群性的动物多是弱小的动物,它们也是依靠群体的力量,求得生存的机会和权利!

大象犀利的叫声,虽然令斑马们也为之一震,但它们毕竟体大力不亏,又集群势众。在这干旱缺水的季节,水是生命的源泉,即使有危险,那也不妨试一试运气。

斑马们走向了倒下的大树,有的已尝得树叶的甜头。

大象们急了。

只见长鼻一甩,嗖嗖声响起,“嘭”的一声,那只正在吃叶的斑马惊得一跳……

是个石子砸中了它!

斑马还是低头去吃树叶。

左边的那头大象,长鼻子在地下寻找——是的,地上一块小石子不见了——长鼻一甩,又一匹斑马中弹。

“它的鼻子能捡起石子?不可能吧?”

“忘了?野象谷的驯象师大刘说过,亚洲象鼻端有一个肉突,非洲象有两个肉突,既然大象的鼻子已具有手的功能……两个肉突也能当手指啊!”

中弹的斑马毫不在乎这样的打击,抢食重要。

只见大象的长鼻又在地上搜寻石子,这次的时间要长些……

一阵石雨,劈头盖脸地击中了斑马。斑马们抬起了头,注视着大象。

好家伙,一阵阵石弹飞出了,好几头大象都参加了战斗,真是“箭如飞蝗”!

石子飞出,撕裂空气的嗖嗖声、斑马中弹的嘭嘭声似是号角齐鸣!

那匹斑马的眼睛处,中了一弹,它腾地跳起,迈开四蹄,落荒而逃。

斑马们乱了阵脚,转身撒丫子跑起,留下一片耀眼的黑白光彩……

“哈哈哈!大象们还有这样的本事,简直像武侠小说中写的袖箭……不,是鼻箭!肯定是用鼻子吸起石头。”

“当然,绝对能写《大象传奇》!”

“常说一人一风景嘛!”

“何尝不是一物一风景!”

附近的朋友多数都出过场了,只有“大斑”“小斑”和其他长颈鹿们,不动声色地在望尘莫及的树冠上,自在地进食,对刚才身边发生的一切,只是偶尔瞥上一眼。

那个倒霉蛋长尾猴,垂头丧气躲在树上,一动不动。

我说:“大象厚道,手下留情。不,是鼻下留情。要不,它的肋骨、脊椎骨早就断了。猎人曾亲眼看到它举起鼻子砸下,只一鞭就抽断了狮子的脊梁。”

“是啊,长鼻子一收缩,还不成了橡皮棍?哎哎,它们又在玩哪出?”

一头大象用前面两脚踩着粗大的树干,看样子是在加力,它的肩头一耸,又一头大象加入,一会儿,再来了一头大象。实在看不出这有什么乐趣。

怎么还不断有参加的?“噼啪”的沉闷声爆响。刹那间,大树裂开、破碎。大象们迫不及待地将长鼻伸向袒胸露腹的树干。

难道这棵树也像木董棕一样——棕榈科的植物,树干很粗。亚洲象最喜欢将它推倒、踩碎,卷食树心。其树心储满了高营养的淀粉,是滋补品西米的原料,但这树心不是雪白的。

“树干里是水！它们在吸水。”

“它鼻子的形态,不是吸水是干什么呢？你还记得在戈壁滩上,一只小鸟飞到我们车子里去抢水吗?”

“怎么会忘哩！在车窗上碰得头破血流还不罢休。我们都以为它发疯了。是你将车门打开,让它在驾驶台前的水杯中喝个够……怎么突然想起它?”

“水对生命太重要！寻水的本领也是生存之道。骆驼在沙漠中能闻到几十里路之外的水汽。别急,还能看到精彩的,见大世面。”

果然,大象们卷起破碎的树干往嘴塞了,竟然有着小小的争抢,一只大象出来用脚将树干踩成一截截。

“这种树……是猴面包树吗?”

我早已听说生在非洲的猴面包树。它的学名不叫猴面包树。它结有大果,营养丰富,含多种维生素,成片状放在炉子上烤熟,溢出了喷香的面包味,猴子们特别喜欢采食。不仅果实是当地居民喜爱的食物,嫩叶也是鲜香的蔬菜,老叶晒干后,还可做调料,甚至还可做药用。它最特殊的本领是贮水,木质层像海绵一样,在雨季中可以尽情吸收水分,待到旱季,树叶落光,减少蒸发,用所贮存的水维系生命。

海南、云南的西双版纳——我国的热带地区——我都曾去过不止一次。但直到2000年,我才在海南的兴隆见到了引种的猴面包树。那是11月底,猴面包树肥大的叶子、油绿的果实,很是让我开了眼界。

那位向我讲解的技术员说,它的果实应是灰白色的。可兴隆挂在树上的果实是青色的,是因为地理环境变了?

我对李老师说:“说不准,更不敢妄断它就是猴面包树。但它确有贮水的本领,树干木质属层疏松是肯定的,这也就够了。”

就这么一会儿，七八头大象，将一棵大树的枝枝叶叶，连同树干——只留下了树皮——吃得干干净净，连树渣子也没留下。

水是生命三大要素之一。其实每个生命都是一座水库。在干旱的年份，象群会走几十千米、上百千米去寻找水源。有的还未到达水源地，就渴倒在途中。

它们似乎还意犹未尽，仍然站在那里，脸上没有一丝欢乐的表情——深沉着哩！

有头大象伸出长鼻，在另一头大象的鼻子上碰了碰，那象开步走了。

一头跟着一头走了，但却是走动的大象，用鼻子去触触那头大象……

看得我泛起一缕思绪：

“你知道大象怎么亲吻？它的嘴可藏在鼻根下啊！”

她斜了我一眼：“就你聪明？”

是的，这就是大象的亲吻。我们曾在野象谷看到母象怎样用鼻子抚慰它的孩子，更看到两个长鼻缠绵地纠结……

大象还用长鼻子谈情说爱啊！

“大象太聪明了，开头你还说大象情绪有异样哩！”

“到现在还不明白大象干吗来蹭痒？”

李老师有些茫然，突然说：

“是为了晃树？两抱粗的树它一推就倒呀……这树太粗了，先把它根基晃松……”

关于大象的聪明，猎人有着多种的传说。传说它能感应到你是好人、坏人……我们无从考证，也没有那个胆子去以身试法。但有一点是事实：保护区为了保护农民的利益，在稻田周围架设了脉冲栅栏。当决定第二天开镰时，头天晚上象群来了，将稻子吃得干干净净，脉冲栅栏被挑开了几个大口子。

不触电？

巡护员绝没有想到，它们会用绝缘的象牙挑开栅栏。

“要不然，那头大象能轻轻松松，一下就将这么粗的大树推倒？”

“你是说有象王的策划、指挥？哪是象王？”

“还没看出来？”

“就是第一个用鼻子去亲吻的？”

“驯象师说，认象也是先认脸，每头象脸上的纹路都不一样，就如人的指纹，可我到现在也未看清它的脸纹，没看清你说的那头大象的特点。”

李老师看了好一会，才有了发现：“它的左耳朵缺了一块？”

“推倒树的是它，刚才排解争抢的也是它。”

“别糊弄我，它是头母象啊！”

“非洲象是母系社会！正确的说法应是‘大象女王’！”

象群走了。羚羊们只是吃了一次精神大餐，斑马已跑得不见踪影，猴子们来无影去无踪。只有“大斑”和“小斑”，还有长颈鹿群。看样子，“大斑”寻求友情的追逐，似乎毫无进展……

我们也该走了，从景观上看，前面有块大的空旷地，是草原还是湖泊？

不同的生境，总是有不同的动物。

在一个像是合欢树的树荫下，李老师说快下午三点了，还是吃点干粮吧。经她这么一说，还真的感到饿了。

大象学校招生

大象引发了文化层面的诸多的思索。在信奉小乘佛教的泰国，大象具有崇高的地位，它是佛的坐骑，也是国王的坐骑，凡是寺庙，必有大象。以宝石、黄金装饰佛的同时，也用宝石、黄金装饰大象。大象与佛就有了很有意思的融合、交流。

大象成了吉祥、和平、纯洁的象征，终至大象文化形成产业。在泰国，随时可以看到大象形象的各种各样的工艺品、服饰、T恤。象脚鼓、象舞、驯象。大象表演，一直是人们最喜爱的节目，甚至开设了大象学校……

李老师突然问起泰国大象学校是怎样招生的。

确实，在泰国的清迈有座大象学校。在深山的一处山谷中，我曾介绍过它有着几十头的大象。大象在泰国的经济发展中曾有过卓越的贡献——将珍贵的柚木运出崇山峻岭。驯象师的职业也就应运而生了。

“你以为只要贴了招生广告，大象就会走出森林参加就业培训？”

“那是童话。当然是‘霸王请’。问题是它是陆地上最大的动物，真正的百兽之王，完全有理由昂首挺胸，漠视一切……更何况它又是那样的聪明。”

“这两条优点，也正是它最大的缺点。动物在生存竞争中，常常是等待对方犯错误——无论是优点或缺点，都会因此产生错误——对手的错误就是自己的机会。人类又何尝不是这样呢？”

她回头看着我，眼睛瞪得大大的，好一会都未回过神来：

“你究竟是在说哲学还是在说童话？”

“不信？你的想法，曾经就是我的想法。刚巧，清迈大象学校中，有位会说汉语的驯兽师，他说了历史上曾有过的招生故事——捕象……”

“别卖关子，快说。”

我给她说了《大象学校》中驯象师告诉我的故事。

“其实，成败的关键是那根连接捕兽夹和横木的绳子。这根绳子需要充分满足大象的骄傲，让它在骄傲中，一步步落入猎人的圈套。猎人挖空心思制造的这根绳子，不是纤维编的，更不是钢铁打的。考考你，你说说是什么做的？”

“嗨，卖关子？考我？”

“对呀！做做智力游戏不也很有趣？故事不是白听的。”

她停了会,说:“我知道了。”

“说来听听。”

“就是不告诉你,让你干着急!”

真有她的——满脸的狡黠,像个小姑娘。

“好吧,我考过很多朋友,可都答错了。你能答出来,智商就比他们都高。”

“这也是动物文化,和人类文化的相映?”

“你说呢?动物行为学家,为何要在野外终生以求呢?”

骑鸵鸟的孩子

到了目的地,一看生境确实不一样。没有湖泊,也不是草原,低矮的小灌木东一簇,西一簇的,乱石的小丘陵,间隔出一块块的草地。

按照野外考察的经验,我先将树上看了个仔细。是的,没有蜂窝、蚁巢,更没有豹子、蛇……一想到蛇、那天黑曼巴张开的洞口般的大嘴,我不禁打了个冷战……在难得见到人的荒野,特别需要警惕。

我招呼李老师可以坐下吃干粮了,刚将面包取出,将软包装的牛肉撕开,一阵嘈杂的蹄声传来——

一群黑色泛灰的野兽奔来,打头阵的个体大,散乱在后面的,好像是它的子女。

又一头挺着雪亮獠牙的家伙,斜刺里冲来拦住了它的去路。

獠牙刺来时,那母兽迎了上来,恐吓式地吼了两声,虚晃一枪,扭头就跑。

野猪?吼叫声像野猪的嚎叫,没有獠牙的体形怎么这样大?脸上也怪怪的。

一块长方形的大白斑,穿过鼻梁从左腮到右腮,像贴了块大胶布,和我们在国内见到的野猪大不一样啊!

野猪正在演出的故事,我们看不到了——它们已风驰电掣般地追赶,离开了视野的舞台。

我们还是打点饥肠辘辘的肚子吧！当我再准备啃面包时——

好家伙,红头蚂蚁正在面包上大快朵颐,翘着屁股啃。

我一直站着,拿着面包,它们是从哪里来的?

“蚂蚁,蚂蚁!”

李老师一边惊叫,一边拍打着刚才从软包装中取出的牛肉。

嗨,树上垂下了一根根丝,蚂蚁们就像空降兵一样沿着这条悬浮的丝线,准确地降落到面包上……如果有所偏斜,还可以像打秋千一样,再降落到目标。

“还有虫子,虫子。”

是的,黑甲虫,也正拍扇着翅膀,出席牛肉宴哩!

“快,离开树荫!”

我俩连忙走出。李老师一甩手,酱牛肉已飞到了远处。

“喂,快看……”

惊慌失措中,我不知又发生了什么大事。

是只鸵鸟！正从我们来处大步走来,高高的脖子,像是旗杆,微微张开的两翘像是两翼,犹如磁悬浮船飞来。

像是有个人骑在鸵鸟身上。

我自信在野外30多年,还是有自定力的,但还是揉了揉眼,以消去幻觉——大漠中常遇蜃气幻出的影像……

没错,是个孩子。

鸵鸟疾步飞奔时,就像童话王国中的精灵,飘逸、神速。

“曼哈拉!”不是他是谁呢?

他高声叫着:“哈啰！哈啰刘！哈啰李!”

李老师伸手要抱他时,他已像玩跳马——两手一按鸟背,腾空灵巧地稳稳落到地上。鸵鸟走了几步,煞车。它自豪地向我们走来。我连忙掰下一块面包,拍打尽了红头蚂蚁,送到它的嘴边。

它肉红色的鼻头闪光,张开扁嘴,高高兴兴地叼去,吃了起来。

“神了,鸵鸟能骑?”李老师高兴得忘了他是南非的孩子。

可曼哈拉一昂头,将大拇指一伸,对着自己,神情非常自豪——真牛!

他又拉住李老师,走到鸵鸟身边,显然是要她骑上去试试。

李老师却直往后躲。

鸵鸟的扁嘴也咬住李老师的袖子,曼哈拉和鸵鸟的盛情,逗得我们哈哈大笑。

机灵的小家伙肯定是看到了面包上爬满了蚂蚁,对着我们又是说,又是指手画脚。可我一句也听不懂。

急得他指了指蚂蚁,又连忙摇摇手——它不是蚂蚁,或它不可怕?我们无法断定。

他又指了面包,做了个大咬大嚼的姿态。

难道说蚂蚁不可怕,或是可吃?

曼哈拉乌黑的眼珠,在大块的眼白中转动着,显得特别可爱。

在他又做出一连串的动作之后,李老师说:

“他可能是在说,这蚂蚁他吃过的,人也可以吃,只要放到火上烤一烤就行了。”

刚想说“废话”时,我突然想起在哪里看过一篇文章,说生活在丛林中的人,喜爱将牛肉、鸡肉放在外面,招引一种蚂蚁来吃,然后再去烤肉。由于蚂蚁在吃的同时,分泌出一种蚁酸,这种蚁酸能使牛肉、鸡肉、羊肉特别酥嫩。

我似乎有些明白,于是点了点头。

曼哈拉翻开李老师装食品的袋子,拿出了几块饼干,用手搓碎,撒到合欢树下，又将李老师扔掉的酱牛肉捣碎，撒了一圈。

他这一动作提醒了我，我记起了西双版纳一种可怕的蚂蚁——它啃食人肉哩！若是惹了它，能落得你一身全是，唯一的办法是赶紧跳到水里。

于是我连忙招呼李老师检查身上和食品袋，还好，没有找到蚂蚁。幸亏出发前在衣服、鞋子上洒了风油精、涂了万金油，也是经验帮了我们。自那年被金丝猴采取计谋，偷走装钱的摄影包后。在野外，不是特别安全的地方，我们总是将包背在身上，情愿累一点也不放下。

李老师和我，终于可以在曼哈拉设计的圈子中，安全又不受干扰地吃了一餐饭。

不是可以起火烤面包吗？昆虫们谁不怕火。起火就得冒烟，烟就是保安们的信号。

待到我们吃好、喝好。曼哈拉又做出长颈鹿的模样，大概是问我们看到了没有。

我举起了两个指头，想了想又改成巴掌。他连说“NO！NO!”，还将两手张开，一翻一翻。

李老师说，他是说有很多很多的长颈鹿。

我只得摇了摇头。

他做出要领我们走的姿势，很得意。

临走前，我去拾放在地下的空矿泉水瓶，准备带走。可瓶里已爬满了各色的昆虫，正在瓶壁吮吸着残留的水。旱季，生物们多么渴望水啊！

曼哈拉又要李老师骑上鸵鸟，盛情难却之下李老师骑上去了。可鸵鸟的背上并没有鞍子，更没有缰绳。鸵鸟一走动，她一个歪趔，吓得惊叫了一声。它迈开大步，眼看就要脱缰而去，慌得曼哈拉一把抱住鸵鸟的长脖子。李老师这才得以跳了下来，踉踉跄跄……但乐得像个小姑娘似的。

李老师再也不敢骑了。

曼哈拉向鸵鸟招招手，待鸵鸟走到身边，他腾地跳起，还未看清怎么动作的，他已稳稳当当地骑在鸟背上。鸵鸟迈开大步——那真是大步，一步至少跨了三四米，步幅大，也就有了晃动。可曼哈拉腰不扭，身不摆，稳如泰山。

在我们钦羡的眼光中，曼哈拉故意抱起胳膊，吆喝了一声，鸵鸟陡然加速，快速迈动的两腿，犹如动漫镜头，黑黑的身子就如流星一般，渐渐成了一点……

黑点又渐渐大了，曼哈拉骑着鸵鸟回来了。他一会儿站立到鸟背上，童稚的歌声飞扬。荒野上立即荡漾起黑人歌曲特有的旋律，嘹亮、奔放……

他又单腿独立在鸟背上——汉语中常用的“金鸡独立”。

陡然，曼哈拉又来个倒立……

他犹如优秀的骑手，在飞奔的鸵鸟背上做着各种惊险、高难度的动作……

看得我们心潮澎湃，分不清哪是鸵鸟哪是孩子。是的，他们已融为一体。在人类孩童时期，动物和人原本就生活在同一个生物圈，原本就是朋友……

“真是天生的运动员、歌唱家……”

待他腾空跳下，李老师还是忍不住上前把他紧紧搂在怀里，像搂着自己的孙子天初一样甜蜜、热烈……

当然，我明白，他是在用精湛的骑术示范，消除李老师的顾虑。

我们都曾骑过马。李老师在新疆骑驴时没走几步，就从驴背上摔了下来，幸好驴背不高。它虽然有马的缰绳，但没有鞍子，也就比骑马更要有技术——掌握平衡。它没有抓手，不信你看，骑驴的多是偏腿而坐，很少正儿八经骑着——那是随时准备被颠下来。

李老师告诉他，天色不早了，还是赶快去看长颈鹿吧，但回去时，一定骑上鸵鸟。

淘气、暴躁的黑犀牛

曼哈拉推开了鸵鸟,挥挥手,鸟也就走开吃草了。

一片大草原,只有稀疏的树,像绿伞。这里、那里撑起一顶——树冠奇特,几乎是平顶,就好像我们在新疆和青海看到的馒头柳、馒头榆一样,树冠似是经过修剪而成的馒头状,立在黄河边的山原上、村头的路边。

顺着曼哈拉注视的方向看去,李老师一声惊呼:"犀牛!"

是的,是犀牛。一头浑身雪白,一头漆黑。白犀牛体型像小牛,只是腿短。黑犀比白犀小了一圈。难得同时看到了黑犀和白犀在一起。

由于犀牛角的药用价值,象牙的高额利益,它们遭到了残酷的猎杀,已成为濒危珍稀动物。犀牛是克鲁格国家公园的五种大型动物之一。

黑犀正在撒尿,哗哗响,尾巴却一甩一甩的,玩的什么把戏?

白犀跳起来了。

原来黑犀甩尾巴将尿击打出,竟准确地落到了几米开外的白犀身上。

这个淘气包!

白犀又一次让开了臊尿,一副大人不与小人争的架势。

黑犀更加得意,瞄了白犀一眼,调整了姿势。嘿!那尿液竟泼得白犀一头一脸。

白犀大度地走开了。

黑犀却挺着独角向白犀冲去。白犀灵敏地一闪,躲开了。

黑犀又攻,白犀还是让开了。黑犀连声吼着,暴跳如雷,连连向白犀冲去。

白犀在一次躲闪中,伺机给了一记还击,两角撞击声清脆、响亮。

黑犀连连退后几步,随即又蹬起后腿,立势要冲过去。

白犀站在那里,盯着黑犀,挺着独角——威风凛凛。

黑犀收回了脚步,却气得又蹦又跳……

曼哈拉指指犀牛,然后又指指自己的嘴。

是的,白犀牛的嘴像个四方形,黑犀牛的嘴又尖又长。

小黑孩指了指黑犀牛,装着吃树叶的样子,再指指白犀牛,做出吃草的样子。

我向有些茫然的李老师说:

“他大概是在讲,黑犀牛和白犀牛嘴长得不一样,一个尖小,一个阔大。一个吃树叶,一个吃草。小家伙观察得仔细,懂得真不少啊……”

曼哈拉指着远处:

满世界棕色斑块、白色网纹,色彩斑斓——阳光将光彩效应发挥得淋漓尽致!

那长长的斜斜的脖子,那迈动的长长的腿,构建了一片奇异的童话世界——

远处有七八十只长颈鹿行进的方阵。那气势、那浓重的色彩,洋溢着一种特殊的美感。我一会儿屏声息气,一会儿心脏狂奔乱跳!

大地都在心跳。

这就是野生动物世界震撼心灵的美！正是这种美在闪耀着文化的光彩。

突然,长颈鹿大军跑动了,那一片白的网纹、橙横的斑块,像是在海上乘风破浪的航船,掀起了波澜,摧起了浪涛,荡起了奇妙的韵律——

它前腿高于后腿奔跑时形成的节奏,有着一种纵跳的节奏,只属于长颈鹿的韵律!

如果不是亲眼看见,你绝对想象不出这个挺着长颈、高耸着肩胛的庞然大物,竟能如此奔跑,竟能达到时速50多公里!

浓墨重彩的世界在视野中消失了。庞大的长颈鹿队伍进入了森林,只留下了热带稀树草原的风景。

看着看着，我的脑海里渐渐浮现出另一画面——海南岛西南海岸，莺歌海北的大片草原上，稀稀落落的树林和这里的景观何其相似啊！

它是我见过的唯一的热带干旱稀树草原，那里生活着珍贵的坡鹿，与长颈鹿是同一家族……

“长颈鹿遭到了攻击？”

李老师的问话，将我拉回南非。

见我没有回，她又做手势问他。

曼哈拉似乎有些明白，指手画脚，意思好像是说：没有花豹、狮子偷袭长颈鹿，在树林待久了，它们喜欢到草地上跑一跑，运动运动。树林太密了，它们又是大个子跑不起来，只有我才知道它们的爱好，也只有我领着你们，才能看到它们奔跑的雄姿！

感动得我也忘情地说：

“Thank you，thank you very much（谢谢，非常感谢）！”

他做出长颈鹿长脖子的模样，大意是问像什么。

是呀，我第一次见到那斜出的长脖子，就觉得像什么，可又想不出，直到现在还是这感觉。

曼哈拉突然做了滑滑梯的样子，我连说：“Yes，就是个彩色的滑梯，给孩子们快乐的滑梯！”

孩子的想象力远比我们丰富，因为他们对动物的感悟比我们敏感。

半生不熟的英语，他竟然听懂了，指了指远去的长颈鹿，他又做了个睡觉的动作，问我。

我糊涂了，他是说该回去了？

他急忙说：“NO，NO，NO！”又重复先前的动作。

“他可能是问你：知道不知道长颈鹿是怎样睡觉的？”

经李老师一说，真的像是问这个，是呀，那样长的颈子可以使它不用登高就能望远,长腿一步抵得上狮子的几步,优势也能变成劣势啊!想起儿时,踩高跷拣石子的游戏……我还真不知它们怎样摆弄长颈子、长腿睡下哩!

睡觉也是它容易受到猎物攻击的时候,当危险来临时,它能快速站起来吗?

我只能摇摇头。

他很得意,又用大拇指指着自己。意思很明白,他知道。

我一再追问,他就是眨着调皮的眼睛不说,意思好像是“天机不可泄露”。

太阳已经西沉,微风送来了山野朋友们的吼叫声,一群羚羊挺着大角在远处跑着。

曼哈拉一定要李老师骑上他的鸵鸟。李老师没有急着上去,倒是一手扶着它的脖子,一手把饼干、花生米塞到它的嘴里……

我取下李老师背的包。曼哈拉扶着她骑上去,示意可以轻轻地抱着它的脖子。

李老师稳稳当当骑好,曼哈拉一拍鸵鸟,它就走起来了。走了一段,曼哈拉才松了手。

开头,她的身子还有些僵直,渐渐放松了……

红红的夕阳,将森林、荒野镀上红晕,霞光射出紫色的光彩。一群红嘴的鸟儿不时变换着队形,向着落日飞去……

不好,前面有条干沟。正当我要喊时,李老师的惊叫还未落音,鸵鸟已一蹬腿——过去了。那沟足有两三米宽。经过这一考验,李老师骑得更自如了。

她喊我也去试试。我问,感觉如何?

她说非常美妙!乘过海轮,坐过飞机,打过驴的,谁知还能骑上鸵鸟呢?旅游不就是体验吗?野外考察不也是体验吗?

我说,我这样的彪形大汉压上去,它还能迈开腿?

她乐得哈哈大笑。

其实,我有着另外的盘算,想问问这鸵鸟是从哪里来的。

肢体语言已为我们架设了交流的桥梁,虽不太畅通,但毕竟是桥梁。

是的,我明白了他说的故事:

去年的一天,他在外面野玩,看到一只狐狸在追鸵鸟。他轰走了狐狸。近前一看,一只鸵鸟已倒在血泊中,肚子被撕开大口。正想离开时,草丛中响起哀叫声。

是只小鸵鸟,臀部有伤口,腿也断了。他将它抱回家,求着爸爸找医生。兽医帮助它接好腿骨,医好了伤。

从此,他们成了好朋友。鸵鸟长大了,爸爸要他把它送到大自然中去。他当然舍不得。爸爸说那里才是它的家。

他把鸵鸟送到草原了,可它又跟着回来了。爸爸生气,亲自开车将它送得远远的,可没隔一天,它又回来了……

小鸵鸟是为了感恩呢,还是迷恋于人类的呵护?

遭到那样的劫难,那样小就离开了群体。哪个群体会再接受它?一只从小没有经过生存考验的鸵鸟,能够独自支撑生活?

爸爸只好同意鸵鸟留下。曼哈拉有了好朋友。

故事虽然并不复杂,但很感人。

到了营地附近。我们坚留曼哈拉去我们的住处,甚至拿出手机,要他给家里打电话。可他指着鸵鸟,就是不肯。最后我似乎明白了,好像是说鸵鸟不能进入营地。但他说送回鸵鸟后,会回来的。

晚饭后,曼哈拉要领我们出去。在异国他乡,我们有顾虑,对他说还是白天去吧。他急了,做了一些奇怪的动作,但我们还是一头雾水。

狮群围追斑马

曼哈拉使起蛮劲,拽着李老师就走。幸好,出了营区后,还是沿着栅栏走,只不过是另一方向。

月亮尚未升起,天空显得深邃,星星也特别明亮。轻风拂面,昆虫鸣叫稀落。

李老师最怕蛇,走得很谨慎。曼哈拉好像是熟人熟路,总是反身用电筒给李老师照路。

曼哈拉手指着嘴唇又摇了摇手,只走了几步,停住了——

前面的地上,突然闪起一片红红的亮光,像是一盏盏小灯。那红,红得特殊,似乎应称为虹,闪着奇异的光,笼罩了神秘。曼哈拉害怕似的紧紧依偎在李老师的身边,四周弥漫起恐怖的气氛。

是地火?没有火苗。

是磷火?并不飘逸。

是真菌类的蘑菇?发光的蘑菇有好几种——荧光、蓝光,但它们都是长在树上的。那里没有树,是片荒野。

那虹光的排列,似乎有着一定的规律,奇异的是不同的角度,让虹光发生了变化。

是钻石?南非似乎就是钻石的故乡,但只听说过蓝钻石,从来没有听说有红色的钻石。

是红宝石?对,南非也盛产宝石。前几天,我们还参观过宝石矿,只要交纳几块钱,就可在一个大池子中淘宝。这么多的宝石,从发出虹光的面积、密度粗略估计,最少也有100颗!这么多来来去去的人都不识宝,还是宝石多得都懒得弯腰?

还能是野兽的眼睛?虹光的位置似是贴近地面,固定的,绝不可能。

李老师问:“究竟是什么?”

我摇了摇头,伸手就去要曼哈拉手中的电筒。他好像早有准备,一闪,连连摇手,好像是电筒一亮,就要发生天崩地裂的大事。就在这瞬间,他的表现是那样诡异，藏着太多的神奇，又带有孩子的淘气。

这个小家伙，导演的哪出戏？

心一静，隐约听到了一种声音，什么声音？谁发出的？似乎有些耳熟……

嘿！那声音和虹光的闪动，似乎有着一定的关系……

是反刍声。对，肯定是草食动物的反刍声！

草食动物先是猛吃，待到闲暇时再将草返回口中，慢慢咀嚼。反刍动物不少，牛是典型的。

儿时我放过牛，对牛的反刍声并不陌生。

我悄悄地告诉了李老师，为了松弛她紧张的神经。

慢慢适应夜色之后，我隐约看到了黑乎乎的草丛中的虹光边似乎是牛角。

对，是牛角，好大的水牛角！

虹光是它的眼。野牛的眼在夜色中竟放射出如此的虹光，真的像一盏盏的红灯。

但我曾放过那么多天的牛，有时夜里还要起来给它添草，可从来没有见过这种虹光。这是野牛才有的？

我明白他为什么一定要领我们在夜晚来了，只有这时才能看到这奇特的景象！

一点儿不错，是黑水牛，躺在那里，全身乌黑的水牛，喜欢赖在水里打汪的水牛。怎么忘了，它还是公园的名角呀！

我将两个手放到头的两边，学着牛的叫声："哞！"

曼哈拉乐得翻了个空心跟头，李老师轻轻拍了他一掌：

"淘气得有水平！吓得我大气都不敢出。"

后来，我们果然看到了庞大的水牛群，外形的确像水牛，但有环的角要大得多。个个体格健壮,一群有七八十头。曼哈拉说,它很凶猛,狮子、花豹都不敢惹它。在公园中生活着两万多头的野牛啊!

不知为什么,我总感到"大斑"和"小斑"之间的故事没有结束,还有关于神兽麟麒的种种疑团待解。

很多野生动物早晚都有一次活动高潮。即使是夜行动物,也多是晨昏时活动。

天不亮我们就起来了。东方刚露白,我们就出发了。

很快找到了长颈鹿,这群长颈鹿有十几只,都在用灵敏的薄薄嘴唇导引,伸出长舌卷食着树叶。

李老师指认了"小斑",它的特征很明显。不错,"大斑"仍不屈不挠地跟在左右,时时用脖子去挤对"小斑",是邀请它去散步?

灌木丛中,挺出了一支大角,角很长,不会少于1米,粗壮,呈螺旋形。前额有一撮黑毛,很像我国的黑麂的额头上那撮毛。

好家伙,体型高大,似乎比野牛还要高,还要大。靛蓝色的身上,竖起了一条条白色的斑纹,很像我国鬣羚的颈脖上长有的黑黑鬣毛……

"大角羚羊!"

"肯定是。我们在约翰内斯堡住的宾馆喷泉池边,就有它们健美的形象。运气不错,据说很难见到哩。这家伙恐怕有几百千克重!这样的大家伙,像不像在秦岭看到的扭角羚?"

经她一提醒,我想起了在四川的青川和陕西的秦岭追踪扭角羚的惊险。

扭角羚的体型,大得像头牛,与这里的大角羚不相上下,只不过青川的毛色深一些,秦岭的是淡淡的棕色。

扭角羚的名字来源于它的角,那角长出后,先向前伸,再向后,再扭至旁边,与大角羚的螺旋形的角比较,各有风骚,多了一层审美的趣味。

长颈鹿在树冠上觅食,大角羚羊在下层,互不干扰。一片和谐的景象。

那边的草丛中还有着另外的动物，黄褐色的皮毛、褐色的皮毛，有的头上有着白点或黑点，有的身上是直条子白色的斑纹。看样子大概多是羚羊类的动物。这里生活着十四五万头各色各样的羚羊啊！

黑犀也出现了，安逸地享受着早餐。这个暴躁的家伙竟然容忍几只鸟儿站在它身上左一口、右一口地啄食。

“犀鸟？”

“正在帮它清理门户哩！它自己可没本事捉到身上的寄生虫。看到了吧，鸟嘴是红的，它不在犀鸟背上，那天我们就没认出。”

动物之间互利、互助，上演出很多有趣的故事。

犀鸟尖叫着飞走了，黑犀迅速钻进了灌木丛中。林丛中有了骚动，响起了小兽急速奔跑的声音，枝叶、草丛哗哗作响。大角羚停止了进食，只有长颈鹿还是那样悠闲地吃着早餐。

哪位大人物来了？

李老师往我身边靠。我顺着她的视线看去——狮群！

一头雄狮正面对着我们这边，长长、蓬松的鬣毛，宽阔的额头，蒜头般的大鼻子、嘴……

我心里一惊，这副面孔怎么那样像是一个人的面孔？我第一次有这样奇特的感觉，是受了某种动画片的误导？

它威严地站在那里，簇拥着的母狮、幼狮，全都规规矩矩地立着，没有大声喧哗，更没有走来走去的轻慢！

是的，这得归功于大大的脸面、浓密蓬松的金丝一般闪着光芒的颈毛！

动物世界的雄性，总是用各种方法使自己变得庞大，以显示雄伟。麋鹿王就是用角将草挂到角上，以显示自己的威风。

它的两眼炯炯有神，简直可以说是神采奕奕。哪里有一丝一毫那天我们坐在游览车中看到的畏缩？

是寻找猎物，还是巡视自己的领地？每群狮子都划定了领地，绝不容许同类侵犯。

弱肉强食是肉食性动物的法则，号称百兽之王的狮子也是“吃柿子拣软的挑”，不愿花更多的精力去捕猎具有攻击武器的食物……

果然，那边蹿出了一群斑马，后面有狮子在追击。

斑马一出现，狮群立即散开，狮王一马当先，拦头迎击。

十多只的斑马群迅速地改变了方向，只见黑白的斑纹已突出了阻袭线。

顷刻间，逃跑者、追击者都已离开了我们的视线。

这幕精彩的大剧，刚拉开帷幕就结束了。没有高潮，没有尾声，只留下想象的空间去弥补遗憾。

斑马是狮群最喜爱的猎物，它们没有反击的武器。

就在这短短的时间里，丛林中好像刮过了一阵大风。有形、有声、有色的野兽都销声匿迹了，连高高在上的长颈鹿们，也神不知鬼不觉地走了……

狮王的威风！

我们也得抓紧这短暂的清晨，去拜访更多的朋友。

长颈鹿的跆拳道

神了！长颈鹿“小斑”居然已到了这边。

绝对错不了，是“小斑”。那近似圆形的“小斑”像是服饰配件挂在胸前。

它干吗离群来到了这里？是躲避“大斑”的纠缠，还是另有所求？

它那大眼看到了什么？竟然一步步地走去，虽有些迫不及待，但仍迈着不慌不忙的步子。

我把李老师一连串的问题，都用噤声的示意挡回去了。循着“小斑”注意的地方看。

“水！”

丛林中有了个水塘，掩映在杂草短树中，说它是塘实在有些夸大。现在只是个小水凼，但它毕竟还有着浅浅的水——旱季中尤显得宝贵的水。

“小斑”的冒险，使我立即想到自身的安全，赶紧找了个隐蔽地，和李老师藏了起来。这时，我特别感谢栅栏。

阳光、空气和水——生命的三要素。

为什么别的动物没来？

是含毒的水？

不是，干涸的水凼边的泥土，印着兽的凹凸的蹄印。

这小小的水凼边，是杀机四伏的地方啊！肉食性的动物最好的设伏地点。守株待兔，几乎百发百中。

不信？

水凼边就有动物的残骸！既有森森白骨，也有前不久遭殃的。

“小斑”不会是来喝水的吧？太危险了！

“小斑”就是“小斑”。它站住了，先是高昂着头，巡视了两遍，又转动着大耳朵倾听——梅花鹿就是转动耳朵侦听四面八方的音响。我参加过对它的考察。

它迈出步子了，那大步一跨就到了水边，可又驻足凝神——是思索考量值不值得铤而走险？

不，不，很可能不是这样……

“喝不——”

我狠狠地瞪了李老师一眼，难道我还看不出来——

它的前腿长，后腿短，倒是非常适宜站在坡面，但太高了，颈子太长了。水面太低了。两者的距离太大了！

不，不，它肯定会来解决这个难题的。在动物园中，谁看到过长颈鹿喝水呢？

它的前胛高耸，再加上长长的脖子，还有这水凼边的倾坡，两条前腿要承担多大的重量啊！

“小斑”已做了决定，它慢慢地叉开了前后腿，前腿叉开的幅度很大，后面腿的幅度要小些。是的，它弯下颈子。大约是还够不着水。它又将腿叉得更开——要保持前沉后轻的平衡不是件容易的事。

它的不便，还在于颈子太长，需要有强大的心脏、高的血压才能维持头部的血液循环，但低下头时，高血压将使它更不舒服。

不信你可试试。

好，“小斑”终于够到水了，雪青色的长舌在水中一晃，全身微微一颤。甘泉滋润生命的欢悦，只有经历过干渴的人才能体会到。

但它四腿叉开，支撑着一个庞大的彩色身体，加上长长的颈子，形成了奇特的景象，若从后面看，倒是很像一只大龟……

肘间被撞了一记，很疼，是李老师的作为。循着她的目光，我看到“小斑”身后的左侧有了动静——斑斓的毛衣……

“是花豹！”它头颅硕大，身上的斑块大、鲜艳，不是猎豹那种淡土黄色圆点，体型也小些，它正是依靠着这身迷彩服般的皮毛，才易于隐匿在林丛中。

怪！它并没有发起攻击，花豹正利用树丛、杂草，趴在地上匍匐移动，目标显然是“小斑”的身后。是为了缩短攻击时的距离，保证成功率？这家伙和所有的猫科动物一样，善于伏击战。

“小斑”开始喝水了，但不是豪饮，似是一口一口地品尝……

干吗这样穷讲究？喝水原本就处于危险之中——眼睛要盯着水——敌人也选择这样的进攻时间。

快逃，傻家伙，你这副架势，别说花豹有锐齿、尖爪，即使一头撞去，也会让你人仰马翻呀！

花豹还在匍匐前进，调整着位置……

和朋友猎人小张打野猪的经历浮现在脑海——攻击的最佳时机未到，花豹在等待。

花豹诡秘的行动，使我突然想起长颈鹿眼睛的特殊功能，花豹在利用这一特异功能。

“小斑”微微抬起了头……

真让人松了口气。它发现危险了？

坏了，它又低下头去喝水了，大口大口地喝，清凉的甘泉正润泽着干渴的口腔。

花豹进攻的最佳时刻到了，它已到达了猎物的盲区。长颈鹿铜铃般突出的大眼，具有全方位的视野，可以看到身后。花豹精心策划的就是匍匐到它臀部的后方，现在的盲区。

小斑最危险的时刻来临了——豪饮，沉浸在解渴的畅快中……

花豹正在站起的同时，已将身子后挫，蓄势待发……

枝叶响起，棕黄的色彩闪亮。

花豹对准“小斑”的臀部跃起……

“大斑”神奇地冲来了，尽施长腿的优势，踢出了一脚……

花豹眼见铁锤般的蹄子已砸到面前，惊得一扭身子改向侧面攻击。谁知，“小斑”的后蹄也蹬出。虽然它在这种状态，后蹬的杀伤力不大，但也足以打乱花豹的计划。

“大斑”哪容花豹有喘息的机会，举起铁锤——巨大的蹄子，绝不亚于铁锤——踢向刚落地的花豹。

花豹灵巧地跳到了左边，它深知只要挨上一记，脊梁立断，五脏六腑破裂。“大斑”的左蹄又到。

花豹跃起，做了个空中转体，已落到了后侧右方。

“小斑”已乘机收起那副尴尬相，恢复了常态。

嘿！妙极了，“大斑”的后蹄居然斜踢。花豹哪料到这招？慌得连着两个纵跃，才逃脱了重击。

花豹刚落地，“小斑”已经赶到，飞起弹腿，踢向花豹的下巴。花豹打了个滚，刚到一边，“大斑”的侧踢又到……

“跆拳道！嘻嘻。”看得李老师童心骤起。

花豹猛吼一声，腾地跃起两三米高，张开血盆大口，冲向“小斑”庞大的躯体——这招厉害，既可避开长颈鹿的铁锤，又可利用对手体大，动作没有自己灵活的优势，保持进攻，或以攻为守。

但它绝对没有想到，“大斑”将踢出的腿一曲，随即一蹬，虽然刚触到花豹的皮毛，还是惊得它跌到了旁边。它的运气太差，刚好跌到了“大斑”“小斑”之间。

刹那间，只见长腿前踢、后蹬、侧拐，铁锤纷飞；花豹纵上跳下。一时间色彩错杂，让人眼花缭乱，好一场激战……

场面非常幽默、滑稽！

一方吼声连天，左蹦右跳。一方一声不吭，铁板着面孔，冷眼漠视，快速地出腿踢蹄。

花豹真的骁勇矫健，奇迹般地从“大斑”“小斑”的铁锤下逃了出来，只是腿部受伤不轻，拖着断了的左后肢，一蹦一跳地走了。

“大斑”“小斑”大有骑士风度，不追不赶，只是注视它的一举一动，像是送别注目礼。

奇了。刚演出英雄救美人的“大斑”，没有靠近“小斑”，更没有纠缠，只是看了它一眼——几乎看不出深情或是冷漠——就昂头挺胸大步走开了。

嘿！真有侠士的风骨！

是痴情还是无情，抑或无情正是有情？

一会儿，它就消失在丛林中，只有树冠上时而冒出它的头、长颈。

“小斑”愣怔了很长的时间,才向“大斑”离开的方向走去。

但愿这个故事还没结束。是的,这些山野朋友丰富多彩的感情世界,留给我们太多的神奇、思索、话题……

话题怎么一转,又转到了麒麟是不是长颈鹿这里。既然这个话题是中国文化的一部分,当然就有了讨论的意义。依稀记得大师郭沫若就曾说过麒麟的原型很可能就是长颈鹿。从对长颈鹿的所闻所见判断,在精神的层面上说,在那样的历史年代,将其视为神兽,也不为过。

但麒麟出现,应是早远的时代。正因为现实生活中没有,但又赋予它祥瑞神兽的多种象征意义,人们渴望它的出现更是情理之中。当生活在1414年的明朝人,见到从海外来的长颈鹿的奇形怪状,肯定是欣喜异常——从未见过,叫不出名字——奇兽是当然的,议论也是正常的。

在纷繁的议论中,很可能有人提出了长颈鹿即麒麟之说。而这又刚好适应了统治者的需要,因为它的到来,是上天对国泰民安的赐予。皇帝一高兴,臣民们当然也就趋之若鹜,一时间轰动朝野。

其实,他们除了看到了长颈鹿的外表,对它的了解又有多少?主张麒麟说的人,举了明朝当时一首歌咏长颈鹿的为证:“实生麒麟,身高五丈,麋身马蹄,肉角黗黗,文采焜耀,红云紫雾,趾不践物,游必择土,聆其和鸣,音协钟吕……照其神灵,登于天府。”

这更证实了颈长、身高、彩色斑块和网纹,黑黑的短小的茸角——外形带给人们的惊喜。

“聆其和鸣,音协钟吕”的谬误,也更证实了只是长颈鹿的外形留给了人们强烈的印象,因为长颈鹿是兽类动物世界著名的哑巴——它没有声带,怎么可能发出音乐般的歌唱呢?当然,诗歌有夸张的特权,但无中生有就不是夸张了!

麒麟之说者,最难解释的是长颈。因为麒麟没有两三米的长脖子!在这之前之后,神庙之前麒麟的雕像式画像,几乎都没有长脖子。据说在徐州东汉时的画像石上发现了多只麒麟的画像,至少有三只具有长颈鹿的典型特征。但我没有看到过,详情不得而知。

从古籍上对麒麟的描绘看来,也有主张其原型是犀牛或麋鹿的。犀牛与之相符的特征是有角。麋鹿俗称“四不像”,再是麋鹿是中国的特有动物,只产于中国,三是视麋鹿为神兽的传说也多。

其实,并非一定要考证出麒麟源于何物。它的神兽的品格、象征的意义、已有了很多相关的描绘。

即使考证出长颈鹿即是麒麟的意义,也没有长颈鹿在公元1414年就由我国的航海家带到中国,见证了中非友谊,证明了中国航海家勇敢的探索精神更为重要。

羚羊的臀部装了两扇门

太阳出来了,鸟儿们有的已退出了大合唱,拍扇着翅膀,开始了一天的采集生活。只有那些还沉醉在音乐的美好中的鸟儿们,继续着歌唱。

远方湛蓝的天空,云集着盘旋的猛禽。它们盘旋的半径正在缩小,不一会儿就纷纷落了下去——昨夜,又有一位斑马、角鹿或羚羊遭殃,它们正赶去收拾残渣,享受免费的早餐。

嗨! 嗨! 它们在玩什么把戏?

这个跳起,刚落下。那个又跳了起来,有时还两三只同时跳起。

从身形看,它们很像我们在准噶尔盆地中看到的鹅喉羚,是种小型的羚羊。

它们的起跳动作很特殊,没有助跑,只是原地立定,蹄一蹬,身一耸,就蹿上了两三米高。妙在跳起时两腿垂直,像两根棍子,又那样直直地落下,再直直地蹿起……

大地好像装了弹簧——不,是变成了蹦床!

奥运会上有这个竞赛项目。只不过它们没有像运动员们那样,在腾空时做出各种高难度的动作。

但它们金黄色的、秀气玲珑的身子,在阳光下,闪着红色,十分悦目。这种小羚羊很可能是瞪羚中的一种。瞪羚的家族有十几个亚种。

它们是在开运动会,还是作技巧表演?

它们就是这样频频地跳,没有"加油"声,更没有掌声。它们自己也一声不吭。

嗬!观众真不少,总有上百只。可明亮的小眼睛不是看着表演者,倒好像是向远处探视、搜寻。

循着小精灵们的眼神,我终于发现了那家伙:

"猎豹!"

"猎豹?像金钱豹哩!"

"绝对是。比我们国家的金钱豹身上的斑点更圆,颜色也浅一些。最明显的是两眼处有泪斑。"

我明白了,那是瞪羚们一种报警的动作。动物世界既有用声音报警的,也有用动作传达消息的。猛禽就是既用叫声呼唤朋友,同时又用飞行动作传达消息。

瞪羚采用这种报警方式。一是因为它的群体很大,一个或几个跳起,能让群体的大多数看到。二是它跳高时,得到了更为宽阔的视野,更有利于观察敌人的动静。三是通知敌人:我看到你了,别躲躲藏藏!破坏了敌人偷袭的突发性。

弱小的动物,总是有特殊的生存的本领。

猎豹当然看到了高高跳起的瞪羚。但它仍然不放弃,整整一夜徒劳狩猎,辘辘的饥肠都在鼓动。偷袭不成,干脆明目张胆地展开了进攻。它前胛一挫,四蹄腾空起动了。

"噫!"的一声叫。

早有准备的羚羊群跑起来了!

神了! 它们奔跑的同时,臀部像是突然打开了大门,露出了雪白、雪白的银桃斑,整个羊群白花花一片,像是阳光照耀下的雪原。不,比雪原更为炫目,耀眼——那是跳跃的、晃动的反光镜。

妙! 原来它用臀部的皮肤当作了两扇门,平时关着,到危急时突然左右打开,露出雪白耀眼的大块白斑。我国的藏羚羊的臀部也有一块大白斑,像是个倒放的银桃,只不过它没有装上两扇门。

猎豹追逐着这片炫目的世界,虽然是它兽类中奔跑的冠军,虽然它的时速可达到100公里,虽然仍在全速追击,可似乎已经失去了目标。

羚羊也是赛跑的能手。奔腾的四蹄几乎撑起了一条线,贴在灌木、草尖飞驰。那白花花的世界,一会儿向左,一会儿向右,犹如浪涛,汹涌奔流,在原野上画出了美妙的曲线……

奇异的景象已经远去,李老师还未回过神来。我的思绪还在追寻着那幅生命在大自然中描绘的传奇……

瞪羚每年都要进行迁徙,迁徙群常有上百万只之众,那是何等壮观的景象!

这是一个令人难忘的早晨。

极度的兴奋、神经的起伏跌宕、疾风骤雨、雷霆万钧的生存竞争……几乎使我眼中一片空白,是疲倦或仍是在亢奋之中……总之,使我想起一件小事:

那次在开普敦参观一个葡萄园——南非的葡萄酒也是特产——突然听到了一种异样的声音。开头我并未在意,但那声音很古怪,像是油坊打榨时推榨人呼出的,一记记很清晰,然而沉闷,又像是个老人竭力的呼喊。

走过去一看,你猜是什么?

三四只大龟！每个都很大,龟甲的直径最少有1米。但灰褐色的龟甲毫无光彩,显得特别的沧桑。我想这应该是陆龟,这样巨大的陆龟我还是第一次见到。

但那似推榨人呼出的声音没有了。

只见两只巨龟,微伸着干涩的头,瞪着小眼睛相向而立。片刻,右边的一只爬动了,左边的也爬动了,两头相触,两肩相顶。

干吗？顶起牛了！

没有声音,全是慢动作,只是从龟甲中伸出的四条腿、抓在地上的爪,看出双方都在用力。

也只能从它们的前进或是后退,看出战局的变化。

这是场无声的战斗,既没有旌旗鼓角,也没有枪炮的轰鸣。

旁边有只巨龟,正在吃着投放的青菜叶;吃得很绅士,缓缓地吃,慢慢地咽。

在两龟的进进退退中,才得知争斗的激烈。现在,它们的脚下,已被蹬出深窝。扣进土中的爪,似乎都在发出吱吱声,很像武侠小说中写的比拼内功。

直到司机呼喊上车,它们依然没有分出胜负……我很想看到结局。

这两只陆龟,以其巨大的体型,最少已是百岁之上的寿星！

它们在生存竞争中的行为和羚羊、猎豹、狮子形成了巨大的反差,留下了太多的思索。

它为何要将鼻子、眼睛长在头上?

午后,活泼的长尾猴全都懒散地躲在树上,有的相互捋毛,有的靠在树上打着哈欠,连鸟儿们也都不叫一声,它们也都好像午休了,丛林中安静了下来。

原野也是宁静的,连风也不拂动。太阳恣意地照着,更显得炽热。

河马的吼声连连响起,一忽儿激昂,一忽儿沉寂,几乎连空气都产生了共鸣。

我们快速前进。

河马的吼声从芦苇丛中传出。芦苇后是河流、沼泽,还是湖泊?芦苇带很密,圈起一片不小的区域。好像是有意隐藏那里的神秘。

离芦苇丛还有三四十米时,李老师突然停住了脚步,说:

“等一等。”

“发生了什么事?”

“你能确定是河马?”

“你不是也听到过它的叫声。那年在南海野生动物园,再说这样的生境,不是河马,还能是狮子?”

“那一切要听我的。”

我一头雾水:“为什么?”

“别赖账。那天看蓝鲸打赌,我赢到了一次否决权。现在,就要使用了。”说得坚决,但眼神中有着不安。

她的不安,使我猛然醒悟,问题就出在那次看河马。

野生动物园河马的圈舍在湖边。傍晚时分,只有我俩在观看。

河马体格庞大,总有三四吨重,是生活在淡水中最大的动物。浑身肉乎乎的,没长一根毛,光滑的皮肤,黑得发蓝,简直就是个橡皮圆桶。光看它四条粗腿,会以为是大象腿,只是太短了。

它的嘴巴阔大,像是个四方形的簸箕。怪异在鼻子、眼睛全都长在头顶上,也算一绝吧!

完全是副憨拙可爱的形象。

饲养员抱着青草来投食。圈门刚开,河马就张开大嘴冲了过来,吓得饲养员连退两步,哐当一声带牢了门,差点没跌倒。

天哪,它张开的嘴真大,“血盆大口”的词肯定就是为它而造的,更令人毛骨悚然的是它又长又尖又粗的门牙,最少有二三十厘米长!肯定有几千克重。好恐怖!

在那一刹那,我和李老师虽离得较远,也都被那气势迫得退了几步。

饲养员吓得不轻,脸色灰白。

我安抚了他几句。

饲养员心有余悸,嗫嗫嚅嚅:“它伤人,非洲每年都有人死在它口中……狮子都不敢惹它!”

这平时憨拙可爱的家伙,还有着如此凶残的一面!

李老师说:“太狰狞了。艺术家笔下魔鬼的造型,肯定是根据它来的。”

如此一想,我也告诫自己谨慎一点为妙。

苇丛中时时爆出河马的吼声,水的翻腾、击浪声,表明正在上演一出大戏,我就像被关在足球冠军赛场地外那样难耐。

我们围着苇丛走,可就是窥视不到里面,连似是河马的身影都看不到。

我刚要走近,想拔开苇丛……

“不行!”

随即就被她拽了回来。

如此三番两次,我急了,上火:

“这样精彩的场面都不看,还来非洲干啥?”

“行动前要侦察,安全第一。这么一个大人还不会?”

理智上不得不承认她是对的,但里面太诱人了——只有在非洲才能看到的景象。

正在我们纠缠不清时——

“哈啰刘!”

嗨,曼哈拉骑着鸵鸟来了!

这个孩子像是个未卜先知的精灵。他可能早已看到了我们拉拉扯扯，于是，指手画脚一番——明白了。他早就知道我们碰到了麻烦，赶来了。只有他才能解决我们的问题。

幸好苇丛中战斗还未结束。

他领着我们走了，绕了一段路，嘿！前面有一小丘般的高处。

站到高处，虽然远了点，却能看到苇丛里的世界。从这个角度看，苇丛虽然隔了一个个水荡，但水面不小，飘浮着水生植物，挺水植物丰富。

河马们只露个头浮在水面——难怪它们要将鼻子、眼睛长在头上。突然一头河马大吼一声，潜入水底，水面上立即翻涌起浪花。从浪花看来，水中正在进行着搏斗。

一头小河马的头露出了。大河马往上一拱，啊！顶得高高的是条大鳄鱼！它是杀手尼罗鳄，总有两米多长，肚子很大。

嘿！原来对岸还趴着好几条大鳄鱼哩！

是鳄鱼偷击小河马！

大鳄鱼被重重地摔到了水里，它却一甩尾巴，噼啪一声，水花飞溅，潜入水底。

老河马慌了，迅速挡到了小河马的身后，用背将它往岸边拱。

水中果然露出大鳄的长嘴，张口向老河马突地一击。老河马张口迎去，就在长牙已触到鳄鱼头时，它却打了个滚，白白的肚皮一转，翻身走了。

水中映出一片血色。

谁受伤了？

大鳄鱼又来了，老河马且战且退。好了，小河马已经上岸。

老河马没有了后顾之忧，更是张开血盆大口，挺着长牙，扑向大鳄鱼……

水面又映出血色。

大鳄鱼失踪了。

老河马也上岸了，走到它的孩子的面前。

河马是营群性动物，那将头浮在水面的河马们为什么不来助阵？是也有护崽的职责？

静了很长时间，曼哈拉才指指嘴巴、鼻子，又指指头。李老师也明白了，河马将鼻子、眼睛都长到头上，是为了便于呼吸。

河马虽然能潜水，但两三分钟就要出水呼吸一次。

小曼哈拉装出一副胖子模样，指指水，又指指河马，他就是用这副滑稽相告诉我们：它胖，天生是浮在水里的料。

它的妈妈伸出舌头舐了舐小河马的腿部，似乎有伤。但没过一会儿，它就带着孩子下到了水里。太阳晒久了，它的皮肤会开裂。

我注意到曼哈拉没有让鸵鸟离开身边。

鳄鱼的凶残是出名的，人们却常常被河马的憨拙外表所迷惑。尤其是护崽的时候，母性的勇猛是谁也预料不到的。我想它伤人，很可能是人类靠近了它们的孩子。河马只吃草，它生活中的一切，都是在水里进行的。

我很感激李老师。我们都很感激曼哈拉。

曼哈拉想领我们去看一种小动物，很聪明，能做很多好玩的动作，很可爱。从他所做的动作猜测，很可能是猫鼬，他曾扮了个猫脸，同时将两手放在肚皮上……

那天在看大象蹭痒时，偶尔相见。在洞口的猫鼬，马上立起上身，站立——把尾巴撑在地下，两前肢垂在胸前，注视着我。很像我们在冰山之父慕士塔格峰下看到的旱獭。它也是这副模样站在洞口，毛色也是金黄，但个头是猫鼬的好几倍……

对，他刚刚的动作中，好像是说，那个小动物喜欢和蛇打架——他扮了个很特殊的动作。

可我心里牵拉着长颈鹿“大斑”“小斑”。一种奇特的魅力强烈地诱惑着……

会说话的脖子

寻寻觅觅,仍是不见它们的身影。不是说没见到长颈鹿,三三两两一起的,十多头集体行动的,都有。但就是不见“大斑”和“小斑”。是遭到了不测?谁敢惹它们?是“大斑”伤心得远走他乡?

太阳已经西沉。在这样的地方,走夜路肯定不好玩。失落感愈大心里愈急……

曼哈拉指了指刚走过来的树林,从这边看去,两只长颈鹿的臀部正对着我们。那姿态模样,不可能是“大斑”“小斑”。

我正想前行时,李老师说别急嘛,看看。

左边的长颈鹿弯下了脖子,将头靠到了右边长颈鹿的颈根处,摩挲了两下。那个傻大个子却旁若无人,只顾昂着头卷食。

左边的又用长颈去碰右边的脖子,还蹭了几下。

大个子不仅不理不睬,甚至还像不厌其烦往前走了两步——就像“小斑”对待“大斑”的纠缠。

左边的也紧走两步跟上,脖子绕到了前面,拦住右边的脖子——真是各有妙招,是呀!不然它们怎样才能留住对方呢?它们没有声带,不会说话啊!

可右边的还在自顾自地走着。左边的只好随着它挪动。

这是在干吗?

求爱?

它比那天的“大斑”要聪明得多。比较起来,“大斑”就笨得像熊,求爱时只会前堵后截!

右边的毫不动心,虽然步子迈得不大,似乎还保持着礼貌,但仍往前走着,眼看就要走到浓密的树丛中。

看来,它们已纠缠了很长时间。

左边的突然扭脖子,作左旋转,将脸向上,水汪汪的大眼,望着昂头的那只……

“小斑!是小斑!”

怎么可能是“小斑”哩!那天,它对“大斑”的不理不睬和这右边的家伙几乎一模一样!

我揉了揉眼睛,别因为今天经历得太多,产生了审美疲劳……

嗨!不是“小斑”是谁呢?它扭转了脖子,也就将那块小圆斑露了出来。

原来它早有对象?难怪那天对“大斑”漠然视之。长颈鹿的感情世界,真也是五花八门。“大斑”热情似火,“小斑”却冷若冰霜。“小斑”今天给对象的是似火热情,可对象却冷若冰霜。

真如古人所感叹的:爱为何物?

“大斑”,你也该来看看这个场面,多少也能得到一些安慰吧!

右边的停住了,没有再去卷食树头的嫩叶。它还是背对着我们,看不到它的表情,但似是在作认真的思考。

“小斑”的脖子紧贴着对象的脖子。一会儿上下摩挲,一会儿来回蹭荡,似是在诉说着衷肠。

它的对象就那样站着,还是高昂着头,挺着胸,一动不动,但那腹部一收一合幅度似乎大了。

旁边的两只鸟儿叽叽喳喳叫个不停,是黄胸织布鸟。树上挂着已织好的巢。还有两只全身乌黑的鸟,也在叽叽喳喳,飞来飞去。

嗬!好几个巢哩!从巢形看,它也应该是织布鸟的一种。

雄黄胸织布鸟织好巢,才会邀请对象不断地飞进飞出参观、评审。只有女伴满意了,它的爱情才有结果!

“小斑”绕到了对象的右边,长脖子放到了对象的背上,来来回回地蹭着,这副模样,说是一往情深也行,说是死缠烂打也无不可。

它的对象似乎睡着了,一点儿反应也没有。

“小斑”的脖子不再抚摸了,它轻轻地敲打着对象的脖子,很有节奏,很有韵律,是在唱歌?

虽然它的脖子还是那样僵硬,但有了轻微微的颤动。这是“小斑”脖子敲打引起的?还是肚腹加快了一张一合的速度?

“小斑”又将脖子绕到了它的脖子前,歪过头来,火辣辣的大眼望着它的大眼,一会儿又从另一侧面扭过头来,望着它的眼——似是左顾右盼……

谁说长颈鹿因为用下颚太多,脸部的肌肉不发达,因而毫无表情?

动物学家肯定是搞错了。请看“小斑”现在的脸,容光焕发、含情脉脉啊!

爱情真是个奇妙的东西!或如一位诗人说的——“爱情打你疼不疼?”

它的对象的脖子颤动了,响应了“小斑”,抚摸起它的脖子了。虽只是轻轻一下,但它低下了头,用嘴触了触“小斑”的脖子。

“小斑”的脖子一会儿弯,一会儿扭转,狂热地在对象的脖子上抚摸,极尽风流……

对象的脖子也转过来了,响应着“小斑”的脖子,连身子也往这边挪动了。

“嗨,是‘大斑’!”

这个傍晚的世界发生了什么事?

的的确确是“大斑”!不需要有DNA化验,胸前的圆斑就是铁证!

意外的发现,激起了大波大澜……

谁说动物世界没有波澜起伏、错综复杂的情感?

“小斑”“大斑”用脖子互相抚慰,时而摩挲,时而纠缠,慢慢向这边走来,似是在相互倾诉。

那长长的脖子居然能够如此千变万化。“小斑”居然能表达出万种的风情!

我想起了大象是用长鼻子谈情说爱。

上苍赋予了生物各种爱的形式。

如果不是亲眼所见,怎么能想到长脖子是如此的灵巧啊!动物学家说长颈鹿的脖子和所有的兽一样,颈椎骨虽然长两米多,但椎骨仍只有7块,只是每块都很大。

你看,它们情浓时,两个长脖子竟然绞到了一起!

夕阳为“大斑”“小斑”镀上了一层红艳,晚噪的鸟儿们嘹亮的歌声多么欢快!

临别前的一晚,我和李老师导演了一场至今想起来还乐不可支的好戏。

我们使尽了阴谋,蒙蔽了保安,将曼哈拉的鸵鸟带到了营地。

我们举办了曼哈拉骑鸵鸟的表演。他的精湛的骑术、幽默的表情、鸵鸟的天真,博得了旅居在营地中所有人的喝彩和热烈的掌声。尤其是跟随爸爸、妈妈来旅游的孩子。两个白人的孩子都骑上了鸵鸟(当然是由曼哈拉抱着),孩子们的尖叫、孩子们的心花怒放、孩子们的欢乐,真是惊天动地!

我们发现窗台上放了钱,难怪不断有游客走近窗前又离开。外国人用这种方式来表达对曼哈拉的尊重、喜爱,又有什么不好?

我们数了数钱,又添点,全都交给曼哈拉了。告诉他,这足够买辆自行车了——他曾对我说过:鸵鸟不能去学校,他很想有辆自行车,可以和好朋友鸵鸟赛跑。他也很想当个赛车手——祝愿他成为优秀的运动员、歌唱家、舞蹈家!

第二天早晨,在我们刚离开营地时,曼哈拉来了。他送给我们一个彩绘的鸵鸟蛋。他说,这个鸵鸟蛋是个不能孵出小鸟的蛋,是一位叔叔送给他的。他就把自己的家乡的景色都画了上去。

他还翻开了我送给他的那本书,指了指大熊猫……又指了指公园,再指着地图上的南非、中国……

我明白了，他是要我将这里的动物世界介绍给中国的朋友，他也会将中国的大熊猫介绍给他的朋友……

2011年2月25日

刘先平四十多年大自然考察、探险主要经历

1974—1980 年

•参加野生动物科学考察队和筹备建立自然保护区的考察，主要区域在皖南的黄山和皖西的大别山。

•1980 年以前，这里一直是刘先平的生活基地，至今每年至少会去考察两三次。美丽奇绝的自然风光、深厚的人文底蕴，曾吸引了诗仙李白等长期在此漫游。目睹了生态的恶化、珍稀动物的灭绝、人与自然的矛盾，他于 1978 年重新拿起笔来呼唤生态道德，孕育了描写在野生动物世界探险的长篇小说《云海探奇》《呦呦鹿鸣》《千鸟谷追踪》及散文集《山野寻趣》等。1978 年完成、1980 年出版的《云海探奇》，被认为是中国大自然文学的开篇之作、标志性作品。

•那时的野外考察异常艰难，在山里行走，只能凭着“量天尺”——双脚。根本没有野营装备，只能搭山棚宿营。使用的还是定量的粮票、布票……

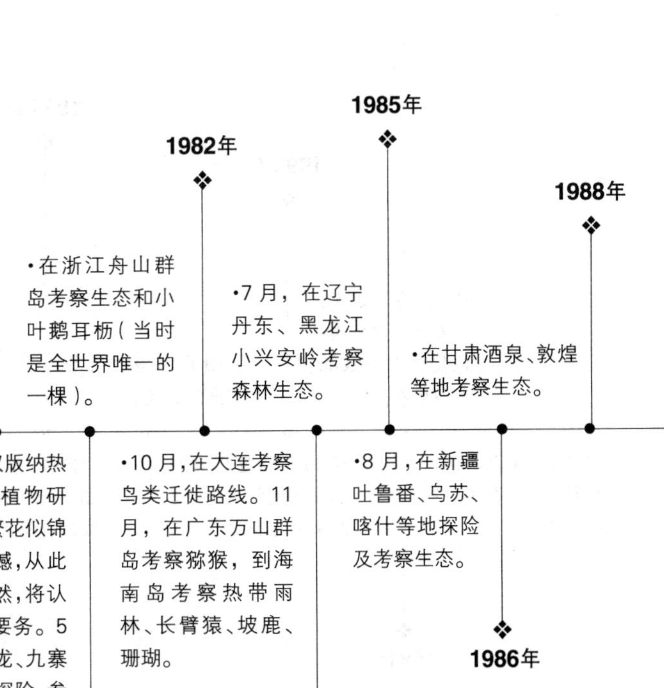

1981年

•4 月，考察云南西双版纳热带雨林及访问昆明植物研究所。为热带雨林繁花似锦的生物多样性所震撼，从此走向更为广阔的自然，将认识大自然作为第一要务。5 月，到四川平武、黄龙、九寨沟、红原、卧龙等地探险，参加对大熊猫的考察。之后，前后历时六年，参加保护大熊猫、金丝猴的考察。著有长篇小说《大熊猫传奇》、考察手记《在大熊猫故乡探险》《五彩猴树》等。

1982年

•在浙江舟山群岛考察生态和小叶鹅耳枥（当时是全世界唯一的一棵）。

•10 月，在大连考察鸟类迁徙路线。11 月，在广东万山群岛考察猕猴，到海南岛考察热带雨林、长臂猿、坡鹿、珊瑚。

1983年

•7 月，在辽宁丹东、黑龙江小兴安岭考察森林生态。

1985年

•8 月，在新疆吐鲁番、乌苏、喀什等地探险及考察生态。

1986年

•在甘肃酒泉、敦煌等地考察生态。

1988年

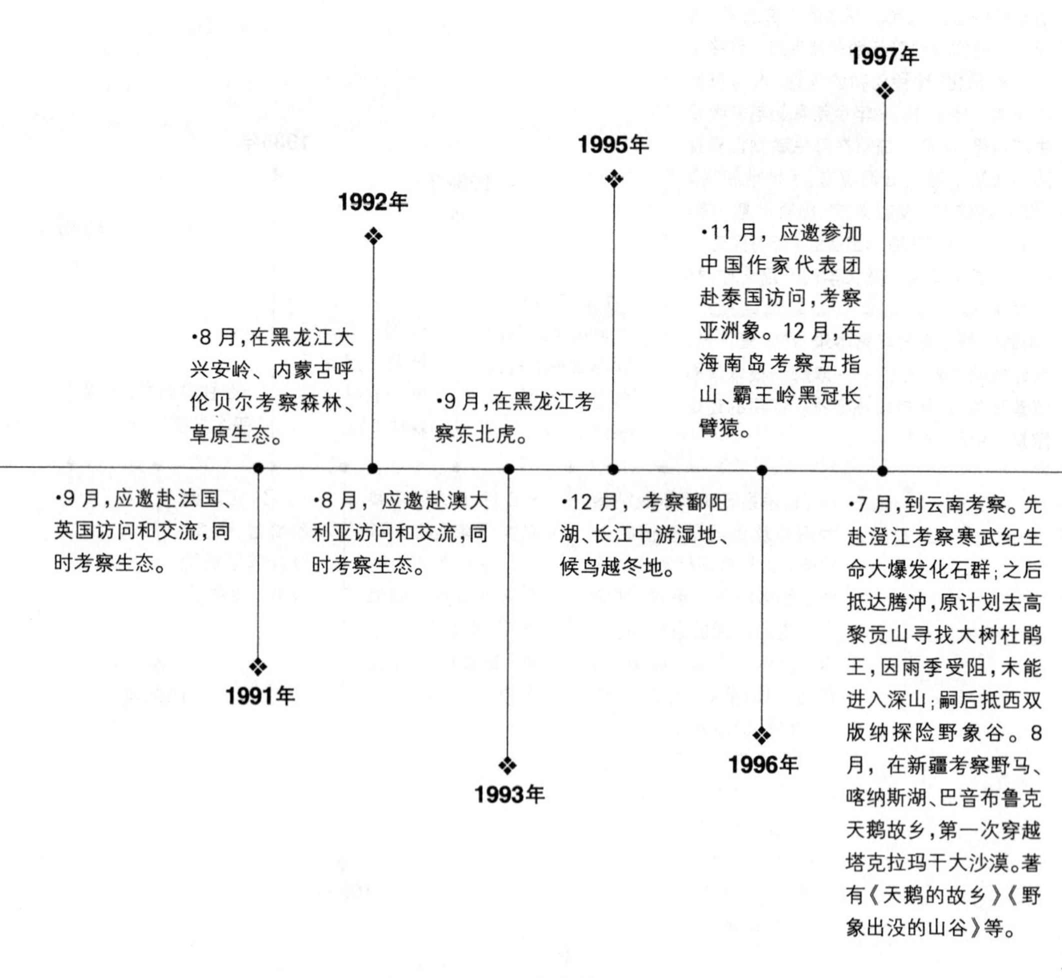
1991年
•9月，应邀赴法国、英国访问和交流，同时考察生态。
•8月，在黑龙江大兴安岭、内蒙古呼伦贝尔考察森林、草原生态。
1992年
•8月，应邀赴澳大利亚访问和交流，同时考察生态。
1993年
•9月，在黑龙江考察东北虎。
1995年
•12月，考察鄱阳湖、长江中游湿地、候鸟越冬地。
1996年
•11月，应邀参加中国作家代表团赴泰国访问，考察亚洲象。12月，在海南岛考察五指山、霸王岭黑冠长臂猿。
1997年
•7月，到云南考察。先赴澄江考察寒武纪生命大爆发化石群；之后抵达腾冲，原计划去高黎贡山寻找大树杜鹃王，因雨季受阻，未能进入深山；嗣后抵西双版纳探险野象谷。8月，在新疆考察野马、喀纳斯湖、巴音布鲁克天鹅故乡，第一次穿越塔克拉玛干大沙漠。著有《天鹅的故乡》《野象出没的山谷》等。
1998

1999年

•4月，在福建考察武夷山等地的自然保护区及动物模式标本产地、小鸟天堂，寻找华南虎虎踪。7月，应邀赴加拿大、美国访问和交流，考察两国国家公园。8月，一上青藏高原，主要考察青海湖。9月，在贵州探险，考察麻阳河黑叶猴、梵净山黔金丝猴。著有《黑叶猴王国探险记》《金丝猴的特种部队》。

2000年

•1月，考察深圳仙湖植物园。5月，考察江苏大丰麋鹿国家级自然保护区。7月，二上青藏高原。探险黄河源、长江源、澜沧江源。由青海囊谦澜沧江源头和大峡谷至西藏类乌齐、昌都、八宿（怒江上游），再至云南德钦、丽江、泸沽湖。沿三江并流地区寻找滇金丝猴。10月，在广西考察白头叶猴。11月，至海南，再次考察大田坡鹿、红树林生态变化。著有《掩护行动——坡鹿的故事》。

2001年

•8月，应邀赴南非访问和交流，考察野生动植物。

•3月，考察砀山。4月，在高黎贡山寻找大树杜鹃王，终于得偿心系二十一年的夙愿。一探怒江大峡谷，但因大雪封山，未能到达独龙江。6月，在湖北石首考察麋鹿。7月，再去江苏大丰考察麋鹿。8月，三上青藏高原，探险林芝巨柏群、雅鲁藏布江大峡谷、珠穆朗玛峰国家级自然保护区。著有《圆梦大树杜鹃王》《峡谷奇观》《麋鹿回归》等。

2002年

2003年

•4月，在四川北川、青川考察川金丝猴、大熊猫、羚牛。8月，应邀访问英国、挪威、丹麦、瑞典，由挪威进入北极圈。著有《谁在跟踪》。

•8月，横穿中国，由南线走进帕米尔高原，考察山之源生态、风土人情。路线及主要考察对象为：青海柴达木盆地、察尔汗盐湖→可可西里→雅丹地貌→花土沟油田→翻越阿尔金山到新疆若羌→第二次穿越塔克拉玛干大沙漠→帕米尔高原。10月，随中国作家代表团访问南非、毛里求斯、新加坡。著有《鸵鸟小骑士》等。

2004年

2005年

•7月，横穿中国，由北线走进帕米尔高原，寻找雪豹、大角羊、野骆驼。路线是：甘肃河西走廊→罗布泊边缘→从北线再次穿越柴达木盆地到花土沟油田→回敦煌（原计划进入阿尔金山国家级自然保护区，未成行）→库尔勒→第三次穿越塔克拉玛干大沙漠→托木尔峰→伽师→帕米尔高原→红其拉甫。10月，在重庆金佛山寻找黑叶猴，到沿河土家族自治县再探黑叶猴。著有《走进帕米尔高原——穿越柴达木盆地》等。

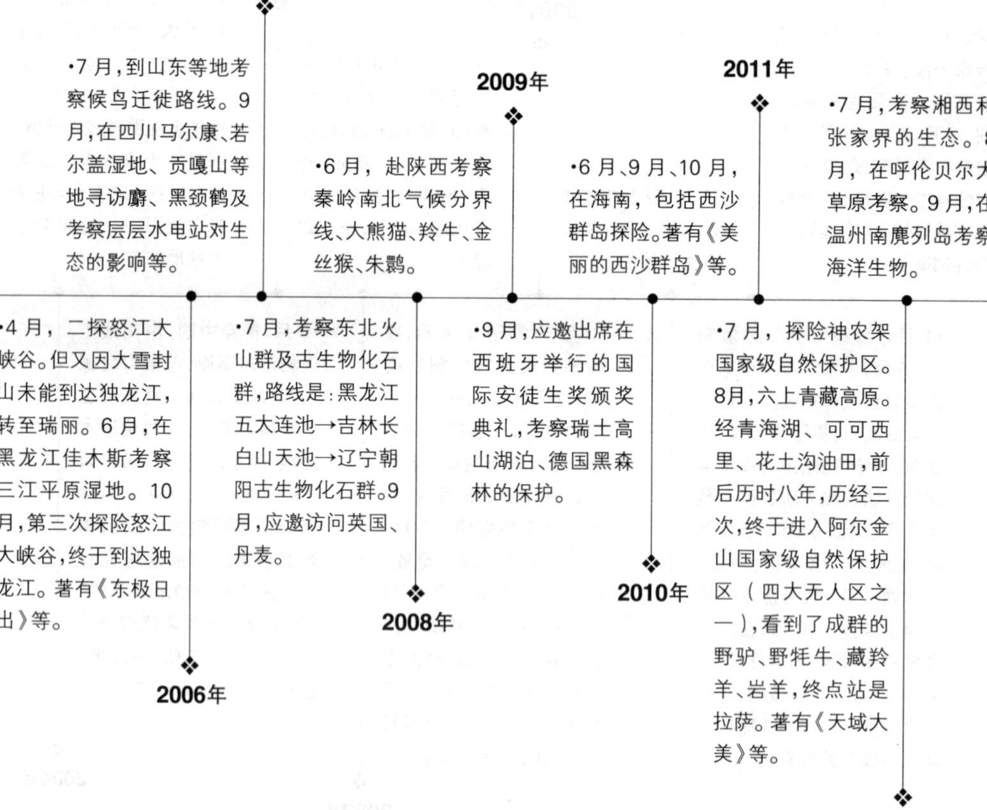
2006年
·4月，二探怒江大峡谷。但又因大雪封山未能到达独龙江，转至瑞丽。6月，在黑龙江佳木斯考察三江平原湿地。10月，第三次探险怒江大峡谷，终于到达独龙江。著有《东极日出》等。
2007年
·7月，到山东等地考察候鸟迁徙路线。9月，在四川马尔康、若尔盖湿地、贡嘎山等地寻访麝、黑颈鹤及考察层层水电站对生态的影响等。
2008年
·7月，考察东北火山群及古生物化石群，路线是：黑龙江五大连池→吉林长白山天池→辽宁朝阳古生物化石群。9月，应邀访问英国、丹麦。
2009年
·6月，赴陕西考察秦岭南北气候分界线、大熊猫、羚牛、金丝猴、朱鹮。
·9月，应邀出席在西班牙举行的国际安徒生奖颁奖典礼，考察瑞士高山湖泊、德国黑森林的保护。
2010年
·6月、9月、10月，在海南，包括西沙群岛探险。著有《美丽的西沙群岛》等。
2011年
·7月，探险神农架国家级自然保护区。8月，六上青藏高原。经青海湖、可可西里、花土沟油田，前后历时八年，历经三次，终于进入阿尔金山国家级自然保护区（四大无人区之一），看到了成群的野驴、野牦牛、藏羚羊、岩羊，终点站是拉萨。著有《天域大美》等。
2012年
·7月，考察湘西和张家界的生态。8月，在呼伦贝尔大草原考察。9月，在温州南麂列岛考察海洋生物。
2013

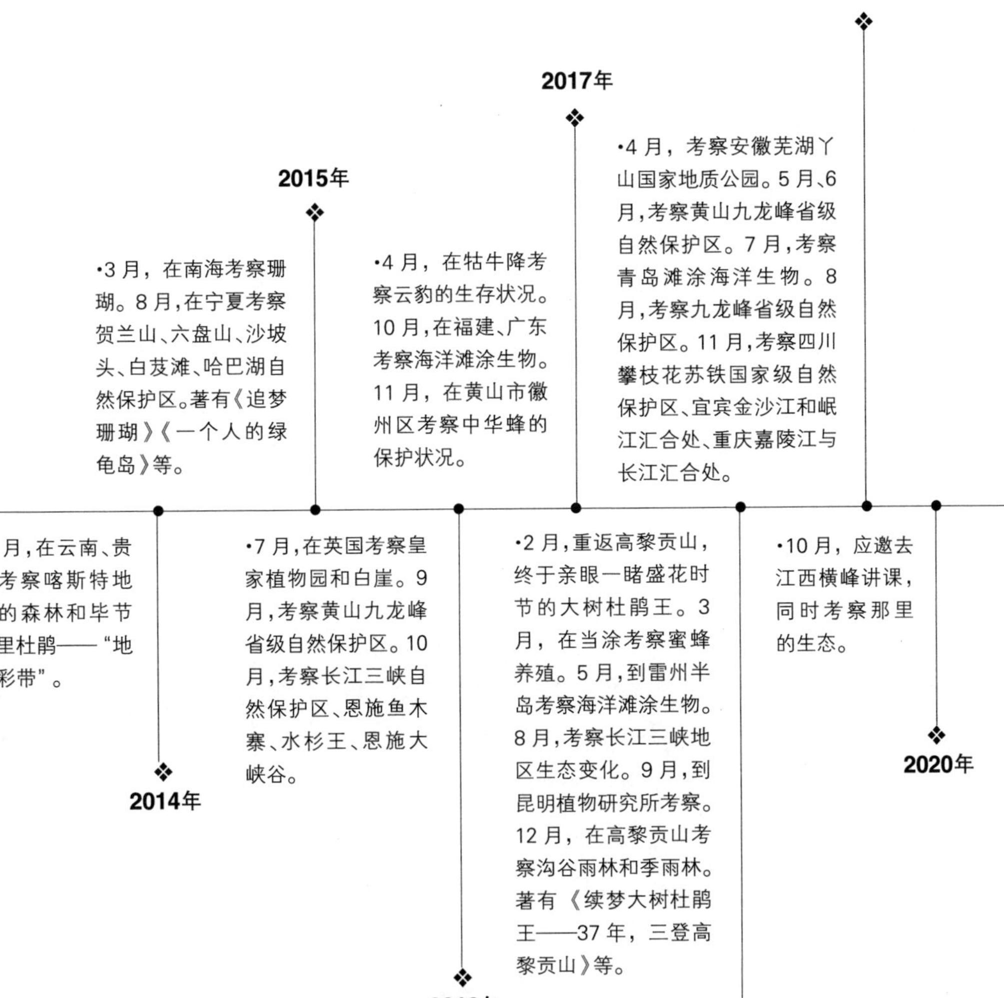
2014年
•3月，在云南、贵州考察喀斯特地貌的森林和毕节百里杜鹃——“地球彩带”。
2015年
•3月，在南海考察珊瑚。8月，在宁夏考察贺兰山、六盘山、沙坡头、白芨滩、哈巴湖自然保护区。著有《追梦珊瑚》《一个人的绿龟岛》等。
•7月，在英国考察皇家植物园和白崖。9月，考察黄山九龙峰省级自然保护区。10月，考察长江三峡自然保护区、恩施鱼木寨、水杉王、恩施大峡谷。
2016年
•4月，在牯牛降考察云豹的生存状况。10月，在福建、广东考察海洋滩涂生物。11月，在黄山市徽州区考察中华蜂的保护状况。
2017年
•2月，重返高黎贡山，终于亲眼一睹盛花时节的大树杜鹃王。3月，在当涂考察蜜蜂养殖。5月，到雷州半岛考察海洋滩涂生物。8月，考察长江三峡地区生态变化。9月，到昆明植物研究所考察。12月，在高黎贡山考察沟谷雨林和季雨林。著有《续梦大树杜鹃王——37年，三登高黎贡山》等。
2018年
•4月，考察安徽芜湖丫山国家地质公园。5月、6月，考察黄山九龙峰省级自然保护区。7月，考察青岛滩涂海洋生物。8月，考察九龙峰省级自然保护区。11月，考察四川攀枝花苏铁国家级自然保护区、宜宾金沙江和岷江汇合处、重庆嘉陵江与长江汇合处。
2019年
•10月，应邀去江西横峰讲课，同时考察那里的生态。
2020年